通世文选

第一辑

愿得此身长报国

鲁善昭◎主编

中国文史出版社

《通世文选》编委会

序

九十余载岁月长，

丹心热血未曾凉。

当年立马战沙场，

笔耕不辍著华章。

新中国诞生 75 周年之际，通世智库选编的《通世文选》，即将在中国文史出版社付梓出版，嘱我作序。

我即想起前几日，一位忘年交赠我的这首小诗，便打起精神。

时至初夏，鲐背老翁，虽头脑清醒，尚能思考，但视力遽减，阅读与写作，已力不从心，"爬格子"欲封笔。

然我乃一介老兵，曾历经沙场，见证风雨；亦是一位老报人，一生与文字为伴，笔耕不辍。正当我盘点昔日出版的八百余万文字时，看到《通世文选》第一辑，竟忘了老身已 95 岁高龄，手持放大镜翻阅起来，心中禁不住生出许多感动。

其一，以文载道，启智铸魂。一个名不见经传的"通世智库"，下了几年功夫，静下心来，辛勤耕耘，坚持不懈地传播当代中国价值观念，体现中华文化精神，反映中国人审美追求和情趣，取得了令人赞许的成果。如今，又将昔日撰写、编发并刊登在新媒体上的文章，分类结集出版，足见其有眼光、有情怀、有远见。

其二，内容丰富，涵盖广泛。《通世文选》涉及经济、科技、文化、教育、卫生、军事等诸多方面，内容鲜活，故事生动有趣，耐人寻味，启人心智，有阅读价值，不可小觑。

其三，文章作者老、中、青，来自不同的领域。有共和国的老将军、普通一兵、工人、农民、当代大学生，以及各界优秀人士。他们心怀家国情，或以故事形式传达人生哲理，或借诗词韵脚抒发情感，给人以昂扬向上之力量，令人感动与振奋。

其四，文笔朴实，思想深邃，于其作品中可见一斑。如在《入党六十年 初心永不变》一文中，展现了老党员的胸怀；《检车员的三十五个春秋》，展示了普通工人的光辉；《冬奥有我》一文，则反映出当代青年大学生的责任、担当与使命。

纵观《通世文选》，读者徜徉于其中，可领略中华优秀传统文化之魅力，感受爱国主义之力量，汲取传递正能量之涵养；亦能了解各行业发展动态，拓宽视野，增长见识。

行文至此，赋诗一首，是为序。

赞《通世文选》

文选韵长墨溢香，

意深旨远绽光芒。

启智润魂传百世，

佳作永留岁月长。

解放军报社原总编辑 杨子

2024 年 6 月 5 日星期三草于北京

丹心报国

入党六十年，初心永不变

李慧芬

我已步入耄耋之年，很多事已从记忆中消逝，但我加入中国共产党那段经历至今仍刻骨铭心。"……执行党的决定，严守党的纪律……对党忠诚，积极工作……随时准备为党和人民牺牲一切，永不叛党。"入党誓词，已成为我一生思想、行为的准则。无论在什么工作岗位，无论遭受多大的困难和挫折，我都服从党的安排，遵守党的纪律，积极向上，做出成绩，这使我感到特别的踏实和欣慰。

在哈军工入党经历

1960 年 11 月底，一个星期三下午 5 点，召开党支部大会，发展陈国祥同学入党。陈国祥同学是位"老"学员，所谓"老"学员，指的是1957 年从部队招考的军官学员。原本很平常的发展"老"学员入党的支部大会，却给我留下了永生难以忘怀的记忆。

我是从清华大学建筑系选调来的"新"学员。因入系时专业不对口，定为试读生，一边跟着三年级上课，一边补习一、二年级的功课。能写会画是我的特长，支部就让我负责布置会场。正在分秒必争补课的我，仍然愉快地放下手中的功课，花费了半天工夫布置会场。当我在黑板的左上角画上一面鲜红的党旗，在右下角画上五颜六色的花束，中间用美术字体写上"支部大会"四个大字时，我的兴奋和激动溢于言表，就像即将被讨论入党的对象是我似的。但出乎意料和令我极度沮丧的是，尽管当天的大会邀请了多名入党积极分子列席会议，我却不在被邀请之列。

新入党的陈国祥同学学习成绩优秀，是给我解惑答疑最多的同学，常和我一起上晚自习。这天，他看见每天精神抖擞的我情绪低落，眼里还含着泪，便关切地问我："发生什么事情了？"我说："我也是申请入党的积极分子，为布置会场忙了一下午，支部大会不让我列席，心里难过。"他马上向支部委员"老"学员张贤铎作了汇报，当晚张贤铎就找我谈话，他对我说："入党是自愿的，你没提出过入党申请呀！"我恍然大悟，原来插班以来我只忙于学习，没有顾上向党支部汇报自己曾申请入党的经历。张贤铎是上尉军官，年龄比我们"新"学员大七八岁，非常稳重成熟，给人一种亲近感，一下使我敞开了心扉。虽然这是我到哈军工后首次向组织汇报思想，但我却毫无顾虑，竹筒倒豆子似的，把我从小就立志做一名优秀共产党员的愿望，一五一十地讲了出来。

我出身于一个普通工人家庭。新中国成立前，家境贫寒，两个哥哥和一个姐姐均因白喉病无钱医治死亡。没有共产党就没有新中国，就没有我的家，更没有我的今天。特别是我作为家里排行老三的女孩，原本没有上学读书的机会，有位老师以考试达前三名就可以不交学费，没钱买书可以不用书、没钱买笔记本可以用同学用过的笔记本背面等为由，让我得以上小学，直到我患上肺痨病骨瘦如柴辍学为止。新中国成立前夕，我亲眼看着这位女老师从教室被反动派抓走后牺牲。后来当我得知她是名中共地下党员时，我便决心要做她那样的人。

我中学就读于北京市女四中，14 岁入团。1956 年女四中成立团委，我当选为第一届校团委会宣传委员，同年被评为北京市模范团员。当时女四中的团委书记是我非常敬佩的黄韵梅老师。她是共产党员，我向她提出入党申请，她和蔼可亲地对我说："你还不满 18 岁。"

1958 年，我以八门功课都是 5 分的优异成绩毕业，考入清华大学建筑系。一上大学我就申请入党，且在 1960 年初填写过《入党志愿书》。我各方面严格要求自己，是校级三好学生、优秀团员。但我一直盼望发展我入党的支部大会，却一推再推，直到我被选调离开清华也没召开。

当时清华大学建筑系招生要加试美术，每年只录取寥寥几十人，学生党员很少。1958 年发生变化，学校不但录取了像我这样的普通工人家庭出身子女，还从"工农速中"选录了一批"调干生"。我们班就有"调干生"三人，他们都是党员。有一名"调干生"各方面条件都不错，他常以入党介绍人的身份约我谈话，对我似乎有心。我上大学不容易，一门心思只想好好学习和成为建筑师，不想过早考虑婚姻问题，所以对他反应冷淡。就此，他向支部汇报说："李慧芬同学小资产阶级意识太浓，好面子、清高……"我迫切要求入党的强烈愿望和无端受挫背后难以启齿的委屈，经常使我潸然泪下。

张贤铎同学听了我情真意切的表述后非常感动，第二天就向党支部做了详细汇报。支部对此事也很重视，查看了我的档案，根据我的表现、插班以来的学习态度，以及在插班后第二个月我克服自己的困难，真诚地帮助别人如一位女同学父亲病逝，我把参军后每月 6 元的津贴费共 18 元全部寄给她家（这事我没告诉任何人，但最后支部还是知道了）等情况，支部最终研究决定，发展我入党。

1960 年 12 月 25 日支部大会召开。经讨论、表决，以及报上级党委批准等程序，1961 年 1 月 7 日在哈军工即中国人民解放军军事工程学院空军工程系大楼里贴出了李慧芬同志为中共预备党员的大红喜报。一年后我转正成为中共正式党员。

■ 1962 年 3 月被授予"毛主席著作学习标兵"称号

受挫调离哈军工

入党后，我从各方面更加严格要求自己，就像上了发条似的有使不完的劲。1961 年、1962 年、1963 年、1964 年我均被评为校级五好学员。特别是 1962 年，哈军工在全校上万名学生中树立一名毛主席著作学习标兵，我荣幸当选。我的事迹在校刊《工学》上刊载，我手捧《毛泽东选集》的大照片被悬挂在教学楼的大厅里。

1964 年毕业，按规定原应下连当兵一年，我因留校任 401 教研室教员，被另行安排带领全校原本也应当兵锻炼的女教员及干部共 23 人，去大庆劳动锻炼一年。在大庆"三老""四严""四个一样"精神的熏陶和鼓舞下，我们在冰天雪地里摸爬滚打。1965 年 5 月，在大庆总结表彰大会上，我们被评为先进集体，我个人被评为先进个人，和王进喜（王铁人）同台获得"大庆红旗手"奖章。我们的事迹被制作成幻灯片，在学院大礼堂放电影前播放。这一切都是党培养教育的结果，党组织对于我的努力和每一点微小进步都给予充分的肯定、表彰，给予我极高的荣誉。

1966 年 4 月中央军委下达文件，把哈军工划出军队序列。军令之下，我们恋恋不舍、极不情愿地摘下领章、帽徽。中国人民解放军军事工程学院就此也改名为哈尔滨工程学院。

1966 年 6 月"文化大革命"开始。一天，我正在上课，突然几个学员交头接耳起来，在哈尔滨工程学院这所纪律严明的高校里，这本是绝不允许的事。一个学员站起来说："国家兴亡，匹夫有责！教员，别讲了……"紧接着我稀里糊涂地被轰出教室，学员们乱成一团，开始开小会、写大字报。

从那以后，系大楼内外挂出大标语、大字报："李慧芬何许人也？""李慧芬是院党委伸向 401 教研室的黑手。"……批斗会上有人说我是人造"模"（模范），5 分成绩都是假的。我辩驳说："我高中毕业各科成绩都是 5分，从清华转来时各科成绩也都是 5 分，请问是哪个教员作假，造了我这个全优生……"就此我被扣上"三个不能正确对待"（不能正确对待"文化大革命"、不能正确对待群众、不能正确对待党）的大帽子。

因批不出什么结果，造反派就把我撂到一边了。我是哪派都不愿意参加，且哪派都不愿意要我，于是就成了"逍遥派"。但是即便在此时，我也始终没忘记"……对党忠诚，积极工作……"的入党誓词。

1967 年 2 月学院建立了革委会，提出复课闹革命。我自愿给学员上课，两派学员谁愿意来听课就来，不来也不过问，不留作业，也不考试。课余时间我参加劳动，主要是挖防空洞。我还接了一个科研项目，就这样勤勤恳恳地继续尽力工作。

1970 年上级决定拆分哈尔滨工程学院，三系（海军工程系）留在原地改建为哈尔滨船舶工程学院，后更名为哈尔滨工程大学；二系、四系、五系、六系（原子工程系、电子工程系、导弹工程系、计算机系）及学院各部门搬迁长沙，改名为长沙工学院，后更名为国防科技大学。

2月中旬一天下午2点半，当权的系革委会王主任通知我到他办公室。这是我首次近距离和他谈话。他没有一丝笑容，板着脸，冷漠地对我说："你有弄不清的历史问题，不符合接触机密条件，不能去长沙。你是北京人，分配你去天津，从生活上对你是个照顾。"我被这突如其来的谈话激怒了，毫不客气地反驳道："我不要照顾，要革命。我是工人家庭出身，解放时才九岁，有什么历史问题？在哪摔倒，在哪爬起来，你把我分到天津，谁来给我平反？我不能离开哈军工。当教员不行，我去农村劳动。"他瞪着两只大眼睛，高声说："必须服从，这是命令！"谈话仅持续了10分钟，我转身走出他的办公室，沮丧的眼泪夺眶而出。这是我万万没想到、怎么也想不通的事。18年寒窗苦读，中学、大学的三好生、全优生、优秀团员、模范党员、"毛著"学习标兵，竟然落到政审不合格的地步。我低着头漫步在哈尔滨工程学院大院里，几乎逛遍我学习、工作、生活了整整10年的校园的每个角落，直到晚上11点多也没回家。

我爱人朱子发在抗美援朝时参军，1963年哈军工毕业留校，是404教研室教员。他哄睡了两岁半、号啕大哭找妈妈的儿子，出门来寻我。在漆黑的夜里，他迎着零下30多度刺骨的寒风，历尽艰辛，最终在一座大楼山墙边上，看到雪地里站着的怀有七八个月身孕的我。他轻轻走过去搂住我的腰，连声问："怎么了？怎么了？"我从凝固了的思维清醒过来，冻僵的身躯一下子倒在他的怀里，当时已是欲哭无泪。那天晚上我俩彻夜无眠。他不知道如何安慰我这个争强好胜的女人，只是平静地说："到哪不革命呀！去天津怎么了？我陪你去天津。"为这句话他自己作出了极大的牺牲，改变了他的一生，但却给了我极大的鼓舞，让我感谢了他一辈子。就这样，以我不符合接触机密条件为借口，将我转调到天津市地方工厂（渤海无线电厂）接受工人阶级再教育。

成了"香饽饽"

1970 年 8 月 5 日，我把三岁的儿子送进天津市河西区第四幼儿园，抱着四个多月的女儿，到天津市渤海无线电厂报到。渤海无线电厂是日据时期建的一个漂染厂，1958 年"大跃进"时改为生产电子接插件、电子管收音机，后来生产七管一个波段的半导体收音机。"文化大革命"开始承接仿苏的电子管舰用雷达的生产。该厂共有 1500 多人，是天津市地方电子工业中的龙头老大。全厂虽有技术人员 140 多名，但其中的大学毕业生，特别是名牌大学毕业生却寥寥无几，而党员不过一两个，也都戴着"臭老九"的帽子。

作为一个"有弄不清的历史问题"的女性、名牌大学毕业、党员……我一进厂就特别引人注目。我开始认真接受工人阶级的再教育，当工人、技术员。得益于在哈军工学得的知识、锤炼的思想、练就的体魄，我在工厂如鱼得水。最初我参加了一个晶体管舰用雷达收发分机的试制工作，后又主持设计了一部岸对海近程警戒雷达，担任总体组组长。由于试制成功，项目受到总参二部的嘉奖，设备正式被部队列装。在渤海无线电厂不到四年的时间里，我先后被评为局级先进工作者、模范党员，市级劳动模范。1974 年被破格提拔为天津市二机局（电子仪表局）党委常委、副局长。

1982 年在党的第十二次全国代表大会上，又发生了我根本预想不到的事，我被选为中共中央候补委员。这不仅是党对我的信任和关怀，更体现了党对我们这一代青年知识分子的殷切期望和关怀。

母校（指哈军工拆分的六校）不少领导及同志给我发来热情洋溢的祝贺信，使我深受鼓舞和感动。我以"发扬母校优良传统，不负党的殷切期望"为题，给校领导、教员和同学们写了一封公开信，刊登在 1982 年

10 月 22 日《国防科技大学》校报上。1987 年召开党的第十三次全国代表大会上，我再次当选中央候补委员。当年正值纪念哈军工建院 35 周年，我情不自禁地想起那段终生难忘的部队院校生活。我是在哈军工培育下成长起来的，母校给了我丰足的哺育，赋予我克服各种困难的勇气和适应不同环境的信心。我以"丰润的沃土"为题，写了一篇上万字的回忆文章，抒发我永远不会忘记母校培育之恩。该文章在《国防科技大学》校报上连载，并收录入《继承哈军工优良传统，走又红又专道路》一书出版。

1988 年 5 月，我当选天津市副市长。虽然在这之前，我已在副局级岗位工作了七年、正局级岗位工作了七年，我还是觉得自己的政治理论水平、组织领导能力差得很远，因此，我夜以继日，非常积极努力地学习和工作。

经电子工业部、电力工业部、铁道部发起，国务院批准，中国联合通信有限公司（简称中国联通）于 1994 年 7 月 18 日正式成立，但一直没有找到合适的人选任总经理。经各方面推荐、组织部门考察，主管副总理

■ 1990 年 11 月在天津铁厂

同意决定让我出任中国联通首任总经理。但天津方面正式给中组部写了回函报告，列了几条理由，挽留我在天津继续工作。时任分管副总理在报告上批示，联通公司新成立，各方面困难比较多，需选得力的干部，配强一点的班子，请天津市委、市政府支持，并说服李慧芬同志到联通工作。

1995年3月两会期间，这位副总理锲而不舍，找到曾任天津市委书记、时任中央政治局常委的一位领导，讲明了要我到联通公司工作的原委。这位天津老市委书记历来雷厉风行，当即多方协调，天津方面从大局出发，同意了我的调动。我这人历来听从党安排，就愉快地接受了任命。

又被免职

听说我被委以重任，奉调北京工作，老伴一点儿都高兴不起来，他对我说："你去哪我都管不了，反正我是不离开天津。"我感觉这是平生第一次他"妇唱夫不随"。女儿也说："妈妈，好好的副市长不当，当什么总经理？"正在日本大阪大学攻读博士学位的儿子，几次打回电话问："为什么一定得去当总经理？"也有熟悉我的一些干部议论："李慧芬这人真傻，已任两届副市长、三届中央候补委员，去当什么总经理？"他们都无法理解我作为老共产党员的组织观念。

明摆着，困难是很多的。当时国家并没有投资中国联通，公司只有三大部和中信、中石化、华能、华润等16个股东共同出资的13.8亿元注册资本金。万事开头难，新中国成立几十年来中国电信行业均是由邮电部代表国家垄断经营，要打破垄断，创建中国第二家有电信运营权的企业，起步的困难可想而知。股东缺乏信心，人际关系复杂，资金缺乏……但我很有信心。我这人从小就没有骄、娇二气，干什么事都不畏难，当联通总经理遇到再大的困难，我也是有勇气去克服的。

1995年5月20日国务院李鹏总理颁发国人字〔1995〕17号令，任命我为中国联合通信有限公司总经理。我这人历来听从党组织安排，服从党的纪律，愉快地接受了任命。55岁的我，只身一人受命来到北京。

我正式走马上任。第一次召开全体职工大会，就提出"三不要"，即不要"脸"、不要"家"、不要"命"。所谓不要"脸"，是指不要"面子"。这是因为公司人员多数来自国家有关部委、地方政府，原来是"当官"，现在是办公司，事事要求人，不撂下原先的"架子"，丢掉"面子"，很难办成事；所谓不要"家"，是因为电信是个特殊行业，要在全国以至于全球建设通信网，短时间内就要在全国各省市成立分公司，总部干部随时要离家被派往全国各地；所谓不要"命"，是指如果没有为革命奋斗的精神，没有一不怕苦、二不怕死，夜以继日的工作精神，就无法创建让世界瞩目的联通公司。

我是这样号召的，也是这样身先士卒做表率的。首先，我们在北京、天津、上海、广州四个城市组织引进数字交换机，建基站、微波天线，铺光缆，开创了中国数字移动电话（GSM）的先河。当时中国还没有这种数字移动电话，邮电部垄断的中国电信除有固定电话外，也只有模拟式的移动电话"大哥大"。1995年底这四个城市先后开通了移动电话服务业务，当年盈利2亿多元。

第二年上半年我们又开通了16个省会城市的移动通信，第三年已在全国140多个地级以上城市建设了数字移动电话，开通70多个城市，建成10条光缆干线、3条微波干线，总长度超过2.5万公里，盈利25亿多元。

我兴奋地对时任电子工业部部长说："看来这行业是暴利呀！我们必须要大幅度降价，尽快普及移动电话，让手机不再是奢侈品。不光是干部，就连收废品、修自行车的小商小贩都应有手机，要让基层民众都能用上。我国的电话普及率在1995年不足1%，而后迅速发展，达到15年后即 2010 年的 80% ；大城市每百人拥有移动电话 150 台……"

中国第二家电信运营企业的星星之火，呈现出燎原之势。各省市两报（日报、晚报）、两台（广播电台、电视台），尤其是中央人民广播电台、中央电视台《新闻联播》《焦点访谈》及《人民日报》《光明日报》等做了大量报道，使得中国联通很快家喻户晓。特别是在 1996 年，在比利时布鲁塞尔召开的世界电联大会上，美国前总统老布什所作的 25 分钟的讲演中，竟然有 8 次提到中国和中国联通，4 次提到我的名字；1997 年 5 月我出国归来途经香港停留 22 小时，香港大大小小报纸杂志 40 多家做了大篇幅的报道，还有人谣传香港电讯股票涨了 10 个百分点。我这"风头"、这"名"可出大了。一时间，沸沸扬扬，是功是过？众说纷纭，甚至有人向组织反映情况，我自认为"脚正不怕鞋歪"，一律不予理睬。

1998 年 6 月 3 日上午，人事部部长把我叫到人事部，传达某领导指示，以"越权审批，违规签约"为由，免去我联通公司总经理职务。1998 年 6 月 4 日下午 2 点，在公司大会议室召开处级以上干部会议，宣布任免决定。人事部一位副部长问我："你还参加吗？"我说："参加。"我像没事人似的，布置办公室同志去准备好会场，通知大家开会。会前在公司贵宾室接待前来公司的中组部、人事部及有关部委领导，我照例把大家引导到会场，并和各位部长、副部长一起在主席台上就座。因为会前大家没有任何思想准备，突如其来的任免决定一宣布，便使得会场上一片哗然，然后是不知所措的寂静。主持人问我讲话吗？我说："讲。"

我很简练地讲了三点：第一，只要有利于中国电信行业改革，有利于电信事业的发展，有利于中国联通的成长，我个人职务的变动无足轻重，我服从组织的决定。第二，掐指一算，我来联通已三年，我以"三不要"的精神和大家一起为之奋斗，新生的联通公司蓬勃发展起来了，在这过程中，我尽心尽力，做了大量的工作，但受自己能力、水平限制，同时也有不少缺点、错误，得罪、伤害过一些同志，借今天会议的机会一并致歉了。第三，今后无论我在什么工作岗位，我都将继续关心、支持联通公司发展。当我起立向大家鞠躬时，会场上响起热烈的掌声。简短的会议结束了，职工们以诧异的目光看着我，我仍然微笑着和大家点头。

人事部副部长拉住我说："慧芬同志，看来你在政治上是很成熟的，我没想到你能来参加今天下午的会，原以为你听了昨天上午的传达，早回家哭去了。刚才你这一番讲话很有水平，我回去会向领导汇报的。"我说："组织上让我干，我会拼命地干，不让干了就不干，这没什么，我服从组织安排。"

公司办公室主任一散会就跑到我的办公室，问："您是'高升'了吗？为什么不当这总经理了？"她这问题有代表性，人们以为我"高升"了呢！当大家知道我的工作还没安排，顿时议论纷纭，我一下成了舆论中心。

消息很快传开。从第二天开始，延续了一两个月，到家来慰问的人络绎不绝，一束束鲜花、一个个花篮，摆满客厅，来客除亲朋好友，也包括公司干部、董事单位、外商驻京办等。人们担心我"不气死也得气病了"，纷纷来道一声保重！老伴调侃地说："还没听说过谁被免职，众人来慰问、来送花的。看来公道自在人心，你这总经理人缘、口碑，看来还真不错。"

人们不明白我为什么可以这么冷静、这么从容地离开联通公司。其实他们不知道，在我受表彰、处于顺境之际，我从未觉得自己能力有多强、水平有多高。实际上，我觉得自己的工作是"赶着鸭子上架"，干得很辛苦。同样，我在受打击、遭遇逆境的时候，我也不怨恨、不背叛，从未觉得自己有多无能、水平有多低。有的只是更努力地工作。在联通这三年，我自认为对得起党、对得起国家、对得起自己，所以，心里很坦然。

国务院决定派出由国家税务总局副局长带队，有中纪委、监察部等部门参加的稽查特派员小组核查联通的问题。在我已被免职，有关部门想彻查的情况下，这种小组无疑是查大案要案的组合。

按规定稽查时间为一个月。一个月后所查结果是：联通"中中外"的融资方式是经主管副总理多次召开专门会议听取汇报，并下达会议纪要和国发〔184 号〕文件批准的；所有的签约项目也都是报经国家计委批准的。此时有领导发话说，再延长一个月，一查到底。人贵有自知之明，我自己最了解自己。我在联通时时刻刻"警钟长鸣"，每时每刻都把自己当作演杂技踩钢丝的演员，别看台下掌声一片，稍不留意就有掉下去的危险。我心境坦然，明知自己绝对没有经济问题。子女情况我更不担忧，因为他们很优秀，以至于我都害怕遭人嫉妒。稽查时间延长了一个月，仍没查出任何问题。

最终，公司上下开始盛传"审计结果查出一个模范干部"的消息。我心想，你们才知道呀！我这普通工人家庭出身的弱女子，不"模范"就不可能有今天！看来被审查是坏事也是好事，不查谁会知道我对自己要求会这么严格呢？

两个月过后，特派员组长，监察部一名副部长、一名司长、两名处长约我谈话。一位处长抢着说："像您这样一点儿问题查不出来的还真很少。"另一位处长说："我通过参加特派员组到联通去，从李总身上学到许多东西。""这是党的高级干部的本分，是我应该做的。"我很低调地说。组长说："慧芬同志，你真不简单，这么多项目、这么多数字，每一笔都记得那么清楚。"我说："认真是我最大的优点，但也为此付出了很大代价，得罪了一些人。"监察部副部长说："放心吧！你的情况我们会如实向上级汇报的。你在天津分管过许多重要的工作，又搞起了这么大的联通公司，今后还会有许多重要的工作等着你去做。"我很感谢党，感谢稽查特派员小组，做到了实事求是，真正做到"绝不会放过一个坏人，也不会冤枉一个好人"。

无怨无悔

尽管任免通知明确"另行安排工作"，稽查特派员也没查出什么问题，时任总理也批示"尽快安排她的工作"，但等待分配还是等了一年。这一年里我仍然保持良好的精神状态，如饥似渴地读了 20 多本书，抓紧时间再学习、再充电。

1999 年 8 月我走马上任中国机电产品进出口商会会长，我又红红火火地干了起来。作为政府和企业之间的桥梁、纽带，我得到政府的首肯和企业的好评，《人民日报》《国际商报》等媒体纷纷对此进行报道。有领导鼓励我说："是金子总会发光的。"了解我的朋友们都说："李慧芬就是一个拼命干实事的人。"

五年后我从商会会长岗位上退休，正赶上 2005 年 5 月哈军工北京校友会换届，我荣幸地当选为新一届理事长。虽然已经退休了，自己还是觉得有使不完的劲儿，有许多工作可以做。2011 年哈军工北京校友会被评

■ 2018 年 10 月在哈军工创建 65 周年大会上致辞

为北京市先进社会组织，2013 年被评为北京市社会组织示范基地。2015 年我从会长的位子上退下来，至今仍扮演志愿者的角色。

弹指一挥间，几十年转瞬逝去。回想这辈子取得的每一点成绩和进步，无不是各级党组织、母校精心培育的结果。否则很难想象，我这样一个新中国成立时年幼无知的九岁女孩，会成长为共和国的有用人才。入党 60 年来，无论学习还是工作，无论当领导还是工人、技术员，无论身处顺境还是逆境，我始终保持良好的心态，胜不骄、败不馁。始终不忘初心、牢记使命，践行"……随时准备为党和人民牺牲一切，永不叛党"的誓词精神。

2021 年 6 月 18 日通世智库刊

李慧芬

1940 年 8 月出生。1958 年 8 月—1960 年 8 月，在清华大学建筑系学习。1960 年 8 月—1970 年 8 月，在哈军工电子工程系学习，任 401 教研室教员。1970 年 8 月—1974 年 4 月，任天津市渤海无线电厂技术员、总体组组长、雷达车间副主任。1974 年 4 月—1988 年 5 月，任天津二机局党委常委、副局长，天津无线电联合公司总经理兼总工程师，天津市经委副主任、市委工业工委副书记。1988 年 5 月—1995 年 7 月，任天津市市委常委、副市长。1995 年 7 月—1998 年 6 月，任中国联通公司总经理、党组书记。1999 年 7 月—2005 年 2 月，中国机电产品进出口商会会长、党委书记。2005 年 4 月，任哈军工北京校友会理事长。

教授，高级工程师。中共第十二至十五次全国代表大会代表，中共第十二至十四届中央候补委员。曾兼任全国女市长联谊会会长、中国商业企业管理协会副会长、中国质量管理协会副会长、中国社会科学院信息与基础结构研究中心中方委员会副主席、中国航空学会副会长、中国产学研合作促进会副会长。

致母亲
——白云山上的祭文

陶斯亮

亲爱的妈妈:

还记得吗? 20 年前,您带领我们一家来到白云山这一处僻静的山坡上,安放了这块松风石,并埋下一只盛过父亲 9 年骨灰的破旧盒子。这样做,是为了让蒙冤而逝的父亲,能够魂归他一生钟爱的广东大地。

今天,我带领孩子们,按您的遗愿又来到这里,而这次埋下的将是您的骨灰。您在广东的老战友们、老朋友们,以及亲人们,冒着冷冷的阴雨来为您送行。

您之所以选择这里,我想,一是唯有此处您才能与父亲相会;另一个原因,则是由于广州是您一生中工作时间最长的地方,长眠这儿,可以永远守望着这座承载着您无限深情的城市。

您的遗嘱,我是在您逝世当天才拆看的。在一只旧牛皮纸信袋上写着一行字:我生命熄灭时的交代。看了您的遗嘱我不禁泪流满面,一半是由于悲伤,一半是由于感动。

您以一个彻底唯物主义者的生死观来对待自己的后事。在遗嘱中您交代 "死后不开追悼会;不举行遗体告别仪式;不在家里设灵堂;京外家里人不要来奔丧;北京的任何战友都不要通知打搅;遗体送医院解剖,有用的留下,没用的火化;骨灰一部分埋在井冈山一棵树下当肥料,另一部

青年曾志

分埋在白云山有手印的那块大石头下。绝不要搞什么仪式，静悄悄的，三个月后再发讣告，只登消息，不要写简历生平。"您写道："我想这样做才是真正做到节约不铺张。人死了，本人什么都不知道，亲友战友们来悼念，对后人安慰也不大，倒是增加了一些悲哀和忙碌，让我死后做一名彻底的丧事改革者！"

弥留之际，当您刚从一场昏迷中清醒过来，看到有那么多的人来看望您时，您用责备的眼光看着我，从失声的喉咙中发出费力的请求："不要把我抬得太高！不要把我抬得太高！"妈妈，您真的是想静悄悄、静悄悄地走啊！就在您临终前不久，您让我清理了您的存款和现金，我从80只信封袋（工资袋）中掏出了几万元的现金，这是您多年来逐月存下来的。您再三嘱咐我："一定不要扔掉那些信封，因为它们可以证明这些都是我的辛苦钱，每一笔都是清白的。"

此时，您已病得奄奄一息，剧烈的癌症疼痛，常常痛得您浑身哆嗦、神志恍惚，但您仍集中起全部意志力，向我口述了您的另一份遗嘱。您开宗明义："共产党员不应该有遗产，我的子女们不得分我的这些钱。""要将钱交中组部老干局，给祁阳和宜章贫困地区建希望小学，以及留做老干部活动基金。再留一些做出版我的书之用。"您再让我念了几遍，确认没

■ 中年曾志

有违背您的地方后，才拼尽最后的气力，用颤抖的手，签了您一生中最后的"曾志"二字。

您以 85 岁高龄与癌魔搏斗了近三年，已经创造了奇迹，更何况在这三年中，您还指导参与两本书的撰写，一本是写胡耀邦主政中组部的纪实；另一部是近 40 万字的自传。就在您报病危的当天晚上，我与广东出版社签了出书协议。第二天，您瞬间回光返照，我赶紧将这消息相告。我知道，您是多么渴望能亲眼看到这两本书的出版！特别是前一本。这是因为您已将该书的版权赠给了中组部老干局，您希望那点稿费所得能够为从外地来京看病的老同志们做补贴之用。

亲爱的妈妈，您一生追求崇高，却又甘于平凡；您从轰轰烈烈开始，却又以平平淡淡结束；当年那灼灼锐气已变为如水般的平静；但唯独对自己的信仰、忠诚不曾有丝毫褪色，热情不曾有丝毫丧失。您对物质生活的淡薄与您对精神信仰的执着形成巨大反差。这正是您品格上的最大特色。

静下来的时候，我有时也想，您会为我们买了一元钱的时令菜而大为生气，却将自己一生的积蓄捐给了社会；您一张面巾纸都要撕成四瓣，却将自己的版权赠给了老干局，您几乎是刻意把自己的生活搞得如此清苦，何必呢？可转而又想，您是对的，谁叫您是共产党员呢！对自己的信仰守身如玉，您是真正做到了！

妈妈，这几日来我总是感到不安，因为您的遗嘱我无法彻底执行，您太让我为难了！我可以做到没有挽联，没有花圈，没有灵堂，没有悼词，没有官方的仪式，不邀请新闻单位，不发通知，不打搅一线的领导同志……您的遗体已交医院做了解剖，您的一部分骨灰已撒到了井冈山一棵树下做了肥料，您的辛苦钱也已交给了老干局……但是，我如何能拒绝组织上对您做出评价呢？即使是一名普通百姓，也该有个生平啊！何况组织上对您的评价是如此中肯和恰如其分呢！我更是无法拒绝您的那些老战友、曾经共事的同志们对您的那份感情，无法剥夺他们与您告别的权利。您火化那天，来了那么多的人，都是自发来的，那场面既俭朴又感人。特别是当双目失明的蔡斯烈叔叔摸摸索索走过来时，一直强忍悲痛的我再也忍不住那倾泻的泪水。蔡叔叔用双手抚摸着小亮抱着的您的遗像，摸了一遍又一遍，然后将脸颊贴了上去，与您喃喃话别。此时，革命战友间的那种生死之谊，令我们在场的每一个人都为之震撼和动容！

妈妈，您知道吗？当您变成一缕青烟飘入高空时，我也感到内心深处得到了某种净化。在我送给您的那只小小花圈上，我写下了两行字：

■作者在井冈山撒母亲骨灰

"您所奉献的远远超出一个女人；您所给予的远远超过一个母亲！"是这样的，当您将自己化为"零"的时候，却把"无限"留给了我们。

今天，我们在这块松风石下，埋下的是您和父亲混合了的骨灰，你们在分别 29 年后终于可以长相守了。这只骨灰盒，是您的外孙和外孙女为您买的；这上面的党徽是小毅为您剪贴上去的；"伟大的共产主义战士！"这几个字，是孩子们合计了很久后写上去的，它表达了年青一代对您的评价。

当一切结束后，这里就变得静悄悄的了，一如您所企望的那样。从此您留给我们的是一棵树和一块石。那树为井冈增添翠色，那石供游人们小憩，您将以新的生命形式与这世界与我们同在。

该与您做最后的告别了，亲爱的妈妈，一路保重，我的爱会永远陪伴着您！

2018 年 3 月 29 日通世智库刊

陶斯亮

曾任中国市长协会专职副会长兼女市长分会执行会长，现任中国市长协会顾问。爱尔公益基金会创会会长。

不忘初心铿锵行

岳宣义

在庆祝中国共产党百岁华诞之际，我心潮澎湃，浮想联翩。入党 57 年，我和祖国同呼吸、共命运，诸多往事，历历在目。我这个从大山沟里走出来的农家子，从一个普通战士，成长为共和国将军，后又在中央党政部门任职。我欣慰地向党报告：我这一生同成千上万的共和国将士一样，在血与火的战斗中，在生死之间、苦乐之间，忠诚担当，经受了考验。

1962 年我在四川省南江县高中毕业，是班里团支部书记、校学生会副主席，被保送到中国人民大学。同年夏，台湾地区领导人叫嚣"反攻大陆"，海峡形势骤然紧张。作为正在争取入党的积极分子，我响应党"共产党员、共青团员上前线，保家卫国，上学服从参军"的号召，毅然投笔从戎，来到驻防四川泸州的 54 军 135 师 403 团特务连。

一入部队，立即投入紧张的战备训练。烈日和暴雨轮番上演，再苦再累，咬牙坚持。白天苦练 200 米内硬功夫，晚上刚进入梦乡，哨声响起，紧急集合，立即翻身起床，提枪整队出发，急行军五里地，再返回营区，重新睡觉，常有一晚上紧急集合数次。通过紧张的训练，锤炼作风，磨炼意志，培养干部战士的战备警惕性和快速反应能力，时刻准备向东南沿海机动。

135 师是当时军委的作战值班师，面向全国机动，哪里需要就到哪里去。当印度政府挑起中印边境事端时，部队立即做好向西南边陲机动的准备。当中印边境自卫反击作战胜利结束后，部队又转入模拟东南亚亚热带丛林地区作战训练。这种长时间高强度的严格训练压力，着实让我们这些学生兵有些感觉吃不消，精神上也有困惑。相比之下，同时入伍的大学毕业生是副连中尉，我们却是战士列兵，难免有一丝后悔：为什么不上大学呢？所幸当时全军上下开展轰轰烈烈的学习毛主席著作、学习雷锋，争当五好战士活动，这对于我树立正确的世界观、人生观、价值观，产生了极为重要的影响。我认真读毛主席的书，向雷锋同志学习，把有限的生命投入到无限地为人民服务中去。1964 年 9 月，我光荣地加入了中国共产党（时为中士副班长）。

1979 年，我作为团政治处主任，同其他团领导一起，率领部队，参加南疆自卫反击保卫边疆作战，在异国浴血奋战 28 天。为了保卫祖国的领土不受侵犯和人民的和平劳动，惩罚地区霸权主义者，干部战士义无反顾，前仆后继，血洒疆场，打出了国威军威。我团荣立集体一等功，两个连队分别被中央军委和广州军区授予"英雄连"称号，三名个人被中央军委授予"战斗英雄"称号。当年 10 月，我带领部分英模赴广州，参加中央军委英雄模范授称大会。电影《高山下的花环》中几个主要人物，在我们团都有原型，我赋诗：

《高山下的花环》观后

一弯冷月照高山，
稚子婆媳拜墓前。
欠账一单悲万古，
泪飞焉敢看花环。

一份欠账单

十年辛酸泪，

一份欠账单。

人去单犹在，

有借必有还。

谢绝战友情，

国家更困难。

抚恤金不够，

加上肥猪款。

还不满数目，

省下车费钱。

幼儿啼怀中，

三人一碗面。

分毫都不少，

家贫志不短。

以此告英灵，

不负遗书言。

上世纪 80 年代末 90 年代初，国际形势剧烈动荡，社会主义运动处于低潮。国内改革开放步伐加快，社会处于转型期。窗子打开，新鲜空气进来了，苍蝇也随之进来。一些不良思想和风气侵入部队，营区内有所谓"墙外的世界很精彩，墙里的世界很无奈"之说之叹。为着坚持"革命理想高于天"的信仰不变，保持人民军队的本色不变，在集团军党委的领导下，我重点抓了两件大事，即两个教育。

第一件：军史教育。54 集团军是一支历史悠久、战绩卓著、英雄辈出的部队。为了弘扬老红军的光荣传统，集团军党委决定进行集团军军史工程建设，由我具体负责。经过六年多艰苦卓绝的努力，建立了集团军军

作者给部队作英雄事迹报告

史陈列馆，编写出版了集团军军史历史卷、图片集、英雄谱，拍摄了集团军军史录像片，时称五大工程。这五大工程在全军尚属首创，成为部队进行革命理想教育、光荣传统教育和爱国主义教育的示范基地及生动教材。

第二件：过"三关"教育。即在干部队伍中集中进行过好"权力关、金钱关、生活关"教育。通过教育，广大干部在"乱花迷人眼"的环境下，定住了神，稳住了心，坚定了正确的方向，保持了高昂的斗志。济南军区向全区部队推广了我们过"三关"教育经验。正是军史教育和过"三关"教育，使数万集团军指战员在风云突变、大潮激荡、鱼龙混杂、泥沙俱下的国际国内形势下，能够时刻听从党指挥，始终沿着党指引的道路奋勇前进。

1998年，长江发生历史上罕见的特大洪水。根据中央军委的命令，我同济南军区的其他几位领导，率领四个师，赴湖北的公安、石首、洪湖和咸宁地区抗洪。8月16日，长江第六次特大洪峰通过沙市。湖北省委、省政府向中央报告：准备在公安县分洪。部队已在面对分洪闸的长江大堤上埋设了20吨炸药。当晚8时，军区前指召开军区前指和20集团军领导参加的紧急作战会议，研究抗击第六次特大洪峰问题。军区首长决定派一名领导去公安县，指挥我区在该县的坦克11师抗洪，并参与设在公安县城的荆江前线分洪指挥部分洪。我主动请缨，获批后即率精干指挥小组，冒着滂沱大雨，在暗夜中向公安县城急进，约一个小时到达坦克11师指挥所。我向师领导传达了军区前指首长关于当晚抗洪指示后，即刻驱车去荆江前线分洪指挥部。我向相关领导传达了军区首长的问候和军区坦克师参与分洪的意见。他们感谢济南军区首长对分洪工作的关心和支持，并说国务院副总理今晚即将从北戴河飞到荆州，决定是否分洪。我马不停蹄地回到坦克11师指挥所，督促他们指挥部队，抓紧动员分洪区内21个乡镇的老百姓，于当晚11点前一人不漏地撤离到安全区。按预定方案，晚上11点，炸开长江大堤，让江水缓缓流向分洪闸（共54道闸门）。晚上12点，分批打开闸门分洪，以减轻洪水对房屋和庄稼的冲击力。到预定时间，我们没有接到分洪与否的通知。

17日5时，分洪指挥部电告：国务院副总理听取了气象和水利专家的意见，同湖北省和广州军区领导研究后决定：暂不分洪，地方配合军队坚守三天，抵过去，同时要继续做好分洪准备。

■ 1998年8月16日晚8时，济南军区抗洪前线指挥部召开紧急会议，研究部署抗击第六次特大洪峰工作。左二为作者

早饭后，我拖着疲惫不堪的身躯，带着指挥小组巡视在长江大堤上，看见昨晚从分洪区撤离出来的老百姓拥挤在大堤上。我们把随身携带的两箱方便面全部发给老乡们，并鼓励他们一切听从指挥，积极配合解放军，战胜特大洪峰。9时，沙市水位达到52.22米，水面离堤面就半米左右。放眼望去，一边是横无际涯、放荡不羁的滔天洪水，一边是望不到边，金黄色的稻谷和绽放着的棉花。站在1954年建成的雄伟壮观的分洪闸上，联想到昨天晚上以来发生的桩桩动人心魄的事情，不禁悲喜交集，遂吟出：

鹧鸪天·惊心动魄赴公安

雨骤风狂夜色茫，飞驰险境未彷徨。

焉能犹豫伏凶水，岂敢疏忽失大江。

棉灿烂，稻金黄，

三十万众转移忙。

八月十六难眠夜，不喜不悲不断肠。

1998年1月8日，总政治部向各大军区政治部下发通知：根据中央领导同志指示精神，经商中央组织部，从全军选调一批优秀的军职干部，到国家机关工作。正军按副省部安排，副军按省部长助理安排。我已任四年多正军职，军区后备干部。军区领导拟推荐我到中央机关，并要我考虑决断。

突然出现这个情况，心中难免有些顾虑，主要考虑自己从军近40年，熟悉部队情况，工作得心应手，而到地方，隔行如隔山，要从头学起，重新干起；加上自己已过知天命之年，精力有限，搞不好会辜负组织的信任。但我的脑子里翻腾着"个人服从组织""党的需要就是我的志愿"

这些紧刻在心中的律条。我所在的 135 师四个团，我去三个团工作过；我所在的 54 军三个师，我去两个师任过职。我还从野战军到省军区工作，又从省军区平调到大军区政治部工作。几十年来，自己一直都在践行着"服从组织决定，听从党的安排"。我是在部队成长起来的，从战士到将军，我深深地眷恋着部队，但现在党需要我转移战场，转换阵地。党的需要就是命令，我应当勇敢迎接挑战，开辟新的天地。2000 年 1 月 3 日，飞舞的玉龙伴随着我从济南乘火车进京赴任。

对我来说，纪检工作既熟悉又陌生。说熟悉，是因为部队的纪检工作本是政治工作的组成部分。我历任团、师及集团军政治部主任，纪检工作是我分内的工作。说陌生，是因为地方的纪检同部队的纪检在领导体制、工作对象以及工作方法等诸多方面都有很大差异。21 世纪初正是中国社会的转型期，同时也是腐败的高发期。反腐败工作虽然难度大，压力大，但我的决心也大，信心也足。我的《冬日杂咏》就是当时心境的描述：

> 梦断窗前快雪纷，
> 梅仙得意报初春。
> 复苏花木安思旧，
> 憔悴山河欲鼎新。
> 事路难行钱作马，
> 愁城欲破酒为军。
> 天公借我龙泉剑，
> 斩尽人间鬼与神。

我的工作思想是惩前毖后、治病救人，教育与查处相结合，不把纪检变成单纯查办案件的机关。事实证明，这个思路是符合当时实际的。

2003 年，"非典"疫情暴发，一时风声鹤唳。为应对疫情，中央决定向各省区（市）和新疆生产建设兵团派出督查组，我被派往青海省。4 月27 日，我即率督查组飞赴青海，去打一场硬仗。在青海省委、省政府的重视和配合下，我们下到一些重点地区，检查督促防护工作；还深入收治"非典"病人的医院探望。历经半个月努力，青海省有力地遏制住了"非典"，我们圆满完成任务。回京后，按规定隔离10 天，我待在一个叫西洼的地方，填了下面这首《鹧鸪天》词：

> 惨淡愁云去那边，玉泉宝塔耸长天。
>
> 花开芳草青蓝地，光照瑶池碧水湾。
>
> 村子口，果园前，
>
> 一根绳索拦非典。
>
> 千家万户送瘟神，勿忘长安起巨澜。

2007 年，我到了退休年限，即 65 岁，便给中央纪委和司法部主要领导提出希望按时退休。到 2008 年 6 月，仍然没有动静，我遂致信中纪委主要领导，表示自己已满 66 周岁，"超期"服役一年，"建议中央尽快研究我退休"。司法部党组于 7 月 19 日收到中央 2008 年 7 月 14 日关于我免职的书面通知。我电话询问中纪委干部室，为何只有免职而不退休？他们回答说，我是第十六届中央纪委委员，待任期届满再下达退休命令。2009 年国庆节后，司法部接到书面通知，"司法部党组：岳宣义同志退休。中共中央组织部 /2009 年 9 月 26 日"。到此时，我才感到自己终于完成了党所托付的所有任务，抵达人生的另一个转折点。轻松之余，我赋小诗一首：

> 无官无梦体轻盈，

■ 作者近照

眼底唯余小草新。

抛却红尘多少事，

诗书任我写乾坤。

　　2016年3月，我的三百首诗词汇集成《吟我江山》，由人民出版社出版发行。它记录了我与祖国随征程的铿锵步伐、与人民同呼吸的心路历程。衣食无忧，诗书相伴，安度晚年。

2021年6月29日通世智库刊

岳宣义

　　曾任54集团军政治部主任、河南省军区政治委员等职；继任中央纪委驻司法部纪检组组长、部党组成员，中国法律援助基金会理事长，中国法学会法治文学研究会会长。第九届全国人大代表，第十六届中央纪委委员。中国人民解放军少将。中国作家协会会员，中国诗歌学会会员，中华诗词学会顾问。

我敬重的邻居老兵

雷海萍

　　陈松是一个老兵，他是我近二十年的邻居，我也当过兵，与他投缘。这次我们随他广西之行，参加"英名墙"的揭幕仪式，才深深感知到，多年来，他一直默默奉献着，干着感天动地的事情。

　　我见证了那震撼人心的场面。揭幕仪式上，当覆盖在英名墙上的黄绸缓缓揭开，全体人员单膝下跪，将盛满酒的土碗举过头顶，在陈松的带领下高呼："回家！回家！回家！"这一声声被鲜血和热泪浸泡过的喊声，在蔚蓝的天空中久久回荡。

　　顷刻间，几百名烈士家属扑向英名墙，刹那间哭声四起，一个个找寻着自己的亲人，趴在墙上亲吻着他们的名字，诉说着几十年来想要诉说的事情。痛快地哭吧！没有人劝慰，因为没有人不落泪。

　　陈松始终被包围在烈属中间，没有任何语言，只有满脸激动的泪水，

老兵陈松

与烈士家属拥抱

紧紧拥抱和长跪不起。

七天里，我每天都感动不已。几天下来，陈松已瘦得快认不出了，他身边始终围着人，我竟找不到和他说一句话的机会，他太忙！太累！

回到北京，我久久不能平静，忍不住拿起笔，和其他了解他的人一样，怀着无比崇敬的心情，记下我这位好邻居所做的这件天大的好事，他还有许多的感人事迹我暂时没能力写出。

我知道，对他来说，一切赞美之词都是多余的，但我有责任讲给大家听。

1979 年 3 月的对越自卫反击战中，50 军 150 师 448 团接任务掩护大部队撤退，回撤时中埋伏，绝境突围，在和敌军惨烈决战中，332 位战士为祖国献出了年轻宝贵的生命。战后定为失踪人员。1979 年 7 月，民政部为他们颁发了烈士证书。但在南疆所有的烈士陵园中都没有这些烈士的墓碑，没有他们的名字。

从陵园管理人员和民政部门深切同情的说明中，陈松得知这些烈士

训练场上的陈松（中）

训练场上的陈松

没有遗骸，没有骨灰，没有安葬及移交记录，在烈士陵园立碑，还有很多的艰巨工作要做……

这些烈属及老兵千里迢迢来看望自己的亲人和战友，寻遍烈士陵园每一块墓碑，查遍烈士名册的每页每行，却找不到自己的亲人和战友，只能悲痛地望着长空，呼喊着亲人战友的名字。

改革开放40年来，经济发展，社会进步，国家发生了翻天覆地的变化，可这些烈属不仅承受着失去亲人踪迹的痛苦，不少人还要因承受拮据的生活和冷漠的现实而伤心落泪。

这一切，刺痛着陈松的心，他毅然站出来："不管有多难，我们一定要让这些烈士回家！一定要为他们立起用鲜花簇拥的墓碑，要让军魂永存！"

一诺千金，尽管这条路十分艰难。这就是陈松，一个将灵魂和军魂融为一体的人，一个出身于军人家庭的战士。他在部队就是一个好兵，他所带领的连队，多年来保持团、师、军"标兵连"称号，曾被成都军区授予"硬骨头六连式连队"称号，并荣获师、军大比武第一名。他爱部队，爱士兵，有着浓厚的家国情怀，他崇尚爱国主义精神，他巨大的责任心、勇敢的担当、果断的行事风格和刚柔相济的智慧，感染着许多人，大家自愿团结在他周围，上下一起来促进这件事情。

面对一些压力、冷漠和不理解，陈松的团队忍辱负重，帮助政府相关部门做了大量艰苦细致的工作。他始终不忘初心，他的魄力源于无私和无畏。

陈松曾先后当过国企和私企的老板，但自己的物质生活极其简单，甚至是简陋。他长期吃速冻饺子，穿着俭朴，从不在物质上花心思，然而他拿出自己的真金白银做盘缠，为一家一家的烈属解决具体急难，他常常惦记着送去的小牛是否长大，他常和烈属们一起守岁过年，为烈士父母送终立碑，代烈士尽孝在父母坟前磕头……抚慰着烈士亲属们伤痛的心，他用极大的真诚、一点一滴的行动，给烈属们热情和信心，让他们在困难中看到希望。他一次次向相关部门汇报沟通，一次次提出解决问题的建设性意见。

在党和国家的关怀下，在属地政府部门的支持下，2019 年 3 月，烈士们牺牲 40 周年之际，为 332 名英雄战士在祖国的怀抱树立了"英名墙"。一座永远的丰碑，把烈属和战友们多年的积压释然了，多年的期盼变成了现实，让为国捐躯的好男儿们英名永存！

这些年，陈松跑遍东南西北，将了解到的烈属和老兵的情况整理出大量资料，向党和国家及部队的主管单位汇报，为国家对烈属和退役军人的相关法律法规的建立健全进行了艰苦的努力。

陈松为英雄们著书立文，罗援将军给予高度评价，并为书写下导语："都说男儿有泪不轻弹，而读此书让我泪流满面……相信大家一定会开卷有益。"

愿我的好邻居——陈松，保重好身体！

2019 年 4 月 21 日通世智库刊

雷海萍

1969 年参军，后在北京军区一〇三野战医院工作；1979 年转入北京军区二六二医院工作；1989 年转业任北京市经贸委北京首饰进出口公司经理办公室主任。

愿得此身长报国

一泓

"国无防不立，民无兵不安。"

一个国家和民族，最重要的有两件大事，一个是发展问题，一个是安全问题。而国防安全与建设，关系到国家和民族的生死存亡，荣辱兴衰。

作为一名曾经为共和国的安宁奉献过青春与热血的人，在欢度国庆节的时候，我越来越深深地感受到，以爱国为根基，为树立正确的历史观、国家观、民族观、文化观培根铸魂，对于实现第二个百年奋斗目标、全面建成社会主义现代化国家、实现中华民族伟大复兴的中国梦，将会焕发出无穷的智慧和巨大的力量。

这种感受，与我数十年前亲历的一场生动的爱国主义"大课"，有着千丝万缕的联系。

1984 年元旦之夜，我奉命随部队开赴广西前线执行作战任务。

那一年，我 24 岁。在空军地空导弹某部基层连队任副指导员。

战地生活，紧张艰苦，险象环生。

连队驻扎在山坡上，四周长长的草丛中，冷不丁地会窜出几条形形色色的蛇，令人毛骨悚然；住的简约钢架房顶上，时不时会掉下来像筷子长，浑身长满"脚"的红彤彤的大蜈蚣。

夏日，边境天气奇热，温度高达 40 多度，因不适闷热潮湿的环境，有的战士长出"股癣"或"烂裆"。

吃的用的水，是用水车从十几公里以外的蒙江拉来的永远混浊的水，需要经过处理才能使用。

我们的作战阵地，离敌人的机场直线距离只有 10 多公里，时常能听到敌军打来的隆隆炮声，还不时可以看到炮弹落在我边境山顶上卷起的碎石与硝烟。

距离我军阵地最近的敌军用机场，战斗机起飞升空后，十几分钟即可飞临我军阵地上空。每天，战斗警报频响，一天跑七八次警报是家常便饭，每个人的思想与精神的"弦"，始终绷得紧紧的，高度警惕，不敢懈怠，真正使人感受到什么叫枕戈待旦。置身战地，方知生活之艰苦、条件之恶劣、环境之危险，战斗随时可能打响。

一年多的战地生活，有三件事对我来说刻骨铭心。

第一件事是亲历了让我终生难忘的战斗，目睹和见证了地空导弹拔地而起、直射苍穹的实战发射。

1984 年 3 月 28 日下午，我营全体指战员，果断抓住稍纵即逝的 70 秒战机，密切协同，一举将入侵我国领空进行侦察窜扰活动的一架敌空军米格 -21P 型侦察机击伤。战后，全营荣立集体三等功，营长周洪秋等 4 人荣立二等功，极大地激励了官兵的斗志，鼓舞了部队士气，也使我这个青年军人，有幸切身体验了参加保卫祖国神圣领空的荣耀与自豪。

另一件事，是我怀着深深的敬意，拜谒了距我们阵地不算太远的一座烈士陵园。

我静静地伫立在一座座坟茔前，凝视着墓碑上镌刻的名字与出生年月，想象着他们为国捐躯时冲锋陷阵的英雄壮举。长眠在这里的英雄烈士，牺牲时有的才 18 岁。此时，有一句关于战争与和平的名言，瞬间跳出我的脑海："军人比其他一切人更虔诚祈祷和平，因为他必须承担战争带来的最深重的创伤。"蓦地，引起我深深的共鸣。特别是面对这一个个

参加战斗荣立二等功的两名指战员

已逝年轻而宝贵的生命，使人更容易想起开国领袖毛泽东主席那极富深情的缅怀："无数革命先烈为了人民的利益牺牲了他们的生命，使我们每个活着的人想起他们就心里难过……"禁不住潸然泪下。

人在战地，身临其境，顷刻间使人对唐朝诗人王翰的那首《凉州词》感同身受。觉得那含蓄而又真挚动人的"醉卧沙场君莫笑，古来征战几人回"的诗句，就是写给那些保卫家国、横刀立马、视死如归、浴血奋战的英雄将士的。他们是真正的热血男儿、国之功臣。于是我对人生价值和意义的内涵，有了植入骨髓的认识与体会。这个和平时期容易被忽略，看似平常、实为重要的哲学问题，在亲历了战争之后，会使人更加关注、深思与珍视。

第三件事就是战争改变人。同年 4 月 28 日，祖国西南边陲，有个叫李海欣的战士，他的名字迅速传遍祖国大地。他是一名代理排长，率领

14 名战士守卫 142 号高地，打退了敌人一个营和一个特工连几百人的六次轮番攻击，用鲜血和生命坚守了高地，他牺牲时年仅 22 岁，被中央军委命名为"战斗英雄"，他坚守的高地被命名为"李海欣高地"。

这位英雄，让我永远记住了他名字的另一个原因是，当时我所在的连队里，有一个战士同他是河南临颍县的同乡，同一年入伍的兵，不同的是二人分别在广西和云南方向守卫祖国的领土，李海欣把年轻的生命永远地留在了"老山主峰"。

而我的这位战友是电话班长，打完仗在广西前线解甲归田。临行前夜，他向我道别，说："副指导员，能不能把这个送我留念？"借着月光，见他手里拿着一本我曾借给他的《花木兰》豫剧唱词。

战地，身无长物，我知道他酷爱河南家乡戏豫剧，就拍拍他结实的肩膀说："带上吧，别的也没有什么能送你的！"

斗转星移，37 年过去了，至今他在战地上为战友们演唱的激越情景，犹如昨天一样历历在目，余音绕梁。我一直想念这位爱唱河南戏的战友，一直牢牢记住了李海欣这位战斗英雄的名字。

"纸上得来终觉浅，绝知此事要躬行。"其实，人生有时候就是一场历练、一次出征、一种感悟。

经过一场血与火的洗礼和生死考验，我对生命、友谊、事业等诸多涉及人生观、世界观、价值观的问题，有了更真切的认识、更深刻的感受。可以说，大凡当过兵和上过前线打过仗的人，什么苦都能吃，什么罪都能受，什么难事都不怕，什么屈辱都能扛；对什么高官厚禄、名利得失、金钱地位，淡然置之，视同秦越。而对生命健康、人间真情、战友之谊、家国情怀和浩然正气，则视同拱璧，推崇备至，终其一生都会将以下这些东西看得最重要、最珍贵。

——生命与健康。生命是高堂给予的，一个人的一生，生命只有一次，一个鲜活的生命和健康的体魄，一旦星落玉殒，受伤致残，带给父母、家庭、亲友的是难以承受的极大痛苦、不可弥补的巨大损失。但有道是，"但使龙城飞将在，不教胡马度阴山"，"黄沙百战穿金甲，不破楼兰终不还"。

作为一名军人，忠于职守，保家卫国，为祖国的安宁和人民的幸福生活而战，不怕千难万险、不怕流血牺牲，英勇战斗，是军人的天职、义不容辞的责任和使命。同时，战争的严酷性，使军人战后更加敬畏生命、关爱健康、珍惜真情，无论是平素风和日丽的日子，还是遭遇风霜雨雪的逆境，他们都会初心不变，意志不减，将生命与健康，永远作为一切事业奋斗与成功哲学中的"一"。没有生命和健康这个"一"，一切追求和努力都归零。因为，世界上再也没有比生命和健康更重要更珍贵的东西了。

——家国与情怀。家是最小国，国是千万家。"位卑未敢忘忧国，事定犹须待阖棺。""但愿众生皆得饱，不辞羸病卧残阳。"中华民族历代爱国文官武将、仁人志士、层出不穷，群星璀璨，使我华夏大地锦绣江山安然无恙、稳如泰山。他们都有一个共同的显著特征，即家国情怀，胸怀天下，情系百姓。

家国，是精神成长的沃土，灵魂栖息的常青树；情怀，是具有文化自觉的人，忠于祖国、服务人民、奉献社会的一种浓浓的"人民情结"，是对家园的一种守望与呵护，更是建设强大祖国的一种"担当使命"。

家国与情怀，同忠诚与真情密不可分，共生同行。青春年华未经硝烟战火之洗礼、生死离别之考验、重大疾病之折磨、天灾人祸之祸害、穷困潦倒之落魄、诬告诽谤之毁誉、冤假错案之打击，是一件幸运的事，但未必是好事，因为一个人即使到了知天命之年，也未必能体会到在战场上，一滴水比一桶金重要；生死与共比荣华富贵重要；并肩战斗比利益共享重要；战友之情比金钱地位重要。之所以这么说，是因为此时金山银山换不来一滴救命的水，一列火车钱币也包扎不了一个流血的伤口。

硝烟弥漫的战场，只有同生死共命运的战友，才会舍生忘死去伸出援救之手。

——事业与追求。"向北望星提剑立，一生长为国家忧。"

一个人的事业与追求，只有与祖国的事业和命运融合在一起发展，才能有所作为，建功立业。我从青春年少到霜染两鬓，至今对雷锋、焦裕禄、王进喜、史来贺、邓稼先、钱学森等英雄模范人物，钦佩至极，推崇备至。从这些工农兵和知识分子的杰出代表身上，我看到了什么叫担当，什么叫奉献，什么叫榜样，什么叫理想信念的力量。

论身份，雷锋只是一名普通战士，焦裕禄是一名县处级干部，王进喜是一名产业工人，史来贺是一名村支书，邓稼先和钱学森是以科学报国的两位知识分子——科学家。但他们都是共产党员的优秀代表，都是中华民族的脊梁。他们对祖国的赤子之心、对事业的执着追求、对共和国的巨大贡献，谁人能与其比肩？

衡量一个人的价值和生命的意义，人们可以有这样或那样的认识角度，但是否有益于国家、民族和人民，应当是一条最根本的标准。

"不畏浮云遮望眼"，经历过战争的人，不管年龄大小，大抵重情讲义，格外懂得珍惜，更清楚没有生命与健康，没有家国情怀与忠诚真情，皮之不存毛将焉附。如同一桌山珍海味，缺少食盐与作料，索然寡味。

在战火中淬炼过的人们知道，一个人真正的价值和意义，不在于他官有多大、钱有多少、名气有多高、坐拥多少财富，而关键看这个人为国家和社会做了多大贡献，给他人带来了什么益处，温暖过多少人，帮助过多少人，照亮了多少人。

2021 年 10 月 12 日通世智库刊

一泓

当过知青插过队，从军 24 年打过仗。酷爱中华优秀传统文化，更乐意咀嚼和践行自己曾写的一首小诗：

不唯一己活，
常为大我博。
甘苦谢天地，
忧乐向家国。

自 20 世纪 80 年代至今，先后在《空军报》《解放军报》《人民日报》《中国青年报》《北京日报》《半月谈》等报刊，以及诸多网站刊登新闻作品、诗歌、散文、理论文章数十万字；编著出版《石破天惊》《青春岁月军旅情》等书。

在陈若克母女合葬墓前的沉思

樊国安

"孩子，你来到世上，没有喝妈妈一口奶，现在就要和妈妈一起离开这个世界了，你就吸一口妈妈的血吧！"这是 1941 年 11 月 26 日，年仅 22 岁的陈若克在英勇就义前，让出生 20 天的小女儿吮吸她咬破手指淌出的"血奶"时说的话。随后这对母女就被残忍的日本侵略者用刺刀活活地捅死了，整整捅了 27 刀……就这样，母女两个鲜活的生命分别定格在 22 岁和 20 天；就这样，一个彰显中华儿女"威武不能屈"民族气节的"血奶"乳儿的故事从此成为千古绝唱。

今年的深秋时节，笔者从千里之外来到山东省蒙阴县孟良崮战役烈士陵园，怀着无比虔敬的心情瞻仰了陈若克母女的合葬墓，只见一块青黑

身穿八路军军装的陈若克

色的墓碑镌刻着"陈若克烈士之墓";墓碑背后一座圆形的坟茔里安葬着她们母女俩的遗骸。

伫立在庄严肃穆的墓碑前,凝望挺拔葱郁的松柏,笔者的脑海里忽然浮现出了80年前陈若克烈士携幼女舍身就义、慷慨赴死,惊天地、泣鬼神的悲壮历史一幕……

1941年11月4日,中共山东分局书记兼八路军第一纵队政委朱瑞将军的爱人,时任中共山东分局妇委委员、省妇救会执委、省临时参议员的陈若克和八路军鲁中军区独立团的部分官兵,在蒙阴县东北部的大崮山被日军包围,她怀着八个月的身孕和八路军战士一起战斗,打退了日军的十几次冲锋。11月7日深夜,当日军从山后偷袭来时,陈若克和八路军官兵掩埋好牺牲的战友,将山上的仓库及兵工厂炸毁后,用绳索从大崮山山顶缓慢地往下撤退。

陈若克由于阵痛加剧,行动越来越缓慢,渐渐地与突围的队伍失去了联系。艰难地走了五六个钟头后,她终于支撑不住了,去附近村里找老大娘帮忙接生的警卫员还没有返回,她就生下了孩子。孩子的哭声引来了搜山的日军。陈若克马上下意识地伸手掏枪,可是,手枪在大崮山时已经让给阻击敌人的战友了。她怒目圆睁地徒手与日军拼命。日军一看,这个弱小的女人也太凶了,上去就是一枪托,把她砸昏在地。陈若克就这样被俘了。

敌人并不知陈若克是何许人也,只觉得这个女人很凶,表情凶,说话凶,一点都没有刚生过孩子的柔弱,更没有普通中国女人的胆怯。给她吃的,她不要;问她什么,全不说。原打算把她枪毙算了,又觉得这个女人不一般,也许很有来头。于是就把陈若克用铁丝捆住手脚,关在一间小屋里。一天一夜之后,陈若克竟然水米未沾。最后,敌人决定把陈若克母女押往驻扎在沂水城里的日本宪兵司令部。

马夫把陈若克横放在马背上，把她的手脚用绳子拴在马鞍上，把刚出生的婴儿装进一条马料袋里，搭在了马背上。在崎岖不平的山路上，母女俩就这样在马背上被颠簸折磨了数小时之久。幼小鲜嫩的婴儿被坚硬、冰凉的马草扎得疼痛难忍，扯着小嗓子拼命地哭啊哭啊，哭得嗓子都嘶哑了。

从蒙阴县大崮山到沂水县城有100多里的路途，看着已经无力哭喊的女儿，陈若克真是万箭钻心，那是她和朱瑞的孩子啊！那是她的心肝骨肉啊！陈若克顽强地忍受着，没有在侵略者面前掉下一滴软弱的眼泪。

押到沂水县城后，日本宪兵队队长亲自提审陈若克："你是哪里人？""听我是哪里，就是哪里的！""你丈夫是谁？""我丈夫是抗战的！""你呢？""我也是抗战的！"陈若克甩给翻译官一脸的坚强和仇恨，不仅翻译官受窘，连宪兵队队长都觉得无言以对了。看到敌人不说话，陈若克催促道："还问什么？快点枪毙好了！""枪毙？"敌人冷笑着说，"没那么容易，还得赔上一颗子弹哩。""那就刀杀！""刀杀还得用力气哩。""随你的便！"此后陈若克再也不作声了。

对于死，陈若克是随时准备着的。两年前她就向丈夫朱瑞要了一支手枪。从干娘家分别的晚上，朱瑞还提醒她，手枪还是要带着呀！她向丈夫会意地点点头，只是，当她真的想要慷慨赴死时，手枪却没在身边，命运之神要给她更高难度的人生考验。

日本侵略者用烧红的烙铁烙在她的前胸后背，她惨叫一声昏死过去。醒来后，再次问她："你是干什么的？""我是抗日的！""你丈夫是干什么的？""就是打你们的！"之后，陈若克对敌人再也不屑理会。

日本侵略者想用暴力摧毁一个中国八路军女战士意志的企图失败了。陈若克被抬进牢房，脑袋上包着纱布，遍体鳞伤，厚厚的纱布被血浸透了，一只眼睛几乎失明，伤得很重。身边的小女儿干涩地哭泣着。见此情景，牢房里原先被俘的一位战友忍不住哭了起来。陈若克微微睁开眼睛，用坚定的语气吐出一句话："哭什么？在日本侵略者面前，我们八路军战士决不能掉一滴眼泪！"

敌人换了一种方法来对付陈若克。看到陈若克没有奶水哺乳女儿，就把一瓶牛奶送到牢里来。"我们知道你是八路军，你很坚强。可你同时也是孩子的母亲，难道你一点都不心疼你的孩子吗？"翻译官按照日本人的意思，试图说服陈若克。孩子饿得几乎哭不出声了，干瘪的小嘴一张一合地翕动着，用绝望渴求的眼神望着自己的母亲。此时此刻，陈若克的心顿时让孩子求助的目光揉碎了，作为一个母亲，她心疼关爱自己的幼女，她也不想让自己的幼女忍受饥饿的煎熬，但是身为一个堂堂正正的中国人、一个中国共产党党员、一个八路军女战士，在凶残的侵略者面前，更要体现出"威武不能屈"的民族气节！决不能让敌人借"怜子之情"来软化和松懈自己的斗志！于是她果断地把敌人送来的牛奶砰的一声摔在地下，说："要杀就杀，要砍就砍！"

1941 年 11 月 26 日，在临刑前，陈若克用自己裹伤的纱布特意给小女儿做了一顶小白帽，从自己内衣上撕下一块红布叠成了一颗小五星，缀在了小白帽上，端端正正地给女儿戴在了头上，帽子上的小五星显得格外鲜艳，小姑娘活脱脱地被打扮成了一个威武英俊的八路军小战士模样。她非常吃力地揽过孩子，咬破自己的手指，把殷红的鲜血送到女儿的嘴里，喃喃地说："孩子，你来到世上，没有吃妈妈一口奶，就要和妈妈一起离开这个世界了，你就吸一口妈妈的血吧。"此时此刻，她的心里是多么疼痛，多么纠结，因为女儿还没来得及看上爸爸一眼，爸爸也没有看上女儿一眼啊……

一个老乡想帮她抚养女儿，她没有答应。在陈若克看来，整个中华民族都在苦难中，自己孩子的性命算不了什么，索性拼上自己的"这一块

陈若克和朱瑞合影

血肉",让日本侵略者知道我和我的女儿是有骨气的中国人!让他们知道中华民族是不可战胜的!陈若克大义凛然的壮举极大地震撼了敌人,曾经审讯过她的日本兵悄悄议论说:"这个带小孩的女八路真厉害!审了几天闹了几天,一点也不怕,又喊口号又唱歌,最后连自己的孩子都舍得拼上!有这种骨气的民族难以征服!"

1941年12月中旬,陈若克母女的遗体被我方人员秘密运到了沂南县东辛庄村。"沂蒙母亲"王换于卖了自家的三亩地,购置了一大一小两口棺材,流着眼泪为陈若克母女做了寿衣,把她们隐蔽安葬在村东头她家的地里。按照当地的风俗,只有自家人才能埋葬在自家的地里。王换于老人是朱瑞和陈若克的"干娘",她当年在东辛庄村自家的百年老屋,曾经为他们举办了一个简朴的婚礼。

下葬那天,匆匆赶来的朱瑞将军执意要看妻子和女儿最后一眼,干娘王换于说啥也不让看,因为太惨了——陈若克的头被敌人割掉,身上体无完肤,衣服凌乱不堪。唯有腰上还系着朱瑞送给她的一条腰带,那是他们爱情的见证。

1942年7月7日，朱瑞撰写了《悼陈若克同志》的文章："她死得太早，是革命的损失！妇女的损失！也是我的损失！因为我们是真心相爱的夫妻和战友啊！但她的死又是党的光荣！妇女的光荣！也是我的光荣！因为她和我们前后的两个孩子，都是为革命而牺牲的……以牙还牙，以血还血，让我们心里永远联结着亲爱与仇恨，一直斗争到最后的胜利吧！"

在"沂蒙母亲"王换于纪念馆，有一幅朱瑞将军当年为陈若克母女遗骨入殓抬棺的照片，只见他双膝跪地，泪流满面，悲恸欲绝：因为他抬的是与自己相濡以沫多年的战友和爱妻的遗骸；因为他抬的是与自己骨肉相连的小女儿遗骸，这种和至亲至爱亲人的生离死别，阴阳两隔，对活着的亲人的心灵创痛何止是撕肝裂胆？何止是痛彻心扉？

全国解放后，沂蒙人民为纪念这位"威武不屈"的抗日英雄，把陈若克母女遗骨迁葬到孟良崮战役烈士陵园，并为其树碑立传。

在陈若克母女合葬墓后面，是一片以一个个五角星为碑的烈士墓群，他们是解放战争时期在孟良崮战役中牺牲的2865名革命烈士，牺牲时的平均年龄是23岁。陈若克的小女儿是安息在这座烈士陵园中年龄最小的"八路军小战士"。

望着矗立在苍松翠柏之中的陈若克母女合葬墓的大理石墓碑，笔者陷入了遐想和沉思，墓碑上虽然没有镌刻这位可敬可爱的小姑娘的名字，甚至她还没有来得及在人世间留下自己的名字，也没有什么荣誉称号，她生前没有留下一张照片，也没有留下只言片语，但是我仿佛看到这位"八路军小战士"的矫健身影浮现在黑色大理石墓碑上，在笑呵呵地向我们频频招手，模样是那么英俊！那么威武！尤其是帽子上的那颗小五星闪闪发光，格外的鲜艳，格外的醒目……

2021年11月8日通世智库刊

樊国安

1951 年出生，资深媒体人，曾获天津市首届"十佳记者"称号，作品入选中国新闻奖，事迹入选《中国记者》杂志和《中国高级记者成名作透视》一书；发表多篇散文、文学传记及电视剧本。出版有散文集《我从老区旬邑来》。

"沂蒙母亲"和她的百年老屋

樊国安

今年初春柳芽吐绿的时节，我从千里之外的天津来到山清水秀的沂蒙山区，特地瞻仰了电视剧《沂蒙》中"沂蒙母亲"的原型人物王换于老人生前居住过的百年老屋。百年老屋坐落在沂南县马牧池乡东辛庄一个十分平常的农家院落里，原本是拥有 21 间房子的大院落，因为岁月的剥蚀，目前仅仅保存了几间北房和厢房。就是这看似十分平常的百年老屋演绎出了沂蒙山区父老乡亲在抗日战争时期一段震撼人心的历史传奇，就是这看似十分平常的百年老屋演绎出了"沂蒙母亲"的杰出代表王换于老人感天动地的真实故事。

在百年老屋旁竖立着一块黑色大理石碑，上面镌刻着著名作家李存葆、王光明撰写的《百年老屋赋》：

> 狭窄斯屋，容得下齐鲁山水。徐帅向前曾在屋内发谋决策，从容指顾，一旌卷收倭寇。罗帅荣桓曾于此运筹帷幄，伪军布阵，万全身出百重围。斯屋曾是山东根据地之心脏，各路将领，你进我还。大娘呼老唤幼，馨其家有，犒军劳兵，日做八餐。三尺锅台，竟日滚烫。一缕炊烟，昼夜飘散。

时光闪回到 80 年前的 1939 年 6 月，中共山东分局和八路军第一纵队

■"沂蒙母亲"王换于的青铜塑像

机关首长徐向前、罗荣桓、朱瑞等率部来到沂南开辟抗日根据地，驻进了东辛庄一带的村庄。时任东辛庄村妇女救国会会长的王换于家的老屋就成了中共山东分局和八路军一纵首长办公、食宿的地方。

当时，由于生活物资匮乏，抗日政府和部队干部的孩子都饿得面黄肌瘦，许多还在哺乳期的孩子更是饿得嗷嗷待哺，王换于看到这个情况后就向徐向前元帅建议说："要赶快把孩子集中起来，我来照顾他们，没有奶水吃的得赶紧找奶娘，这样孩子才能活下去，打起仗来也好掩护。"于是，王换于办起了战时托儿所，第一批转来了27个孩子，后来又接收了27个孩子，总共接收了80多个，当时这些孩子最大的7—8岁，最小的生下来才三天，这些孩子中有徐向前和罗荣桓元帅的女儿。由于兵荒马乱和粮食低产，大人们都吃不饱，也没有多少奶水喂养孩子。王换于踮着一双小脚挨村挨户地打听，谁家的孩子夭折了，就动员孩子的母亲不要把奶水退回去，把战时托儿所需哺乳的孩子送给这位母亲喂养。她有一次去

战地托儿所的孩子们

看望在邻村寄养的孩子，瘦得不像样子，一阵心酸，就将这个孩子抱回了家。当时，她的两个儿媳正在哺乳期，抚养自己孩子的同时还要喂养这些特殊的孩子，奶水已经不够吃。王换于毅然决然地对两个儿媳说："这些孩子有些是烈士的后代，咱家的孩子磕打死了，还可以再生，烈士的孩子死了，他们就断了根儿了。咱豁上命也得给他们保住根儿呀！让咱的孩子在家吃粗的，把奶水留给这些孩子吃吧。"由于营养缺乏，王换于自己的四个孙子，最大的七岁、最小的几个月都先后饿死了。战时托儿所的孩子们在王换于及其家人的精心呵护下，都得到了健康的成长。

当年，在这座百年老屋的南屋，王换于作为中共山东分局领导人、著名抗日将领朱瑞和中共山东分局妇委委员陈若克男女双方的"母亲"，为他们举办了简朴的婚礼。1941 年冬，身怀重孕的陈若克在参加对日寇的反围击战中，不幸被俘，宁死不屈，最后壮烈牺牲。王换于冒着生命危险，以烈士母亲的名义，领回了陈若克母女的遗体，卖了自家的三亩地，为陈若克母女买了最好的寿衣和棺木，将母女俩的遗骸悄悄埋葬在自家的菜地里……

1941 年 11 月的一天下午，依汶村的农民王洪山推着独轮小车，把一名重伤员送到了王换于家里。只见这位伤员浑身血肉模糊，前胸、后背和

■ 王换于和当年她救助过的八路军重伤员白铁华

四肢的皮肉都像被烙熟了一样，只剩下一口气了。王换于和儿媳张淑贞立即进行抢救。经过数天悉心救治，这位伤员终于睁开了眼睛。这时，她们才认出他是以前曾在家里住过的大众日报社干部毕铁华（后改名白铁华）。原来他是到依汶村察看大众日报社埋藏的印刷材料等物资时，不幸陷入日寇魔掌。残暴的日寇用点燃的香火在他身上一点一点地灼烧，并用烧红了的铁锨烙他的身体。他身上80%的皮肉被烙糊了，日寇依然没有从他嘴中得到一点东西，后来认为他被烙死了，就把他扔到了荒郊野外……为了给他治伤，王换于刚开始用蜂蜜涂抹疗伤，但不见效果。听说獾油拌头发灰能治烙伤，就找到一家猎户买了一只獾，熬成獾油，把自己的长发剪下来烧成灰，给他搽敷。王换于的儿媳张淑贞回忆说："后来又听说'老鼠油'是专治烧伤的特效药，我们又想办法弄来了。除了这些土法子，还有蛤蟆草啊、车前草啊，都是消炎的嘛，给他熬水喝，也给他洗伤口。一直到第二年割完麦子，他才好得差不多了。"

在抗日战争的烽火岁月中，每当家乡附近发生战斗，王换于和儿媳张淑贞就冒着战火的硝烟去战场查找受伤的八路军官兵，争分夺秒地抢救他们宝贵的生命。为了在硝烟未尽的战场中抢救受伤的八路军官兵，她们经常被流弹划伤皮肉，鲜血流淌，王换于的头发曾经被流弹扫去一绺绺，她和儿媳张淑贞的衣服上留下了弹孔一处处……

2003年，沂南县政府修建的"沂蒙母亲王换于纪念馆"正式开馆，来自当年战地托儿所的"孩子"和当年被救治的伤员长跪在王换于老人的铜像前，泪流满面地大声喊道："老娘啊，我们来看望您啦！"

一年年花红柳绿，一岁岁春夏秋冬，掐指算来，王换于老人这位伟大的"沂蒙母亲"已经长眠于九泉之下30年了……虽然岁月的剥蚀使这座百年老屋的面貌显得陈旧古朴，虽然时间的流逝使这座百年老屋的传奇逐渐成为历史，但是岁月的剥蚀和时间的流逝永远不会磨灭人们对"沂蒙母亲"超越血缘的人间大爱的永恒感怀；岁月的剥蚀和时间的流逝永远不会磨灭历史对百年老屋创造的历史传奇的永恒铭记，恰如《百年老屋赋》所颂："沂蒙母亲，至仁至义，至慈至善。百年老屋，谁言低陋，谁言狭窄？……呜呼，百年老屋，精神摩天！"

2019年5月26日通世智库刊

樊国安

1951年出生，资深媒体人，曾获天津市首届"十佳记者"称号，作品入选中国新闻奖，事迹入选《中国记者》杂志和《中国高级记者成名作透视》一书；发表多篇散文、文学传记及电视剧本。出版有散文集《我从老区旬邑来》。

历史变迁中的医学前辈
——忆父亲彭运煊

彭子商

父亲彭运煊是我国最早的西医妇产科专家之一，是中国早期与美国医学界建立联系和友谊的中国医生。他受到中西方文化的双重影响，一生刚直不阿、忠于职守、淡泊名利，表现了中国老一代知识分子的素养和气质。他用精湛的医术普惠民众，救治了不少患者；他用丰厚的理论知识和扎实的临床实践，培养了很多学生，可谓桃李满天下；他亲手将宽仁医院这所教会医院顺利交接到人民政府手中，使其发展成为人民服务的新型医院。

无论是做医院院长，还是做学校校长，父亲都是兢兢业业，他为国家医学事业的发展贡献了毕生精力。

父亲近 60 岁时加入了中国共产党。

"文化大革命"中父亲受到不公正对待，几经磨难和屈辱。平反后仍然一如既往地想着要为国家多做事情。他的一生，见证了中国知识分子特殊的历史命运。

追忆父亲的印迹，缅怀父亲的精神，再现历史的真实与厚重，是我的愿望和责任。

在宏伟庄重的中国人民抗日战争纪念馆里，我久久凝视着一张有些

■ 父亲彭运煊　　　　　■ 重庆大轰炸，流动手术队从白市驿救护归来

发黄的黑白照片。照片注释：重庆大轰炸，流动手术队从白市驿救护归来。照片上一位身着中山装的瘦高男子，拎着手术设备箱，表情坚毅，在人群中格外突出，他就是当时重庆宽仁医院年轻的妇外科医生，我的父亲彭运煊。看着照片，父亲从医的艰辛道路涌现至我眼前。

1928 年，父亲考入位于成都的私立华西协合大学，这是当时中国顶尖的几所高等学府之一，是旧中国吸收西方先进思想和先进技术的窗口。父亲在华西攻读医学博士八年。当时医学博士是学制最长的专业，内容浩瀚，用英文教学，不少学生中途辍学，自始而终者寥寥无几。

他们那一届最后毕业获得医学博士学位、穿上博士服照相的只有七人，父亲是唯一的男性，人称"七君子"。

由于艰苦的学习，父亲患上了肺结核，当时还没有异烟肼抗结核病药，他坚持洗冷水澡和运动锻炼，凭着顽强的毅力战胜了疾病，最终完成了学业，成为中国早期受到正规系统的西方医学教育的西医博士。

■ 1936 年 7 月，彭运煊（左一）从私立华西协合大学医科专业毕业时留影

50 年代的重庆，在嘉陵江畔临江门的江边山顶上，矗立着一栋西式楼房，宽阔的石梯，青色的砖墙，粗大的圆柱，弧形顶的宽大楼门，院中有枝叶繁茂的黄桷树，还有临江城墙边年年飘香的洋槐花，在临江门古旧的吊脚楼建筑群里，显得格外别致和洋气。这就是私立重庆宽仁医院的旧址。

这栋历史的建筑，现在已经被一座现代化的医院大楼群取代，"重庆医科大学附属第二医院"的醒目大字，见证了时光的荏苒、历史的变迁。

1891 年重庆开埠后，一位名叫马加里（Janne Macteny. H）的美国人来到重庆戴家巷。他是当时美国教会中华基督教派的传教士，他与另一位英国传教士共同在戴家巷创建了重庆第一座西医医院，取名 Chungking General Hospital，中文翻译为"私立重庆宽仁医院"。

这是当时西南地区开设的第一家西医医院。医院开业时设有门诊部、住院部，此后又相继开设了专治妇科疾病和儿童疾病的女医院，以及主治男性内外科的男医院，后来男女医院合并，再后来发展成为陪都设备最齐全、医护力量最强的西医院。

这所教会医院开办的初衷主要是以医学为媒介，通过人道、慈善的方式传播基督教思想，但宽仁医院以宽厚仁爱、治病救人的精神救治了不少普通民众，医院不仅开启了中国西部西医科学发展的先河，也赢得了重庆普通老百姓的尊敬和爱戴。

我父亲从华西毕业后被聘任到宽仁医院任住院医师，主治外科、妇产科疾病。父亲还是一位男性的妇产科大夫，这在封建的旧中国，只有在教会医院才有可能。

父亲秉承了宽仁医院仁慈博爱的精神，用他的手术刀挽救了不少普通病人的生命。特别在妇产科，父亲为许多妇女患者做过手术，亲手迎接了许多新生命来到世界。父亲曾说："我已经记不清为多少人接过生，我接生的孩子现在已经做爸爸妈妈，又在生孩子了。"许多当年在重庆宽仁医院出生的人对这位妇产科专家都满怀感激之情。父亲用他精湛的医疗技术和崇高的职业道德，赢得了人们的尊敬和爱戴。

抗日战争时期重庆作为中国的陪都，受到日军飞机长达数年的猛烈

■ 1947年，彭运煊（前排左一）任重庆宽仁医院妇产科主任

轰炸，这就是重庆大轰炸。大轰炸期间宽仁医院组织了急救队、手术队和医疗队三支队伍，开展救护伤员的工作。父亲参加了医院的流动手术队，经常去轰炸现场收治被空袭炸伤的民众。在凄厉的警报声和震耳欲聋的爆炸声中，他与医院同人们冒着生命危险穿梭于硝烟战火中，夜以继日地为伤员进行手术。

一次，一名腿部严重炸伤的司机面临截肢，父亲力排众议，施行修复手术，最后保全了伤员的肢体；一次他正在给一位急性阑尾炎病人做手术，突然空袭警报拉响，他沉着冷静地仅用 15 分钟就完成了手术，再将病人送入防空洞……在战争年代的非常时期，父亲不畏风险，救死扶伤，体现了一位中国大夫的奉献与崇高。

1949 年新中国成立，解放军进军大西南，重庆解放前夕社会动荡，宽仁医院的外籍医生纷纷回国，医院陷入停顿困境。危难之际，时任妇产科主任的父亲被医院同人一致推举为代理院长，成为宽仁医院历史上的最后一任院长。

新中国成立初期，四川分为川东、川西、川北、川南四个行署，由西南军政委员会统一管理，邓小平时任军政委员会政委。经过医院与政府双方的共同努力，父亲代表医院与川东行署正式签署了合作协议，改"私立重庆宽仁医院"为"川东协办宽仁医院"，父亲担任院长。

同年年底，重庆市军管会正式接收医院。1951 年 1 月 15 日成立川东医院，父亲任院长。1953 年，医院更名为"四川省川东人民医院"，属四川省卫生厅领导。1955 年医院交由重庆市卫生局领导，同年更名为"重庆市第四人民医院"，父亲继续担任院长。

宽仁医院由人民政府接管后，一改解放前为教友、士绅、商贾服务的方向，将医院重心转向为人民大众服务。医院地处市中心，病人多，病种复杂，很适合发展成为多科室多领域的综合性大医院。为此，父亲通过

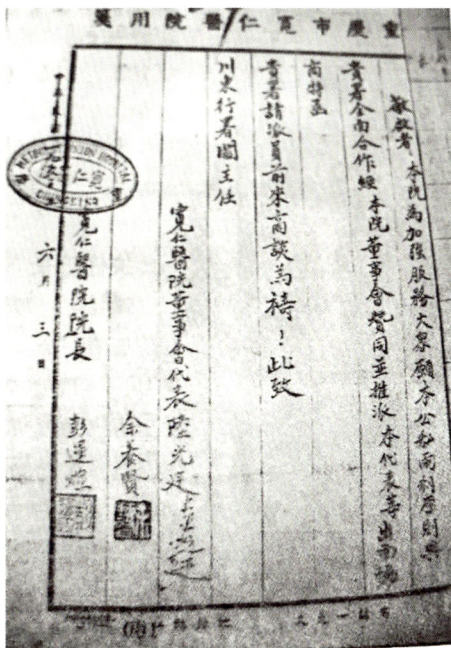

■ 1950 年宽仁医院董事会代表和院长彭运煊致
川东行署阎主任关于洽谈医院接管事宜的函

自己在医学界多年医德医术的积淀，得到华西校友和学术界一些领军人物的热情支持和帮助，很快医院增设了科室，增添了设备，引进了人才，医院的业务规模、医疗水平都获得了前所未有的发展，社会声誉也得到了前所未有的提高。

父亲主持医院工作后，取消了以前教会医院举行的传道、礼拜、唱诗等宗教活动，开办扫盲班提高工友文化水平，整治环境清洁卫生；医院还开办了职工食堂、图书馆、俱乐部。每晚医院礼堂书声琅琅，一派新气象。每年第七军医大学学生来院实习，举办联谊舞会是大家最兴奋的时候。舞会在球场举行，灯光明亮，地面撒满滑石粉，木桶装满热咖啡，实习学生和医院的职工一起翩翩起舞，热闹非凡。

川东医院成立，父亲主持医院工作，是自宽仁医院建院以来发展最好的时期，医院受到党和政府的重视，父亲出任川东医院院长的委任状，是时任西南局第一书记邓小平亲自签署的。

抗美援朝时期，父亲代表重庆医学界，在重庆人民广播电台发表了名为《反对美帝国主义在朝鲜进行细菌战》的讲话。为支持志愿军买飞机大炮，父亲捐出了部分积蓄和结婚时留下的金戒指。他挑选出医院优秀的医护人员，组建了赴朝医疗队，积极参加抗美援朝。医疗队归来后，父亲组织全院职工怀着无限崇敬的心情，聆听医疗队讲述在天寒地冻的朝鲜战场上冒着枪林弹雨救治志愿军战士的事迹，使全院职工受到了生动深刻的爱国主义教育。

由于父亲为宽仁医院的成功接管和发展作出了很大的贡献，受到人民政府的关心和奖励。1951 年，父亲当选川东行署人民代表大会代表，连续当选重庆市第一届、第二届、第三届各界人民代表会议代表。新中国成立初期，重庆每年都要举行国庆群众游行，我清楚地记得父亲每次都身着笔挺的西装，胸前佩戴红色的国庆观礼证，前往解放碑参加国庆观礼。

父亲一生克勤克俭，生活朴素，不嗜烟酒。他爱听新闻，书柜里放满马列原著和英文书籍。家里唯一值钱的是一台红灯牌收音机和华生牌电扇。"文化大革命"期间，学校造反派来我家抄家，一无所获，抄走的最"值钱"的东西是父亲一件穿了多年的旧短大衣。父亲对子女教育以身作则，要求严格。我们兄弟姐妹六人有四人考上大学。父亲也希望子女中能有人继承他的医学事业，当得知我大哥考上第七军医大学时，平时沉默寡言的父亲也难掩兴奋。他反复看着录取通知书，问我大哥学医是为什么，我大哥背了一段毛主席语录，"救死扶伤，发扬革命的人道主义精神"，父亲满意地笑了。父亲还专门去商店买了一支金星钢笔给大哥，嘱咐他要好好学习，将来成为一名人民的好医生。

1989 年父亲被检查出癌症，他一直住在条件较差的卫校附属医院，从不提任何要求。临终前他对大哥说："这辈子我的子女都能为国家做事，没有一个学坏，我很满足了。"父亲反复说："丧事要从简，不要提要求，烧了就算了。"父亲于 1989 年 12 月 3 日去世，走完了他从事医学事业的一生，享年 81 岁。

父亲的墓地设在他生前最喜爱的地方——抗战时他救助伤员的歌乐山。父亲墓前石碑上，篆刻着《诗经》"高山仰止，景行行止"的题词，表达了后辈们对父亲平凡而伟大的一生的敬仰和学习。

父亲一生经历了抗战时期、新中国成立时期、"文化大革命"时期、改革开放时期，是历史的见证者，也是历史的参与者。父亲的一生见证了中国知识分子特殊的历史命运。"画梅留刚直，悬竹志春晖"，这是悬挂在彭氏宗祠大堂横匾上的题词，父亲的一生，正是这副题词的写照。

2019 年 11 月 16 日通世智库刊

彭子商

退休前任光大银行重庆分行公司部总经理。

祖国是大海，我是浪花一朵

孙茂庆

今天，我和祖国同过 70 岁生日。

我从一个农村贫苦人家的孩子，成长为国家通讯社的一名高级军事记者，是党和军队培养了我。祖国是大海，我是浪花一朵。

19 岁那年，我当了一名空军炮兵侦察员。本应仗剑而行，紧握枪杆子，却舞文弄墨，拿起了笔杆子，从此握笔撰写没有停过，一干就是大半辈子。

我曾 50 多次出色完成国家和军队具有重大影响的采访报道任务，用手中的笔和镜头记录下某地重大军事演习、香港回归、九八抗洪、汶川地震、三次国庆大阅兵……几十年来，我写了新闻通讯、报告文学 2800 余篇，新华社内参 400 余篇，供稿 100 余幅照片，共计 400 万字左右。

祖国给我的是雨露和阳光，我给祖国的是忠诚和奉献。

几十年来，我和祖国共命运，所经历的那些事、那些人，岁月移，总难忘。

1998 年，长江流域发生特大洪灾，30 万将士共战洪魔。在前线采访的日日夜夜，我用手中的笔和深深的情感，去写无愧于英雄、无愧于战友、无愧于人民、无愧于时代、无愧于新华社军事记者的作品。

我采访的反映高建成事迹的《抗洪英雄——高建成》《大江中永生》《同是英雄魂魄》这三篇长篇通讯，凝聚了我的真情实感，由新华社播发后，全国各省市报纸几乎全部采用，受到了社会各界和新闻界同人的好评。

我与抗洪英雄高建成是同一个部队，当高建成和他的 16 位战友牺牲在簰洲湾抗洪第一线的那一夜，当英雄舍己救群众的壮举尚没有公开的时候，当来自全国各地的记者纷纷撤离的那一刻，我作为曾是这支部队的一个兵、一名新华社记者，一次次含着泪向官兵们承诺，一定要用我手中的笔和心中的激情，将 17 位英雄的事迹告诉党和人民——这就是我们的军队，在革命年代，他们前仆后继，敢于担当，勇于牺牲，在和平年代，也是他们，在肆虐的洪水面前筑起一道冲不垮的长堤。

新华社连续发了四篇内参，立即受到中央领导重视，英雄的事迹在全国传遍，激励着抗洪的将士和人民，我心中激荡的热血沸腾。

如《同是英雄魂魄》的通讯中：实习排长田华从院校到部队才九天，许多战士还不认识他，发给他的肩章还没有来得及佩戴在肩上。他在《献身国防志愿书》上写道："我热爱国防事业，热爱伟大的人民军队……从我穿军装的那天起，我就要时刻听从祖国召唤，随时准备奔赴战场，为祖国人民献身！"窥豹一斑，正可谓英雄壮举并非一日之间突然养成。

中国军人，在民族乃至人类生存和安全受到威胁时，他们展示的是一种舍己忘我、无私奉献、顽强拼搏的崇高精神。那种精神撼天地，惊鬼神！

我难以忘记，英雄的妻子面对着令她肝肠寸断的死别场景，说的却是："他做了一个军人应该做的事，我唯一感到无法面对的是他 4 岁的女儿和 76 岁的老母亲！"

然而他的母亲——这位 76 岁老人在面对丧失爱子的巨大悲痛时，又把自己的另一个儿子派上了抗洪前线。

这就是我们的人民，在战争年代，他们曾把自己的亲人无私地送上正义的祭坛；在和平年代，当亲人被洪水无情地吞没时，他们再一次表现出了同样崇高的品质!

我坚定地认为,作为一个新闻工作者,只有到最基层去"吃苦受累",和战士们工作生活在一起,才能发现和写出贴近实际、贴近官兵的好新闻。

1984 年的夏天,我和军分社社长、著名记者闫吾到空降兵部队采访,在素有火炉之称的江汉平原,炎热难当,气温高达 40 多度。然而,住的房间里没有空调,水泥地板摸着会烫手,一盆凉水洒在地上会"吱吱"作响,冒着水泡。

尽管屋里泼了几盆凉水降温,可还是热得没法写稿,我就和几个战士去附近池塘边挖了一个小水坑,用塑料布将水坑围起来,在里面灌满水,人就泡在水里趴在凳子上写稿。

就是在那样的环境下,我们接连采写了《一代天骄》《蓝天踏浪竞风流》等多篇通讯,使得中国空降兵第一次以完整的形象出现在世人面前。

有时我下基层采访,有同志劝我,你这么大年纪了,吃住就在军部吧……我每次都谢绝这些同志的好意。

22 年后的 2006 年 4 月,57 岁的我又一次来到空降兵部队。那天,我提着行李直奔"黄继光生前所在连"六连。连队几十年来一直保留着黄继光的上铺和并列着一个床铺空着,于是我和年轻记者便成了这个班的成员,我在黄继光的上铺度过了难忘的七个晚上。

不闻闻战士的汗臭,不睡睡战士的床铺,怎能知道他们想什么? 正是由于这样的精神,我才写了 18 篇兵味浓郁的文章,并获此次活动优秀作品一、二等奖。

2008 年 5 月 12 日,一场突如其来的大地震让四川成为世人瞩目的焦点,一种强烈的使命感,催促 59 岁的我立即打起背包,于次日晚上赶到空军某机场的抗震救灾指挥部。

14日清晨，我得知部队要在汶川、茂县等重灾区实施空降空投救灾物资的消息后，立即找到指挥部总指挥长张建平将军，强烈要求随部队进入空降空投现场。

将军劝我："老孙，这次空降空投的山区海拔都在5000米以上，非常危险，你这么老的同志，就算了，别去了。"

我一听就急了，向将军恳求："正因为危险，正因为是第一现场，才是新华社记者应该待的地方。"

就这样，我登上了飞往灾区的第一架飞机。当天在第一时间播发了《空军首次向灾区空投5吨救灾物资》《跳！跳！跳！ 15勇士4999米高空惊险空降灾区》等四篇新华社通稿。全国几十家报纸和100多家网站采用，100多万网民热评。一位网民留言："伞兵们听好了，你们一定要给我安全回来！全国人民命令你们安全回来！"全国人民的心系在一起，这是强有力的民族凝聚力！

随后在灾区采访的33个日夜里，每天我眼里浸满了坚强的眼泪，我冒着生命危险，随着部队先后赴都江堰、汉旺镇、茂县、汶川、什邡等地采访，在第一时间撰写了《灾区13日——难忘的人和难忘的事》《复课

■ 作者在都江堰、汉王镇采访时的情景

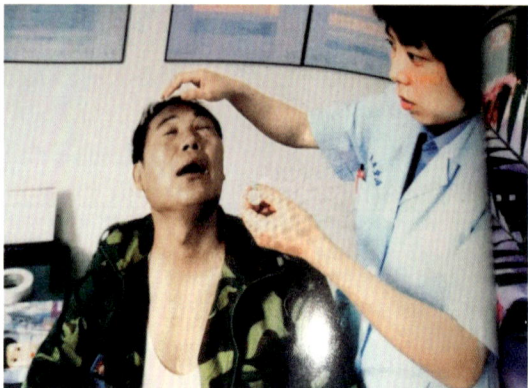

■ 作者在灾区连续六天六夜工作，双眼红肿接受医生检查

日——学生高唱〈没有共产党就没有新中国〉《总有一种爱让我有感而发》《绝地逢生》《这一刻，将军流了泪》等百余篇情景交融、感人至深的新闻作品。

我永远也忘不了，当受灾群众见到我们狂呼："解放军来了！我们的救星来了！"我越发深感我们工作的分量！

美国著名报人普利策有句名言："倘若一个国家是一条航行在大海上的船，新闻记者就是船头的瞭望者，他要在一望无际的海上观察一切，审视海上的不测风云和浅滩暗礁，及时发出警告。"

我追求着做一名忠诚、执着的瞭望者、守望者，站在国家和军队的平台上去观察和分析事物，去捕捉和发出、审视新闻，看到别人没看到的，想到别人没有想到的。

几十年来，我写下了《跨国公司对国家安全的双面影响及对策》《空军加强"攻势防空""空天一体"的战略转型建设》《空军一些基层单位生活上存在不少困难》《军队空勤烈士抚恤金标准宜考虑提高》《700 多名军企移交职工生活极度困难》《部队飞行员待遇偏低导致"引不来""留不住"》百余篇反映重大战略、重大事件、重大活动、重要问题和困难的内

■ 作者近照

参。其中，有的稿件促进了中国航空管制手段迈向现代化，有的稿件推动了空军运输机部队的建设和发展，有的稿件为大幅度提升空勤人员待遇和烈士抚恤金做出过贡献。

鹃啼大谷知情愫，鹰呖长空惊梦魂。几十年来，我守望的是蓝天，写的是新闻，记录的是历史，担当的是责任，收获的是幸福。是祖国给了我一切，祖国是大海，我是浪花一朵。

2019 年 9 月 29 日通世智库刊

孙茂庆

新华社高级记者。1949 年出生于江苏，1969 年参军，1976 年调新华社空军分社当记者，1991 年任新华社空军记者站站长、空军支社社长，大校军衔（专业技术四级），享受国务院政府特殊津贴。

前宽，我坚持你的执着

肖桂云

　　我们在生命中最好的年华，有着不寻常的创作生涯，有那么多动人的情景与无数细节，扩大了我们生命的体验感。死亡不是生命的终点，遗忘才可怕。我追逐着你的追逐，坚持着你的执着。

　　时光飞逝!

　　2021 年 8 月 12 日凌晨 3 点我喂你吃了饭，8 点 29 分你竟然悄悄离我而去。这情景与电影画面截然相反呀!

　　缺程序，为何没有告别?

　　我真傻，竟以为你是铁打的，可以违背生命的规律……八年患病，我们有太多时间可以交流，可你却从未说。我为何不问?! 可你让我又如何问?

　　你是怕我难过? 明明见我泪如雨下，泣不成声，你却问:"你哭啥?"我无言以对，你却不作声。

　　你是我的挡风墙，总是报喜不报忧，自称肚子大，装得下，一个人扛就可以!

　　你向来心里阳光，别人的优点都是你努力的标杆，内心充实，从无怨言牢骚。

　　你活灵活现地讲述着自己的过往糗事，绘声绘色地讲段子，让别人忍俊不禁，笑声飞扬，向你"索赔"，控诉你让他们笑出了皱纹。

你是能给别人带来幸福的人，你是可以解忧的人。愁眉苦脸、满腹心事的朋友，见到你就信心满满、浑身有力。人们向我投来羡慕的眼光，岂不知你在家只剩点头摇头了。

你总是给我一个温馨的港湾，而现在叫我如何是好，心痛的不仅是生离死别时，更是日后想起你的每一时、每一刻，无处抒怀……

大夫宣布你只剩半年生命时，你竟然面不改色平静地说：这是早一天晚一天的事！大夫大为吃惊，从未见过这样的患者，以往患者不是吓得哭晕，就是很快被吓死。我刚卸下了瞒着你病情的精神压力，又扛上了担心你情绪变化的情感包袱。你倒表里如一，照吃照喝，倒头就睡，居然还为大夫画了像，回敬了大夫献上的歌，高唱《信天游》。你真是没心没肺。

大夫说你患肺腺癌晚期之时，其实癌细胞已经发生骨转移，你依然接受了为于蓝老师《向经典致敬》做嘉宾的任务，你说你不能拒绝，于蓝老师也并不知你患病之事。但因场地、导演突然患病、于蓝老师身体不适等，录制时间一拖再拖，一直延至年底。你坐着轮椅到场地，一向热情的你谢绝了与小学生聊天的活动。临上场吃了止痛药，我请陶玉玲大姐上场时搭一把手。现场你的点评令于蓝老师无比兴奋，露出欣喜的笑容。第二天我们即踏上治病的旅途。后来你同样为师哥许还山、著名演员金迪、好莱坞著名演员卢燕女士做了《向经典致敬》嘉宾。你的每一次出场，都为他们身上的光环增加了亮点。

外出时我从不让你碰行李，怕一旦闪失，后悔莫及，你却情不自禁帮陌生人提行李，看到我嗔怪的眼神，你像犯了错的孩子……

大夫警告我，说你随时会出现大喷血的危险，我们才无法于2014年10月23日亲临联合国总部我们的影展和画展现场。可是你却能在中央文史研究馆"走进新疆"的活动中讲大课、主持晚会，在"光影彩墨"电影家与美术家绘画作品展现场高唱《信天游》。每次都惊得我心无处安放，慌不择路，竟然跑到厕所躲藏。而你从没有意识到自己是重病患，心里没有任何惧怕，依然我行我素，竟然安排创作计划，你说你不能等死。

世上哪有后悔药卖呀！我脑海中不断地闪回，假如当初不打那针PD-1，是不是你还在我身边，在拍戏的现场。你不是被癌症夺走了生命，你是毁在治疗癌症药物的后遗症上。这哪里是治病，而是把患者往绝路上推呀！

难道这就是命运吗？每每想起这一切，我就心如刀割，悔之晚矣。

7月11日你刚退烧，我一夜无眠，你却一大早叫起家人聚在你身旁，以为你要立遗嘱，我连气都喘不匀了，心也提到了嗓子眼。可你居然是公布马上投入工作的计划，并即刻亲自打电话催高成惠主任到京，因他还在戏上，一时无法回京，你竟然急得立马要换人，为拍《东方欲晓》《日出东方》你真的是不要命了！

你身体力行，抓紧有效的时间，有尊严地走在迎接死亡的路上。你

■ 2012年，李前宽、肖桂云在鄂尔多斯大草原

的精、气、神甚至让别人误以为医生错判了。

你一生都在玩命，不用扬鞭自奋蹄。你说拍电影就是要迎着困难前行，不然闯的劲头何处来。你是用实力赢得机会，在逆境中战胜绝望，迎来转机。

1987年开拍在即的《重庆谈判》影片被宣布下马，你居然像失恋似的病了一场。

1988年拍摄《开国大典》期间，你的肠胃出现问题，天天腹泻，没时间上医院，你一天也没停止工作。

1992年《重庆谈判》拍摄权失而复得，你为让影片更上一层楼，主动放弃了自己与别人合作的剧本，请张笑天重起炉灶另开张，给他一个自由的驰骋天地。为了向毛主席诞辰100周年献礼，你紧锣密鼓地开张，选演员、采景、服装、道具制作同步进行，如期完成。

1994年在青纱帐已经长到一米高的季节，你愣是不顾一切，接受了别人拍不了而放弃的《七七事变》电影。你发烧打着吊瓶坚持在现场。你以拼命三郎精神在1995年7月6日拿出了《七七事变》影片，以此讴歌中国军人血洒疆场的爱国情怀，纪念抗战胜利50周年。

你心心念念我们"最可爱的人"，为了让更多的人记住他们，我们拍了33集电视剧《抗美援朝》，至今未播，这也成了你最大的一块心病。

回想当年，在北京电影学院食堂周六晚举办的舞会上，你不顾及别人的眼光，竟站在舞池中间大声呼唤我，我以为有什么事情，来到舞池，音乐响起，你与我跳起交谊舞，全然不顾闲言碎语。

你的执着、大气、真诚、等待，令我无法拒绝。我这辈子做得最对的事就是选择了你，你却顺杆爬："桂云，我特佩服你，你择偶择得比我好！"田聪明部长为此笑得眼泪都流出来了，逢场合就讲这段子。从我进电影学院报到那一刻，你在宿舍四楼窗口看到我身影的那一刻，锁定的目标从未离开过。

你瞄准的方向从不转移，你的执着，在一生的旅途中，对恩师、对朋友、对题材的选择中都得以印证。

你从来都是坚持别人无法坚持的坚持，把不可能的变成可能，把特别难以驾驭的文字转化成画面呈现给观众，终能迎来曙光一片。

别人说：你们什么奖项都得了，快挣点钱吧！你却说：挣钱的机会会有的，但拍大戏的机会很难。一次次的偶然变成必然。十年呀，连续一年一部上下集大戏。

忘不了从不流泪的你，写完《七七事变》分镜头最后一个字，泪水洒在稿纸上，洇湿了一片……

前宽，说好了，我们一起变老，你却提前退席！

你宠我、惯我、欣赏我，却从未当面夸我。在回大连老家的家宴上，你奇思妙想让每个小家庭的男人夸妻子，夸得不到位的你补充，结果夸得现场气氛高涨，喜气洋洋，笑声一片。唯有我笑不出来，泪水止不住地流。事后前安有点疑惑，询问你为何我一直在流泪？你缄口不答，再三追问下，你才说了患病之事……临离开大连之时，前安让家人向我鞠躬，感谢我对你的悉心照顾……

你创造了不留遗嘱的先例！你太有城府了，太会撒娇了。你就那么相信我会处理好一切吗？我自以为非常了解你，可大家的追思让我意识到还有许多不为我知的。你不会拒绝，你太拼命了。这本《永远的前宽》蕴藏着爱的能量。

前宽，你真行！你的去世惊动了那么多人，他们晒出你为他们画的肖像！竟然那么多！

朋友、同学都为你送上花圈，有23位关心你的国家领导人也送上了花圈为你送别，全慈溪的鲜花都送到你的身边来了，偌大的告别厅摆不下，它们高高低低、重重叠叠一直摆到了门口，若非疫情……

中国电影博物馆和CCTV-6电影频道陆续播放我们的影片以示纪念。悼念你的短信、微信几乎让我的手机打不开。著名雕塑家吴为山复活了你，雕像栩栩如生。

还有很多很多，大家以各种形式怀念你。

你的墓地周围全是熟知的朋友，天堂里你们相聚叙旧，你还是那个开心果，给大家带来欢声笑语。

再没有你为我遮风挡雨，但关心你的朋友一直对我嘘寒问暖。我有太多的事情需要做，没时间空虚，我会把寂寞与孤独赶走，活出你的执着。

生命的意义在于如何度过，回首我们的一生，有53年的真诚相伴，我的世界因为有你而丰富多彩！

我们在生命中最好的年华，有着不寻常的创作生涯，有那么多动人的情景与无数细节，扩大了我们生命的体验感。死亡不是生命的终点，遗忘才可怕。我追逐着你的追逐，坚持着你的执着。

2024年8月20日通世智库刊

肖桂云

祖籍山东掖县，出生于1941年，毕业于北京电影学院导演系本科。国家一级导演。曾任国家电影审查委员会委员。

肖桂云导演的电影作品有《希望》《包公赔情》《桃李梅》，与李前宽联合导演的影片有《佩剑将军》、《甜女》、《黄河之滨》、《逃犯》、《田野又是青纱帐》、《鬼仙沟》、《开国大典》(上下集)、《决战之后》(上下集)、《重庆谈判》(上下集)、《七七事变》(上下集)、《红盖头》、《旭日惊雷》、《金戈铁马》、《世纪之梦》、《星海》和《韩玉娘》等。荣获中国电影金鸡奖最佳影片奖、最佳导演奖，六次获华表杯优秀影片奖、三次获大众电影百花奖、五次获"五个一工程奖"等。影片《开国大典》参加第62届奥斯卡外语片展映。

肖桂云与李前宽联合执导的电视剧有《黄家医圈》《血洒故都》《传奇皇帝朱元璋》《苍天圣土》《明月出天山》和《抗美援朝》等七部170余集。

永存我心的爱
——忆我的丈夫陶一凡

陈敏华

2022 年 12 月 25 日，我敬爱的丈夫，平静安然地告别了眷恋着他的亲友们，走了。

72 年前，在上海致远中学上学不满 16 岁的陶一凡，毅然弃笔从戎，随中国人民志愿军跨过鸭绿江，奔赴朝鲜战场。他说过，12 月 25 日是我们志愿军入朝的日子。听护工说，临终前夜，老陶讲了一夜的话，多数是朝鲜战场的事儿。这次住进同仁医院的 ICU，他仍然半卧位，身上挂了七根引流管及输液管。坚持到这一天，我懂他。梳着他的头发，抚摸着他的额头、面颊，我告诉他，放心地走吧。其后的一周，忙碌着安葬和整理他的资料。我不断收到许多来信，大家纷纷用赞美敬仰他的文字、诗词及令人感动的故事，讲述着他的为人、贡献和高尚品德，诉说对他的怀念和不舍。我每天读到深夜，悲痛强烈地冲击着我的内心，并逐渐加深而不能自拔，不能安眠。我知道趁着头脑还清醒，我应该写写他。

与陶一凡共同生活近五十年，各自匆匆忙着自己的事业，无暇谈情说爱，只觉得他好脾气、好修养，我好运气。实际上真正深入了解他，是在他病逝之后整理他遗物的过程中，对照他在完成大量工作时的身体状况和病情，我深切感受到他不顾自己的病痛，怀着对党的忠诚、对事业的热爱与执着、对家庭和亲朋同事的热忱与关爱，在一个平凡的岗位上做到如此不平凡。

几经磨难，终成眷属

几次提笔，开了几个头，我便泪流满面，不知从哪儿写起。

我和老陶相识相知相爱在那个特殊的年代，这是一段与同时代的人相似却又完全不同的经历。那是1968年的一天，同科室的护士长郑惠突然找我，让我在北大医院里帮她表弟陶一凡找个对象。原话是这么说的："我表弟在北京日报理论部当编辑，是个好人，但心脏有病，35岁了还没有找过对象，你能否帮我找个年龄大些、长相一般的医生或护士介绍给他。"我答应并开始努力物色，结果找了一个30多岁的姑娘，并约好下个星期日在护士长家见面，我作为陪同伴行。没想到女方没有看上他，嫌他瘦弱病态。我向护士长汇报了，附带说了一句，男方其实条件很好，很和蔼，有文化，比那些追我的人可强多了。护士长瞪大眼睛说，你是否愿意同他交往？我认真地点点头。因为，他长得有点像我很敬佩的舅舅，从小缺少父爱的我，内心里对他有点好感，虽然我当时较"出众"，追求的人不少，也知道他大我10岁，但我毅然答应了和他"交往"。

护士长喜出望外，立刻约我们见面。共三次相见。第一次他寡言，微笑着听我说工作上的事情，我毫无拘束地夸夸其谈，完全没有陌生感，我也奇怪自己在陌生人面前的放松。后来回忆，是他关注温和的眼神鼓励我首次见面就敞开了自己的心扉。第二次见面，他谈了自己的经历和不足：赴朝六年，在战场上得了风湿性心脏病和胃溃疡，病很重。也谈了一些有趣的事情，如一个炕上要睡十几个战士，没法起夜，就把美国兵的空罐头钻一个洞，穿上铁丝，夜里当尿壶用，行军时叮当响，逗得我哈哈大笑。几个小时一晃就过去了，我对他产生了好感。

其实在第一次见面后，我去当时文化部的"看守所"看望舅舅。他是个老革命，"文化大革命"期间被造反派错误地隔离审查。我找舅舅是想征求他的意见，因为远在上海的妈妈要求我谈男朋友时一定要听舅舅的意见。谁知舅舅一听是理论部的编辑，坚决反对说，你可以找个医生、工人，不要找搞政治工作的人。缺心眼儿的我，把舅舅的意见也告诉了老陶。他听后说，你舅舅的意见可能有点道理，他完全是为你好。不知怎的，我把他当作知心的大哥哥一样。

快到元旦了，却没有接到他的约会电话。我沉不住气了，到护士长家里打听，才知道他为了赶社论开夜车，致胃溃疡穿孔，头天夜里做了急症手术住着院呢。我问清了病床号就去了。推开门只见他半卧位，身上插满了管子，输液管、氧气管、鼻饲管、导尿管、腹腔引流管，血压监控及心电图机电缆。这是手术第二天，痛苦是必然的，但他仍然给我一个微笑，并说了声"对不起"。我看到他手上的输液处周围已鼓起了一个小馒头样的包，惊讶地说："输液已经漏出来了，你为什么不打呼叫器？"他回答说："她们正交接班，忙着呢，过一会儿再叫吧。"我打了呼叫器，一会儿来了个实习护士，一看我在旁，实习护士就说去叫老师来打。他立刻叫住说："我瘦，血管粗，好打，你正好可以练练……"我从来没有见过这样不顾自己病痛的病人，敬佩之心油然而生。我看到他病情重，正被监护，便向他告辞了，去护士站翻看了他的病历，上面详细记载着他手术过程中出血、心脏病发作、心脏停跳抢救的过程，这就是第三次见面。

我去探望老陶的事情在医院传开了，手术医生和麻醉医生都是我的朋友，他们好心相劝：这个病人显然不适合你。因为我当时是北大医院的田径、游泳运动员，因健壮和活跃小有名气。医生说，他最多只能活7—10年，而且是病恹恹的。但我对他的人品已产生好感，并没有动摇。不到两周，老陶出院了，他托护士长带话说，由于他的身体状况不想连累我，继而"失踪了"，说到外地休养去了，详细地址谁也不知道。

1969 年，我响应毛主席把医疗重点放到农村去的"六二六"指示，告别了首都，奔赴甘肃平凉，也彻底放下了与他的一段交往。

下放到山沟里，作为一个高龄女性，我多次被介绍对象。有一段时间，甚至和北大医院下放的一位医生到了谈婚论嫁的程度，但半夜里我却经常梦到半坐着、身上挂满了管子的老陶在呼唤我，惊醒后泪溢，自己怀疑是看了《简·爱》受到影响，然而这样的梦不止一两次。此后不知为何，总也下不了决心"谈朋友"。

有一天，护士长介绍她下放到甘肃的堂弟来看我。他的堂弟告知我："陶一凡是完了，以前虽然身体不好，但还有政治资本，现在是彻底完了，我到《北京日报》看见斗大的字——陶一凡是北京日报最大的'五一六'分子，还打着大红的叉，被关起来了……"我吃惊得脑子一片空白。送走了来客，我立即给"反革命分子"陶一凡写了一封信，信中写道："陶一凡同志，听说了你的事情，我十分难过。我坚定地相信你是一个好同志，也许有人反党但你不会反党，你克己奉公努力工作，党会看得见，你要有自信……"并寄给护士长，让她转交给老陶。

后来，护士长去探视时给他看了这封信。他默不作声，点点头，退还了信。和他仅仅是三次的相见，居然一直深深印在我心里，不知是否是天意。

三年以后，我在甘肃平凉二院为抢救一个翻车受伤的小青年，从手术台下来献了 300 毫升血，继而又上手术台参加抢救。过度疲劳，致半夜心慌气喘，当时心率不到 40 次／分。经内科金大夫会诊，是心肌缺血，怀疑我患上了当地的克山病，他就偷偷嘱咐我立即回上海治病。后来我在上海瑞金医院心内科住院接受详细检查，被诊断为"原因不明心肌病、心肌缺血"。我妈妈是一名医生，知道此病的严重性，常常流泪无措。妈妈

28 岁便与获刑入狱的爸爸离婚，一个人含辛茹苦，好不容易带大我们四个孩子。弟弟和小妹因为分别是 68 届高中生、初中生要下放农村，我作为她的靠山，又独身在西北，还患了重疾，这从经济和精神上一下子压垮了她。

我见状不忍，安慰她："妈妈，这是下放到甘肃得的地方病，北医一定会给我治。"怀揣着妈妈省下的 100 元钱北上回北京。到北京治病的过程并不那么顺利，当时的政策是"六二六"下放者暂不得回京，故北大医院有些医生认为不能下"地方病"的诊断。尽管有不少老同志帮助我，但困难来自各个方面，绝望、痛苦、不知所措，三次住院身体已衰弱变形。

在一个冬天的周末，我住的病房里七个床位，挤满了探视者，我心烦意乱，到小花园里想清静一下。寒风凛冽受不了，我突然想到护士长家就在医院旁，于是到她家去坐坐，也受到了她热情的接待。

五分钟后，听到门口喧哗，她们一家四口在门口高兴地说："那么长时间不来，稀客呀！"我知道有客人来，准备起身告辞，没想到，在门口见到的是陶一凡。四目相对，两人都呆住了，只好坐下，却不知从何说起，场面很尴尬，继而两个人同时起身要走。

七岁的小外甥女问："你们要干吗去？你们是约好一起来的吗？"

我们只好又坐下开始聊天。

陶问："你怎么穿病人衣服？你怎么了，那么瘦？"

我答："得了心肌病。"

"严重吗？"

"严重！"

"怎么严重？"

"要死人的。"我说。

沉思了一下，他说："噢，我今天有事先告辞了，你多保重。"

他走后，他表姐表姐夫说："你们很有意思，这个一凡无论给他介绍谁都'谢绝'不见，说身体不好不想害人。可是今天好像很关心你，半年不来串门，今天你俩一起来了，奇怪。"

这一夜我不能安眠，又想起《简·爱》。

第二天傍晚，老陶的表姐和表姐夫匆匆赶来病房看我，说陶一凡又回话了："以前身体条件配不上她，现在我可以照顾她了。"犹如晴空一声春雷，病重中无助的我不禁泪溢，这中间相隔了六年时间，简直不可思议，我相信这是天意、是缘分。也许他想起那封信，也许他一直在等着我。

后面的三个月，感情发展的速度如同闪婚，把我的朋友、同事都惊着了。随后，他每周都有好消息告诉我，如已经联系好《江苏日报》《解放日报》，要带着我到外地安家落户。而我只有一个念头，这人靠得住，我愿跟他去天涯海角。

婚礼定在五一劳动节，我的朋友们要帮着操办婚礼，让我跟老陶要钱。他瞪大眼睛问，结婚要钱吗？要多少钱？朋友们说要200元。他回答，给我两天时间行吗？原来他身无分文。他在南京的三姐立刻电汇来钱，科室里的40多人为我们办了简约而热闹的婚礼。婚礼上，大家一定要我们合唱一首歌，我俩居然同时想起唱"高楼万丈平地起，盘龙卧虎高山顶……"

结婚后，我看见他内衣内裤甚至袜子上都是补丁，像是出自女手工。他很得意地说，这是在部队里学的。我满腹疑问，一个大学生，一个调干生，钱都哪儿去了？婚礼后跟随他回老家南京、扬州，才知道他的钱大都支持给老家的姐姐哥哥，养着老父亲以及单身的大哥和侄子，支持大姐六个孩子上学交学费……我少年时曾过过苦日子，完全理解他的处境，一方面是敬佩他善良的为人、朴素的品格，一方面下决心支撑好这个小家，照顾好他的身体。

相濡以沫，携手共进

当时我还没有工作。每个月，老陶的工资除了寄回老家赡养父亲，我们支付房租水电费后所剩无几，勉强度日。有时距发工资还有一周，我却只剩几元钱，吃两天雪里蕻炒肉末的汤面，把仅有的一点点肉末埋在他的碗底。有时可以剩下几元钱，给他买双袜子或汗衫，他会高兴得千谢万谢。

记得他因痔疮反复发作，陪他到二龙路医院做手术，术后怎么办？我便借了一辆自行车，让他站在脚踏板上，我把着车头推他走回来。他忍着疼痛一再对我说："对不起，对不起。"路边行人好奇地看着 1.86 米的大个子挺立在脚蹬上，我紧紧把稳车头，走了一个多小时。回家后，两人瘫倒在三姐寄来的床板上（此床板用了六年）。艰苦而幸福的婚后生活，令我至今回味。

1976 年我终于怀上了孩子，可是唐山地震闹得北京也人心惶惶，他怕孩子受影响，坚决要求我回上海。我怕他一个人在京没人照顾，就如生离死别一样，在北京站流泪告别。那时候通信不方便，只有一封封长信寄托思念。

1977 年 9 月，我得到帮助，可以在北京落户口并找工作。在老陶的鼓励和北医肿瘤所老所长徐光炜教授的关照下，我回到北医肿瘤所工作。要上班了，正在哺乳的女儿怎么办？只能痛下决心送托儿所全托。每天夜里 12 点及凌晨 5 点，我就到托儿所给孩子喂奶。一路上，我吃着凉馒头，喝着白开水，感到天真冷、真黑。我们的艰难引起了托儿所老师的同情，终于在女儿 10 个月的时候，老师告诉我们，试着给女儿喂牛奶成功了。

1977 年 B 超新技术刚进入中国。我有幸被派往上海肿瘤医院进修学习一年，带着未满周岁的女儿又去了上海。在交通电话不方便的年代，双方的思念和艰难不堪回首。老陶勒紧裤腰，把钱尽可能寄给我们，厚厚的信纸寄托着他的鼓励和对美好前景的向往。一年后，老陶在北京车站迎回我们娘俩，奇怪的是一岁半的女儿伸开双手扑到他怀里，紧紧相拥，也不怕爸爸的胡子扎。

支持我的医学追求

闺女过了上托儿所这一关后，我就开始了紧张的创业工作。转入一门新学科，要补的课太多了，要看大量的相关书籍，每天回家后几乎没有时间干家务。老陶开始学习做饭，抢着洗衣、整理房间，还不断鼓励我："敏华，你聪明加努力，我看行。"他常常会问我的工作情况和学习心得，我也会和他讨论，尤其是他帮我分析做错的病例。对于成功的病例他鼓励我记笔记、画解剖图，他说医生的报告单上要有这样的记录和解剖图，患者和手术医生该有多高兴呀！我就开创了报告单上画解剖图的先例，很多学生模仿，也得到临床医生的好评，后来我很快出了一本书。

为了提高业务水平，我常去看书、统计病例，老陶就承担起休息日带孩子的任务。他心里想，我们两个都有心脏病，若闺女将来是个医生就好了。闺女长大后，果然成了一个好医生。

在老陶的支持下，我的临床诊断水平不断提高。中国胆管疾病发生率高，但容易发生病变的胆总管下端，因为受胃窦十二指肠横结肠气体干扰，超声诊断难以显示。我用了多种方法进行改善，日思夜想，做梦时常梦到一种新的方法，可是早晨醒来却忘记了，心里十分沮丧。老陶知道后，就在床头柜上放了笔和纸，嘱咐我半夜里可推醒他，他帮我记录下来。早晨醒来，看了牛头不对马嘴的内容，两人哈哈大笑，但基本内容大概记下了。我知道，他有时候多吃一次安眠药也难以再入睡。

这个胆管系列诊断方案的完成，大大提高了超声对胆总管肿瘤和壶腹乳头病变的早期诊断率，作为无创无需造影剂的快速诊断方法，受到国内外医学界高度重视。论文在中、美、日权威杂志上发表并转载，在日本北海道大学被称为"陈氏法"，后来获北京市科技成果二等奖、三等奖，我还应邀参加了我国胆道权威黄志强院士胆道专著的章节撰写，受到他的高度赞扬。相关内容在日本放射学会上发表后，也被大会主席称为"陈氏法"，解决了临床早期诊断难题。参会的大陆放射学院士刘玉清和台湾医学影像暨放射科学学会张遵主任同时走上主席台和我握手，称我为中国人争了光。那时刻一凡的帮助历历在目，我在第一时间找到国际电话向他报了喜！

我常和他讨论自己的工作情况，比如我发现了一些早期癌病例，他听后大喜，鼓励我总结方法，并提醒我一定要打好基本功，练就手上功夫，说超声医生手技及扫查方法极重要……我笑他"外行领导内行"。他仍微笑地回答我：旁观者清嘛。受他的启发，我把重视B超医生手技重要性的文章总结后发表在《健康报》上，受到了同行们的好评。

几十年来他指导着我，帮助着我，支撑着我。在成为北京大学二级教授的过程中，在我几经磨难，遭受误解、中伤，想要退出时，他都苦口婆心劝导我："敏华，你距成功仅一步之遥了，海纳百川，无欲则刚，你为自己吗？你为患者，那么多中央首长、院士找你会诊，那么多老百姓信任你，不就是你存在的价值吗？"我遇到复杂的情况容易急躁，有时不免流泪或闹小情绪，几十年来他都是用宽厚的笑容抚慰着我，用博大的胸怀包容着我，总是说："你太辛苦了，太累了，休息一下吧……"

引领我更上一层楼

他虽不是医学口的人，但作为北京市委宣传部主管文教卫生系统的副部长，曾经关注医学界发展，帮助和解决一些医学上的问题，因此与徐光炜院长、刘玉清院士、钟南山院士、王忠诚院士、柯杨校长等医学界权威都有交往。

大约 10 年前，我在家接受记者采访。记者走后，他语气平静地说："敏华，这么多年看到你的成长和成功，为你高兴也欣慰，你是一个认真、努力、做事不要命的人，具备了科学研究者的条件，但你并不知道你一生的真正价值。什么获奖、名利都是次要的，你用近五十年的奋斗，引领了一个影像诊断和局部治疗交叉学科的兴起和推广，造福于百姓，这才是最重要的贡献。"

我吃惊地看着他坚定的眼神和紧抿的嘴唇。只见他点了几下头又说，他在全程参加了我们办的中华医学会肝癌早诊和消融治疗培训班后，采访了不少临床医生的听课感受，很受感动；尤其是看了多位医学权威给我们出版的几部书写的序，他更了解了我们的追求。

他握着我的手说："今后把身体养好，把最后一本大书完成，你的人生就很圆满了。"我问他为什么至今才跟我说，他回答："因为你们已经炉火纯青，可以说了。"他作为一个旁观者，客观冷静地评价我，并告知我，人的一生到了此阶段更应该追求"舍"而不是"得"。我深受启发，也坚定了余生要走下去的路。

■ 在北京市举办的"首都十大健康卫士"颁奖会暨陈敏华事迹报告大会后，陶一凡、陈敏华夫妇合影

婚后近 50 年，他和蔼欣赏地看着我的眼神永远留在我心里，时时鼓舞着我。在 ICU 抢救时而清醒间，他告诉护士："她是我最好最好的老婆。"我很惭愧，实际上是老陶用一生的包容理解引领着我做事做人。他一直帮助我，提醒我，针对我的急躁和过高要求，给我写过很多的提示语。督促我改正不足，提高自己的修养，才使我获得了同事、学生、患者的信任和好评。

留下丰厚的精神财富

他一生做过十几次外科手术，近 20 年来仅心脏手术就 3 次，住过 20 余次院，被抢救过 6 次，在家里就晕倒过 3 次。他的身体屡屡亮起红灯，最大的一次手术是在 2000 年 5 月，发生心力衰竭，住进安贞医院。市卫生局和张兆光院长组织了全市多位心脏病专家给他会诊、讨论治疗方案。对于他有 40 多年风湿性心脏病史、近 70 岁的病况，多数专家不同意做切开心脏换瓣膜的大手术，尤其他对体外循环后心脏复跳的特效药过敏，认为手术换瓣膜成功率不到 50%。但以孟大夫为首的 40 多岁的少壮派们认为"微创治疗后仍活得歪歪腻腻，没有生活质量，而切开心脏大做，换上机械瓣膜后可以如正常人一样活十余年"。

两个小时的讨论没有定论，最后把决定权交给患者和家属。我紧张地看着他，而他笑眯眯地说："当然应该试试，不成功，以后就不会再给你添麻烦了，成功了就能再工作，尚有很多事儿没有做完呢。"在生死攸关的分岔路上，他坚定地选择了拼一下，这就是陶一凡。

手术日期已定，夜里我问他没有什么事儿要交代给我，要不要告诉女儿和他姐姐，他仍然是坚定而微笑地说："不用！"夜里他居然打鼾，睡得很香，我则彻夜未眠。早晨 7 点半手术室来接他，他平静地说："我想刷刷牙。"然后躺在平车上没有看我一眼。我紧跟着车到了电梯门口，紧张地用手挡着即将关闭的电梯门，他突然抬起身，紧握两手，大声说："敏华加油！"仿佛在向我告别。回到病房，我焦急地等候手术结果，妈妈在电话那头不断地责怪我："你太大胆了，万一……"我的眼泪禁不住地流。11点半左右，观摩手术的吴炜大夫从手术室里打来电话："心脏复跳了，手术成功！"我瘫倒在病床上，他赢了！

而我从这次经历也知道了，他是一个真正的强者。是什么力量给了他勇气？细细想来，肯定是朝鲜战争的经历，那种残酷性在他心里的烙印是抹不去的。有一次，他又在看电视剧《长津湖》(百看不厌)，我问他，真有这么艰苦吗？他回答了我三个字"比这苦"。然后就低下了头进入沉思，那神态令人心痛。相比之下他的坚强和我的脆弱，在处处时时都可以体现出来。

更让我难以理解的是，老陶大手术后的三年，心脏和大血管血栓的病变仍然困扰着他，后续手术就做了几次，小腿的血栓已使皮肤渐呈黑色，心功能不全，房颤反复发作。也就是这时候，他受市委的派遣，到《当代北京研究》担任主编等职务。他以难以想象的毅力克服了身体上诸多的不适，倾注了全部心血。同事们说："他做了很多大事情：用12年时间带领团队完成了《当代中国城市发展丛书》(北京卷)等100余册图书的编纂，为记录和研究当代北京史作出了重要贡献。"他没有豪言壮语，没有声张，只是默默埋头苦干。这段时间，我的事业也到了关键时期，手术、著书、办全国学习班等，忙得不亦乐乎，所以全然不知他在身体不适下每天工作那么辛苦。

2006年，我开始写肝癌消融的专著。这是一本突破我专业的书。在他的鼓励下，我开始动笔。因为是国内外的首部，没有可参考的资料。我思考了几天，无从下手。看到我的困惑，他告诉我，这本书的写法必须掌握三个原则：凤头，猪肚，豹尾。即开头要精彩漂亮，内容要丰富，结尾要爽快麻利。很有指导意义！我开始了写作。完成第三个篇章后，我为了找个没人打扰的环境，提出要独居。后来又向老陶提出，每次打电话不能超过五分钟。他毫不犹豫地回答我"没问题"，并约定每天早晨 7:00—7:30 他会打一个报平安的电话，但不要我接听和回电，这个电话也就成了我早晨起床的呼叫铃。我从来就没有想过，为此他肯定睡不了懒觉。我就是这样被宠着被支持着，度过了最难最苦的写书阶段。

其实我并不知道，这期间，他的身体出现了很多情况。首先是视力急剧下降，在同仁医院，他做了两次眼睛晶体置换手术。后来因心脏不适加剧，房颤频繁发作，又在市委医务室大夫的陪同下到安贞医院装了心脏起搏器。事后我才知道，感到很自责，向他道歉，而他微笑着拍拍我说："你忙你的，有很多人帮我呢，放心吧。"

书完稿后，我在这本医学专著的首页，真诚地写上"谨以此书献给我相濡以沫的丈夫陶一凡。感谢他三十余年来给予我的支持和关爱"。在他帮助下完成的专著，获得同行及外科、放射影像学科权威们的高度评价，并成为第三届国际肿瘤消融大会给我颁发金奖的事由一部分。老陶发自内心地为我高兴，为我庆贺。

在他去世后，雪片似的短信告诉我，他是个克己奉公、宽容睿智，不顾病痛、献身革命事业的人，是共产党员中的优秀知识分子、优秀干部……就如市委宣传部对他的评价："老陶的一生，闪耀着一个共产党人高尚的情操和精神光芒。"著名作家张洁曾说："我们知识分子有心里话就愿意跟老陶这样的干部说，他是我的大哥。"在我女儿结婚时，张洁破例担任了证婚人。中宣部原常务副部长徐惟诚、北京市委原副书记李志坚亦是他的好友，常喜欢和他交谈。他不但获得领导的信任，也获得普通人的好评，如几年甚至几十年前的装修工、专职司机、患者王勇夫妇……他们常向他反映农村和社会问题，也常来看他，他被大家的爱围绕。尤其是他正式退休后的几年，家里常常好友不断，很是热闹，他的人格魅力像磁铁一样吸引着大家。

回忆这近 50 年的相伴，就如我们俩在婚礼上唱的那首歌：高楼万丈平地起，盘龙卧虎高山顶……1974 年，我们两人赤手空拳，用他姐姐从南京寄来的一块铺板、捡来的砖垫起当床，我妈从上海邮来的旧五屉柜，从单位租借的八平方米房，开始建家创业。虽然艰难，但我们互相支撑、互相弥补、互相信任和互相照顾，同舟共济，同甘共苦，我们在各自的岗位上努力工作，并做出了贡献，创造了今天的业绩。他常说，没有共产党就没有今天的幸福生活，我们赶上了国家最好的时代，要懂得感恩。爱国永远是他坚强的信念。

■ 2022 年夏，陶一凡、陈敏华夫妇在通州运河湾散步

告别

在预感到即将离开，他从 ICU 通过视频用平静的语调对我交代了几件事情：一是此生对家庭温馨感到满意，肯定了我和孩子们的努力和优秀；二是对自己的工作尚满意；三是（提高声音说），我一生没有做过对不起他人的事情；四是对秦主任及医护人员的感谢，一再要求我们不要给她们添麻烦。

24 日，他已临近昏迷，我靠近他耳朵告诉他，女儿和孩子们在微信视频里呼叫你呢，他轻轻点头并微笑着说："嗯，听见了，听见了。"他尽全力睁开眼睛把最后一瞬间的微笑留给大家。最后，他轻轻地对我表示："我累了，就此告别吧。"然后就合上嘴闭上眼睛，面容平静得不再有任何反应，这时候我看到心电监控还都在正常地跳动，我抚摸着他的面颊安慰他。他没有胆怯，没有悲哀，视死如归地迎接那一刻。

他看似温和柔弱内心却无比强大，这是刻在他骨子里的，是经过残酷战争洗礼而练就的。夜深人静每每回忆起这些，我都控制不住地心碎，泪湿枕被，为自己没有深刻理解他而内疚。后半生我对他尽力的照顾不仅是爱，更是发自内心的敬佩。我不止一次地想，待我完成最后的任务，我会义无反顾地去陪伴他，不再让他孤单，把欠他的时间和抚爱还予他。

一凡，我的好丈夫、好老师，我的知音，我的灯塔，我的定海神针，是你造就了我和女儿。你的光辉品德和高尚人格深深影响了我和孩子以及周围的亲友，永远珍藏在我们心里。爱你，直到永远。

2023 年 7 月 26 日通世智库刊

陈敏华

北京大学肿瘤医院超声科首席专家、教授。

忆父亲鲁承宗的点滴往事

鲁善昭

父亲办凉山大学时已 67 岁，是他人生中又一段艰苦的历程。

民盟组织交下任务，智力支边，在少数民族地区四川凉山州创办一所民办公助大学。背井离乡，白手起家，困难可想而知。

从三块石头一口锅烧水做饭，到开学响铃上课，仅用四个月就完成了。不能不说太神奇，甚至不可思议。

—

回想起父亲的一些点滴"小事"，才悟出他为何能成"大事"的道理。

■ 西昌东郊，邛海之滨，氮肥厂旧址上要办一所大学

父亲常说："什么德行承载什么事，德行不好，交给他的大事是承载不住的。"

父亲35岁时就做大学教授。他的一大特点是办事极其认真，一丝不苟，环环相扣。

他对家人要求非常严格。就连吃饭这种事，他也有要求。

他说："夹菜要看准，不要来回倒腾。"

"吃饭不要慌里慌张，热了、凉了、硬了，都在嘴里解决好，矛盾不能往下交。"

他给孙子讲课也有要求，要孙子端正地坐在小凳上，手背在身后，看着墙上挂的小黑板，听他认真讲课："什么是植物……什么是动物……"他强调做事认真尤为重要。他还给孙子提劲说："我在黑板上画圆，和圆规画的没两样。"

大弟是中学校长，父亲对他说："你当校长每天必须做到两件事：早晨学生做操，你要第一个站在旗杆下；晚上，学生宿舍熄了灯，你去转一圈再回家。"并严厉地说："当校长就老老实实当校长，眼睛不要东张西望。"

我喜欢听父亲的教诲，很有哲理，话到他嘴里，言简意赅，还很幽默。大作家孙犁评价他的文章："真实扼要，没有冗文。"他从不说套话、空话、大话。说的话都很受用。

二

父亲对物质生活，几乎没有要求，生活极其简单。在凉大任校长10年，分文不取。一直到过世，还住在重庆大学只有70多平方米的老房子里。几十年了，不肯挪窝。儿孙满堂，条件都不错，请他搬新家，他说："瞎折腾！"

老房子里，石灰墙、水泥地，几乎没有任何装修装饰。家中几十年不装修，家具破破烂烂，摇摇晃晃，他就请人修修补补，能用就行。

一次小弟见家里沙发几十年没更换，皮都裂开起了洞，趁父亲午睡时，请人抬走了。起床后的父亲很生气，甩出几个很难听的字："我还没死呢！"吓得小弟火速请人又搬回。看见破沙发归来，父亲嘿嘿一笑，消气了。

我也经历了那么一次。妹妹在地质队工作时，在当地农村凑了几块木板，做了一个一米多高的柜子，运回重庆家中。几十年过去，几乎散架了，实在难看得很。我便大着胆子，自作主张，趁父亲外出散步时，和保姆商量搬走了。如同小弟的遭遇一样，父亲严厉地说："这是家中的纪念品，我喜欢就行！"还说："孝顺孝顺，顺者为孝，懂吗？"我们只得乖乖地搬回。

从那以后，家里的破烂货我们谁也不敢再动了。

他的理论是："多一物，多一累；少一物，少一念。"物质生活少点，可以集中精力干正事。认为现在的年轻人，玩的东西太多，分散精力，耽误学习。

他坚信："破桌子也能写出好文章，破庙也能出人才。"并指着儿孙们说："你们的桌子都比我大，没看到你们写出什么好文章。"

他强调："俭以养德"，认为生活俭朴，对身心健康都有利。

他不抽烟，不喝酒，不吃保健品，喜爱粗茶淡饭。他身体很好，90岁时，还能单独上街买菜。

家中有客人来，他也不顾别人的感受："吃菜稀饭，菜稀饭吃了不闹病。"这是他的经验之谈。不了解他的人，真会认为咱家太抠门。

逢年过节，儿孙满堂，免不了大鱼大肉。他动几筷子便放下，用手指着盘子："我不受这些东西的诱惑！"

■ 鲁承宗校长指导凉大学生学习

公务出行，坐车住店，能省则省，相当苛刻。也常教训儿孙："花公家的每一分钱，都要有个交代。"

节俭，对他来说，是一种习惯，也是一种享受。

他简单的物质生活蕴藏着丰富，宁静中焕发生机。他有着自己的乐趣，办学、写书，乐在其中。从早到晚，清清爽爽地打理自己的"大事"。

三

父亲教学特别严谨，对自己和学生的要求都近乎苛刻。

他身边常有一本学生花名册，晚上睡觉前看，清晨醒来也看。他记住每个学生长相、姓名、籍贯、家庭情况等，第一堂课就能喊出学生的名字，这为师生融洽感情打下了基础，有助于学生学习。

他讲课特别认真。常念叨："讲课时哪句该重，哪句该轻，哪句该重复，都应认真对待，学生听完课，几十年都忘不了。有的人讲课，学生出门就忘了，这不行。"

他教学总能抓住重点，去繁为简。他说："把难事做简单，把难课讲简单，把长话说短，这是衡量一个人的重要能力。"

他津津乐道于他的农业课老师田老爵："一次，他来上课，还没走上讲台，就喊起来：'氮！磷！钾！氮！磷！钾！'接着，在黑板上写了三个大字：氮、磷、钾。随后说氮是长枝叶的，磷是长种子的，钾是长根茎的。70 年过去了，他上课的姿态、讲的内容，我都记得。"

他认为，看一个学校的底气，要看它有什么好老师。有了好老师，一朝得教，终身受益。并诙谐地说："皇帝一登基，重要的是拜好老师啊。"

他对学生要求非常严格，这是出了名的。也曾引起争议，但最终得到了大家的认可。

他主张学生一定要先守规矩，养成好习惯。成也习惯，败也习惯。他认为，学生要改掉坏习惯很难，规章制度不严点怎么行？学生未来的命运，都在他们的习惯中。他比喻："地里不长庄稼就长草，要让好庄稼（好习惯）早点把位子占上，如有杂草，马上拔掉，庄稼慢慢就长好了。"

由此，我相信当年很多对凉大的感悟和报道都是真实的。如，在简陋的校园里，整整齐齐，干干净净，找不到一片废纸、一点垃圾。学生宿舍的床上床下，同军营中战士的宿舍一样整洁，连床下的鞋子，也摆得整整齐齐。食堂的餐桌上，看不到一粒饭粒、一片菜叶、一点污渍，大家看到这样一尘不染、整洁出奇的景象，无不感到惊奇。凉大校风纪律严明、治学严谨、勤奋好学、尊师爱生，这得益于凉大的开创者们极其认真、严格的治学精神。

四

1957 年，父亲被划为右派，"文化大革命"期间又多受磨难，但我不解的是，他从来不为自己遭受的委屈说半句牢骚话，亲朋好友也从未听见他为所经历的苦难抱怨过。他有自己的理论，当有人问起他那些坎坷往事时，他总是很平淡地说："嗨，抱怨、发牢骚、说闲话，也费工夫，我的时间有限呀，很多正事等着干呢！"他惜时如金，做人很大度，很有胸怀。

"文化大革命"后，胡耀邦同志亲点为父亲平反。他再次焕发出极大的热情，仿佛回到了激情燃烧的岁月。

他对民盟组织交给的任务看得很重，视为生命，忠心耿耿，不改初衷。

办凉大，尽义务，付心血，超负荷，提得起，放得下，一副只争朝夕的架势。很苦很累，却乐在其中。按现在的话说，就是一身充满正能量，无私无畏，他总是那样自信，那样神采奕奕。

胡耀邦同志和父亲有着老交情，父亲登门求助，得到耀邦同志的支持和帮助，并为凉山大学题写了校名，给凉大师生极大的鼓舞。胡乔木、钱伟长、费孝通、张廷翰等一大批领导都来凉大视察、做报告、座谈、讲课、题词鼓励。省市领导更是勤于协调帮助，几十年相知相交的老教授们都来助阵。众人拾柴火焰高，功夫不负有心人，天道酬勤，贵人相助，凉

■ 鲁承宗校长在凉大十周年校庆的主席台上

大越办越好。

<h1 style="text-align:center">五</h1>

父亲享年95岁，过世已多年，大家提起他都肃然起敬。千古箴言"厚德载物"，用在老先生身上，再恰当不过了。

父亲80岁左右，出版了《英语语法图解》一书，可谓终生工作、学习不断。继后耄耋之年，写下了《八旬忆往》。为我们留下了宝贵的精神财富。

父亲年过九旬，就不那么认真了。他时而"装聋作哑"，有些事听得很清楚，有些事就当听不见了。

我总认为，人各有各的活法，父亲在物质简单的生活中活出了精气神，令我常常回味无穷。

2017 年 6 月 17 日通世智库刊

鲁善昭

1948 年 6 月出生，中共党员，西南政法大学研究生毕业。当过知青、工人，曾任中国重庆国际经济技术合作公司总经理，以及多家国有企业及股份制企业主要负责人，重庆市人民政府副市长，中国市长协会女市长分会副会长。

秋风凉，想亲娘

韩中

一

秋风凉，想亲娘！立秋了，天高了，人们便感到秋风的一丝凉意，身体舒服多了。

飞机延误六小时，我在候机室里，望着秋色渐深的高天，热泪滚滚落下，我想妈妈，想我的亲娘了！于是，打开手机的记事本把我的心情记了下来。

也许是老了，对母亲更是念念不忘、感恩不尽，是母亲讲给了我做人的道理，给予了我生存的能力，她纯朴的思想、善良的行为点亮了我生活和事业的道路。母亲是我艺术的源泉，母亲永远是我心中温暖的家。

我生长在内蒙古 个偏僻的小村庄，或许是辽阔的草原给了我奔放宽厚的性格，或许是母亲博大的胸怀孕育了我，从小学到高中，我的学习热情非常高涨，什么都想学，什么都想知道，对新的知识和事物总是孜孜不倦地探寻。

那时，家里经济条件不是很好，可不识字的妈妈，心如明镜似的，把家里的鸡蛋、羊毛等能换钱的都拿到供销社换钱，给我买颜料、买画笔、买我需要的东西。

我成天唱呀、跳呀、拉琴呀、画画呀，母亲都是我最忠诚的观赏者，在母亲那里，我听到的都是赞扬和鼓励。

妈妈的善良、朴实、能干和无微不至的关怀，使我愉快地成长。我积极参加生产队里兴修水利、打井抗旱的义务劳动，感受到人民群众高涨的劳动热情和改天换地的豪迈气概，我就是在这种社会主义建设的热潮中磨炼成长起来的。从小学到高中，从班干部到团支部书记，妈妈总是微笑地支持我，这对我的成长而言是巨大的鼓励。

爸爸是村里的羊倌儿，我从小就喝奶茶长大，妈妈用羊奶给我烙饼做干粮。她让我身体更加强壮。

高中毕业，我参加了乌兰牧骑考试，活跃在内蒙古大草原的乌兰牧骑，对演员的要求是一专多能的。我会拉二胡、板胡和手风琴，演唱了《草原上升起不落的太阳》，很顺利被录取了。

我很怀念在乌兰牧骑的日子，每日进行基本功训练，踢腿压腿，把上把下练得不亦乐乎。

我们经常下乡演出，放下行李就给老乡挑水打扫院子，乡亲们给我们杀猪宰羊、炒鸡蛋、烙油饼、搭起台子唱大戏。文艺处处为工农兵服务，令我激情无限！但这一时期，妈妈一直想让我回村里当一名老师。

我考上大学又要去上学了。妈妈眼巴巴地盼着我毕业，盼着我分配到离她不远的地方工作。在大学学习期间，我的专业成绩始终名列前茅，并担任了三年学生会主席，连年三好学生！

毕业后，我被分配到包头歌舞团工作，担任了《出租的新娘》《黄河大合唱》领唱，演出了歌剧《拔都汗》《三十三岁女经理》《魂系中国》等剧目。

1989 年我调北京，先后在中国歌剧舞剧院、中央歌剧院工作。我很努力，深知学无止境，刻苦学习意大利语、法语、德语等。我常在公交车上背词默戏，效果极佳！曾经有熟人在公交车上见我脸对着车门练习，并把这事告诉我爱人，两人笑得前仰后合，说我像个神经病。哈哈！有时人戏了，喊出声来吓人家一跳。

在几十年艺术实践中，我演出了意大利歌剧《图兰朵》《假面舞会》《乡村骑士》《阿依达》《弄臣》《绣花女》《茶花女》、法国歌剧《卡门》《浮士德》、德国歌剧《漂泊的荷兰人》、中国歌剧《拔都汗》《白毛女》等数十部中外歌剧，并担当主角或其他重要角色。

妈妈听不懂我演出的外国歌剧，她最爱听我唱《跳蚤之歌》，"从前有个国王，他养了一个跳蚤……捏死他！捏死他"！这首歌她能听懂，因为是中文演唱！妈妈看我声情并茂地演唱，好开心啊！

我在北京安身后，更加远离了父母，妈妈说："我这个儿子呀！是越追越远了。"看得出此时妈妈是欣慰的。

"后山娃"通过努力有了点儿成就，多少有些趾高气扬，不理解父母对我的爱。他们宁肯把东西放坏也舍不得吃，盼儿早早回家享用。而我，逢年过节回老家，对他们还多有责怪和不解，为什么东西放坏了自己也不吃！养儿方知父母恩，当初我对他们的不理解，让我好生后悔。

父母亲第一次来北京，带了一大堆行李、米、面和攒了半年也舍不得吃的一筐鸡蛋。我找了一辆人力三轮车，拉着行李、米、面、鸡蛋，让二老坐在三轮车堆满行李的顶部，我蹬着三轮车在长安街狂奔，路过天安门。我们在天安门西侧停下来上了个厕所，顺便看看雄伟的天安门，看看毛主席，这情景可以拍电影了。我不知道他们当时是怎么想的，可能有点害怕、有点紧张，更有点儿欣喜吧！看着儿子蹬着三轮车回到了海淀八一中学的家。

可母亲在北京住不习惯，没住多久她就想要回去，她说："睡不惯你们的床"，不好住。

妈妈在老家见人就说："我这个农村老太太坐火车啦！坐卧铺啦！还看见天安门啦！我儿子给我买的好吃的，你也尝尝。"她因我而自豪。

■ 妈妈为我切羊肉包饺子

直到她得病，我爱人把她接到北京，才算和我们住了一年多。在那些日子里，我们全家一起包饺子，二老和孙子一起玩麻将，输了爷爷就唱一段《二郎探母》，这算是我们一家最为珍贵的一段时光！

妈妈恢复得不错，她想老家了，非要回去，我只好遂老人之意，决定让父母又回了老家。这也是我一生最难做出的决定，增加了我无尽的牵挂。回去一年多，她又犯病了。

记得当时我正要去美国，为缅怀南京大屠杀遇难同胞演出，临走的头一天接到了家里的电报！急死我了，我不知该如何是好，赶紧跑到邮电局给大队打电话，求人帮我去找妹夫，让他连夜去看望妈妈。妈妈听说我要去美国，坚持说："我没事儿，感冒了，让他去吧！"我听了妹夫的描述，心里似乎踏实了一点，带着无比的牵挂去了美利坚。我们在一个大教堂演出，唱莫扎特的《安魂曲》，唱金湘写的《招魂曲》，这两个交响曲几乎摧毁了我的灵魂，整场演出我是泪流满面，脑子里都是妈妈生病的情景。在美国期间我像丢了魂似的，恍恍惚惚。飞机落地了，我直接奔火车站，回家看妈妈！

妈妈在等我！我在美国买了好多好吃的，还有深海鱼油，大包小包往地上一扔，扑向妈妈的房间。妈妈坐在炕上，身体周围用枕头和棉被围着，她看到我好像有了精神，我握着她的手："妈！我回来了！"我真的不愿回忆那一段和妈妈一分一秒的最后陪伴！

我这一辈子，为工农兵演出，为外国人演出，为国家领导人演出，舞台就是我的家！

而今我饰演毛泽东主席，让我有机会深入细致地向毛主席学习！从人物塑造到内心体验，我都花了不少心思，尤其是主席书体的学习，更是点画之处下足了功夫。

目前，同时演过有关毛泽东的电视剧、话剧、音乐剧、电影、广播剧，又能书写毛体书法者，全世界仅此一人，那就是我！我大胆地吹个牛，以此告慰我的母亲！儿子很努力！

二

韩中书法欣赏。

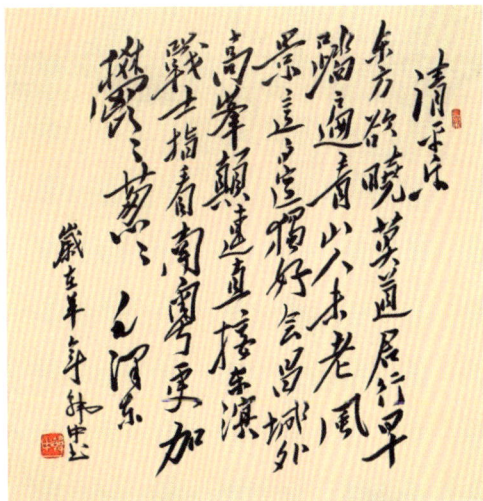

三

韩中影视剧照欣赏。

■《将军外交官》剧照

■《毛岸英》剧照

四

韩中诗词欣赏。

思母曲一首

昨夜卧病床,
思母泪千行。
回看窗前月,
追忆想亲娘。

正月扮戏装,
端午凉糕香。
中秋赏明月,
腊八煮粥忙。

立冬宰猪羊,
磨刀霍霍响。
父亲去淘米,
母亲和面忙。

腊月办年货,
扫屋贴窗花。
炸糕蒸供仙,
年味飘村上。

慈母手中线,

絮棉做衣裳。

大年三十晚，

点灯换新装。

爆竹声声响，

旺火院中央。

接神包饺子，

年年新气象。

其父逝年早，

其母全担当。

爱吾心切切，

时时挂心上。

吾母性良善，

和气又开朗。

呜呼泣成声，

泪儿挂腮旁。

2017 年 8 月 17 日通世智库刊

韩中

中央歌剧院男高音歌唱家、歌剧表演艺术家、影视演员、毛泽东主席扮演者。在电视剧《毛岸英》《国家命运》《送瘟神》《将军外交官》《宋庆龄》《功勋》《鸿雁》和电影《刘伯承》、话剧《毛泽东和他的长子》、歌剧《红星照耀中国》、广播剧《娄山关》等剧中扮演毛泽东。其中，《毛岸英》获飞天奖、金星奖、"五个一工程"奖、春燕奖，《国家命运》获飞天奖、"五个一工程"奖。

我和师父

闫民川

在中国几千年的中医传统文化中，都是师父带徒弟，拜师的好传统，继承到如今。

中医教学中的师徒关系，胜于一般的师生关系，也是西医的教学方式所不能替代的。

我和师父情同父子，师父对我的真情呵护，入心、入髓。师父教会了我看家本领，开启了我的智慧人生。

我本是学习西医保健科学的，80年代，在航天总医院（原711医院）和航空航天工业部机关从事医学研究、教学、临床和管理工作。在那十年里，我力求当一个好医生、好老师。我的工作得到肯定，多次立功受奖。

那时物质生活并不匮乏，工作也有成绩，可是在我的生活和工作中常常伴有烦恼。

1993年，我认识了刘雅莉，她后来成了我的妻子。现在回想起来，我真的很幸运！

她的父亲刘承山先生是我国著名的中医专家，他先后为刘有光、张爱萍、聂荣臻等多位首长做过医疗保健工作，他有严谨的辨证思维方法和卓越的问题解决能力。他是修行之人，以净心为要，以无我为基，38岁时就由一名中医大夫任命为第七机械工业部行政局局长。那时，我对中医的了解，还仅仅局限于上大学时书本上的一点点知识。

1995 年，我和刘雅莉结婚后，受师父人格魅力的感染和博大精深中医医学的吸引，我时常随师父出诊，并伺诊左右。他虽有行政职务，但每周一次的专家门诊却从未中断过，我也常陪他一起为首长们做保健治疗。

潜移默化地，我对中医有了较深的感悟和理解，也慢慢解开了以前的一些迷惑，"为什么病越治越多，病人越来越多"。在中医古老的养生智慧中，"天人合一""扶正固本""未病先治""以病防病"的思想精华，促使我做出了一生中最重要的选择。

1993 年我虽然已在航空总医院晋升为西医主治医生，也不离教学，但在师父的引导和鼓励下，我下定决心，立志当一名真正的中医好大夫。1994 年，我正式拜岳父刘承山先生为师，开始系统地学习中医。

师父给我上的第一堂课，就是"刘氏家风"！他郑重地告诉我，学习中医，就是学习哲学，学习做人。还说中医是一部非常了不起的大书，只有了不起的人才能传承好。"刘氏家风"代代相传，"德、善、诚、信"是立根之本，嘱咐我要将这四个字融入血脉，贯穿于行医的始终。说"善

■ 闫民川与师父刘承山

待病人，就是善待自己"，又说"学习中医，上手不易，没有内外兼修，是摸不到真脉的"。望我在这方面能做出典范。

他常常提起和他一起跟师父学习的孔伯华之子——孔闻之教授，是如何在看病中耐心、细致，礼让三分，照顾病人的自尊。他讲到有一次，孔闻之教授到一位下岗工人家为这位工人的老父亲诊脉治病，躬身询问，温和可掬。工人师傅对孔教授的医术高明和医德高尚感激不尽，连忙用大茶缸为孔大夫捧上热茶，没有留意到茶缸里掉落了一只苍蝇。为了照顾工人师傅的情绪，孔大夫避开工人师傅视线，用手挡着大茶缸，轻轻用手指甲把苍蝇挑起，弹在地上，仍然从容地喝下了这杯热茶，并微笑着道谢。临走时不仅分文未取，还拿出 20 元钱放在桌上，嘱其给老父亲取药，并按习惯详细地叮咛注意事项。他所做的这一切，都是那么质朴和自然。

我的师父刘承山先生，也是这样的人。他虽然主要为首长做医疗保健工作，但平民百姓有求，也从不推辞。为首长服务和为老百姓服务，从来都是一样的温和。他说，温和的心态才能给病人带来好心情，这种好心态要成为医生的好习惯。自古以来，真正的好中医，都有慈悲之心，以治病救人为己任。

师父的很多话都深深印在我的心里。比如，"不讲精神境界，做人做不好，此人的医术就难提高"，"谁会向一个满脸冷气的人求医呢"，"中医之所以能传承几千年，都先是传人，后是传技艺"，等等。以后的几十年，我都在反复咀嚼和体悟这些话。

2007 年，我考取了中医医师资格证书和执业医师证书。当我把这些证书呈在师父面前，他高兴地举着这些证书，反复念叨："有基础了，定方向啦！民川长看家本领啦！"并立即取笔为我题词："立身之本已定，循规则顺业成。"并告诫我，学习中医是一生之功，是急不起来的，要打好"望、闻、问、切"的基本功，入门要正，立志要高。把多余的杂物都抛掉，不要去追求只能热闹一阵子的虚荣之事。得意时，不受权势利禄之累，不受浮躁功名之诱惑，坚守事业不动摇；不得志时，不灰心丧气，始终献身于自己热爱的事业。师父的勉励，如同定海神针，指引着我的职业生涯。

除了每月给我们讲课培训之外，师父还常常给我写一些小纸条，纸条写的好像都是书上的现成话，但师父说："你要好好学习，自身体验出来的才是心得。"如庄子的独立之人格、逍遥之境界、畅游之状态；如老子的"知足不辱，知止不殆，可以长久"；如柏林禅寺的"禅悦都是内求于己，凡依赖外在条件满足的快乐，都是没有保障"；如《周易·系辞》的"举而措之天下之民"。师父就是希望我这一辈子，就做一件对大众有贡献、对社会有贡献的事，足矣。这些纸条，很多很多，叠在一起，很厚很厚。我把它们都整整齐齐珍藏在我的书柜里。

每年元旦，我都能收到师父给我写的新春寄语。自我拜师以来，从未断过。2016年，师父给我写的新春寄语是："佛为心、道为骨、儒为表，大度看世界；技在手、思在脑、能在身，从容过生活。"师父的这些话，滋养着我的精神世界。这些也是我师父性格的具体体现和智慧人生的真实写照。

光阴荏苒，一晃我跟从师父学习中医已有20余年，师父不仅给我传授了"顺安医学"（自我养生保健医学）的理论体系和核心技术，更注重我的良好品德的形成，引导我追求生命的质量。每一年都是潜思精练，悟道行道，每一年都是付出勤奋，收获进步。

在师父的指导和帮助下，我编写的融汇东方三经（《易经》《道德经》《黄帝内经》）养生智慧的《中医文化与养生》一书，目前已列入教育部"十二五"规划中小学教师培训的《中医文化与养生教材》。其核心内容——"顺安医学"的系统理论和六项核心技术，将更好地服务大众，提高人们的保健意识，增加人们的保健知识，做到未病先治、已病防变，让更多的人不得病、少得病！

我也在实践中用这些理念和智慧，在自己的生活和工作中知行合一，逐步拥有了智慧人生。

在我不断的成长中，感恩我的启蒙师父和生命导师刘承山先生；感恩师父王鹤滨先生（苏联医学博士，毛泽东主席保健医生）；感恩师父王连清先生（"北京四大名医"汪逢春弟子，邓小平同志保健医生）；感恩师父周超凡先生（国家药典委员会特别顾问，国家领导人保健医生）；感恩师父王凤岐先生（国医泰斗秦伯未嫡传弟子，北京太申祥和太医馆馆长）；感恩我的混元太极拳师父张禹飞先生（混元太极拳第二代传人）；

■ 闫民川与毛泽东保健医生王鹤滨

■ 闫民川与师父王凤岐

感恩道家养生的师父——昆仑玄天白鹤道长……

如今，念着我的师父们，就像阅读一本本优秀的作品，望着师父们年迈的身躯，我仍能感受到他们巨大的精神力量。师父把我当成他们生命的延续，我把师父的精神作为我生命的载体。师父是我的榜样，我生命的航灯。

浓浓的师徒情谊，我当珍惜再珍惜！

2018 年 1 月 21 日通世智库刊

闫民川

1964 年 9 月出生；毕业于北京中医药大学，保健科学和中医双学历。知名中医学者，毛泽东保健医生王鹤滨、国家药典委员会特别顾问周超凡、国家级名老中医王凤岐教授嫡传弟子；顺安医学创始人刘承山先生传承人。中国红色保健研究院院长、北京太申祥和中医医院太医馆首席亚健康专家、华夏文化促进会专家委员会专家。

亲情

王霆钧

找大哥

第一次知道我还有个大哥，我五岁。那年夏天，父亲对我说，爹领你上哈尔滨去把你大哥接来。我乐颠颠地跟爹去了。对当年的我来说，怎么突然有了个大哥，为什么大哥不在家里而在哈尔滨？为什么不自己回来还要去接？这些都不重要，重要的是去坐大轮船上大城市。

我家住在清河村，松花江从村前流过。从哈尔滨到佳木斯的大轮船经过我们村，要在村东的码头停靠。那船好大呀，白白的，烟筒冒着黑烟，船尾还有大轮子。轮子"啪嗒啪嗒"地不停地往前翻滚，船就不停地前行。等轮子不动了，那船就停了，搭上颤颤悠悠的跳板，开始下人下货，接着上人上货……每有船来我们就跑到江边去看。船上有好多人啊，我们看着他们，他们看着我们。他们脚下站着人，头上也站着人。如今我也要坐这大轮船了。

事隔多年，接大哥的事早已模糊，只记得我们住的地方有像大轮船那样的栏杆。我问爹，大轮船怎么开到这里来了？父亲告诉我，这不是船，这是楼房。父亲还给我一种茄子，黄黄的。我好奇地问，这茄子怎么是黄的？父亲说，这是香蕉。记忆中我还坐过旋转木马。这就是我第一次去接大哥时的全部印象。至于大哥长什么样子，当时说了些什么，全都像潮水退走后的海滩，一切印痕都消逝了。

　　大哥到底没跟我们回来。后来我才知道，大哥比我大 16 岁，他已经在新华印刷厂当上了工人，不肯跟父亲到乡下种地。不光他本人不同意，他的亲戚朋友也都不让他离开哈尔滨。我和父亲怎么去的又怎么回来了。大哥回来不回来我没想法，父亲却有些失望。

　　从此，我知道有个大哥。等我上了学，会写一些字，就开始给大哥写信。然而，不知道是地址不对还是什么别的原因，通通都泥牛入海。每每提到大哥，父亲就说，就当你没这个大哥吧。父亲又说，是他来信说要来的，要我给汇盘缠去。我东摘西摘，总算凑够了给他，他又不来了！我知道父亲生气了，没路费给他路费；又大老远地去接他，可他又不回来了。不回来就不回来吧，难道连写封信的工夫也没有嘛！难怪父亲不高兴，连我也觉得大哥有点太那个了……

　　我一直不甘心，一直想再次见到大哥，有个大哥该多好啊！

　　等我实现这一愿望已经过去将近 30 年。1981 年夏，我到哈尔滨出差，住在火车站前的国际旅行社。我想，不是一直想找大哥嘛，如今到这里了为什么不去找他呢？巧的是内兄也在印刷系统工作，我通过他帮忙找到了大哥单位的电话。于是，我选择一个周六的日子打了个电话。很快就找到了他。在等电话时我心情一直很平静。尽管我渴望找到大哥，但大哥如果不认我呢？那不成了剃头挑子一头热？他不是不知道他有个爹，也有弟弟。这么多年他不写信，是不是说明他忘了或者说他不想认这个爹和弟弟呢？

　　大哥接电话了。尽管我们是分别多年的兄弟，但在电话中，我们都没有意外的惊喜。我没叫他大哥，只是问了一句，确认接电话的不是别人，然后我报告了我的姓名，告诉他我住在什么地方并说要和他见面。对方仍有浓浓的山东口音，音很像父亲。我介绍自己的语气很冷静；对方也回答得平静。我们像两个要约定见面的生意伙伴。

当天傍晚 6 点多钟，楼下服务台打来电话说有人找。我连忙放下手头的事情下楼去。楼梯直对着服务台，我一眼就看见一位酷似父亲的中年人站在那儿，我直朝他走去。他看见我走去，还有些发愣。我长得可能更像母亲，对大哥来说有些陌生，我的名字和他一字之差，中间的那个字发音完全相同，多年没联系，我的名字他也生疏了。他也许完全没有想到站在他面前的是同父异母兄弟。

现在回想起来，我真是不会办事。倘若找个小饭馆，请他坐下来边喝酒边聊往事；即使不到小饭馆，至少可以请他到房间里，倒上一杯水，坐在沙发上再说话，效果会好得多呀。可是我没有，就站在他对面说开了。当然，我要再次介绍自己，他这才听明白我是那个好多年前和他相处过几天的弟弟。

"你行啊，你还上了大学，我一天书都没念。"大哥板着面孔，话酸溜溜的，一脸的严肃。我呢，也毫不让步，针锋相对。

"我上大学不是父亲供的，是在当兵期间去的，家里没花一分钱。"

大哥满是抱怨，抱怨父亲不管他。我自然也有气，是当年父亲东借西凑，凑足了给你的路费，你才从山东老家到了哈尔滨，父亲又借路费去哈尔滨接你，你不回去呀！不回去就不回去吧，但你总不能连一封信都不写吧，难道我写的那些信你一封也没收到？

我们的见面不欢而散，真的像两个没谈拢的生意人。

我想，他是不会认我的。不管认与不认，我总算找到了他这个人，对父亲也是一个交代。父亲虽然说"就当你没这个大哥"，言外之意他就当没这个儿子了。他不认我，以后也就断了父亲这个念想了。

第二天，我正在房间里读书，楼下服务台通知有人找，我没想是谁，就下去了，看见的却是大哥。他平静地说，到家认个门吧。我知道他认我这个兄弟了。尽管脸上仍然没有笑模样。

原来，大哥回家去，跟大嫂说了见我的事。大嫂说，既然是兄弟就领回家看看呗。如果实实在在咱就认，要是油头滑脑就不认。大哥听从了大嫂的建议。我虽然已经从部队转业几年了，还习惯穿着部队发的衣服。那天，我穿了一件黄色的军衬衣，裤子是草绿色的，只是没戴帽子，就跟着大哥去了。当时他们住在一幢欧式大楼的第三层。从一个拱形门洞进去，中间是楼房围成的院子，堆放着木柴，也搭着不少小棚子。在大哥家，我见到了大嫂和他们的女儿立新。在大哥家吃了饭，也许我的言谈和衣着不让他们反感，大哥认了我这个弟弟。

我写信把这个消息告诉给父亲，他自然也非常高兴。

从此，我有了大哥。在之前，我的弟弟、妹妹称我为大哥，侄子、外甥也都称我为大爷和大舅；自从认了大哥，我退而被称二哥、二大爷和二舅了。

大哥带我回老家

从此，哈尔滨我有了家。长兄为父，长嫂为母。何况哥大我 16 岁，是真正的大哥。我对大哥大嫂十分尊重，也很亲近。他们对我也很亲。我每次到哈尔滨必到大哥家，有的时候即使出差也住在他家，我还带着妻子女儿一起到大哥家去住过。那时，大哥家住处不宽裕，只一张双人床而已，我们去了他们全家只好出去借宿。好些年之后，他家住房才有改善，分到了二居室房子。不仅我去，弟弟也去。三弟在大庆工作，经常路过哈尔滨，每次必去大哥家。我们的造访给大哥增添了许多麻烦，但大哥大嫂依然每次都乐呵呵地接待。看得出来，大哥爱我们，毕竟是兄弟呀！

后来，我从一篇文章中知道，同母所生兄弟是为"胞"兄弟，异母所生称为"亲"兄弟。按照这个说法，我和大哥是"亲"兄弟；我和同母异父的两个姐姐是"胞"姐弟。我不知道"亲"兄弟和"胞"姐弟在亲情上有什么差别，反正对我来说，"胞"也好，"亲"也罢，都是一样的。

大哥退休那年要回山东老家看看，问我去不去。我非常痛快地答应，去！

从我学会认字开始，就在户口本原籍一栏知道了"掖县河套"四个字。字是父亲写的，一笔一画，工工整整。当时并不明白原籍是什么，河套又意味着什么。一直想去看看，却苦于没有机会。如今大哥大嫂要带我去，岂能错失良机？到了河套才知道，那是一个挺大的村庄，位于山东省掖县郊区。掖县也就是莱州。那是我们老家，父亲从这里走出去，大哥也是从这里走出去的。当时的说法是逃荒，后来叫闯关东。

这是我第一次回老家，和大哥大嫂一起住在堂弟家。堂弟是伯父次子，在县城我们还见到了其他亲戚。大哥对这里感情很深，对于他来说，这里既是原籍也是故乡。

1933年农历五月初三，大哥在这里出生。在他三四岁那年，生母得了肺痨。那个年代，这是和当今肺癌一样的绝症。家里无钱也无处医治，只能到处找偏方，听说烟袋油子治病，就到处找抽烟袋的人，从烟杆通气孔里用扫帚篾儿抽刮出油脂一样的东西，黑乎乎油腻腻的，一股呛人的烟味。实际上那玩意儿就是尼古丁，有毒，时间长了会堵塞烟袋杆，抽烟人要常通一通以便烟孔通畅，抽出的脏东西随手扔掉了。如今听说能治病，乐于助人的抽烟人便任由抽取。一支烟袋抽不了多少油子，好在抽烟的人多，积少成多，渐渐地就积攒了一些，拿给病人当神丹妙药吃了，却不料病没治好，在一阵排山倒海般的呕吐之后一命呜呼。

大哥失去了母亲，父亲失去了发妻。家里贫穷，缺吃少穿。父亲把年幼的儿子也就是我的大哥扔给爷爷奶奶，跟着邻居闯关东去了，一走就再没回来。爷爷奶奶过世后，大哥只能跟着大爷大娘生活了。大哥在老家受了不少苦，遭了不少罪。娘没了，爹走了，他成了孤儿，心里苦得很。

大爷大娘也有自己的孩子，大哥就有一种寄人篱下的感觉，认为自己被父亲抛弃了。日军占领县城要修炮楼，四处抓劳工，年仅八岁的大哥也没逃脱，被抓了去。全副武装的日本兵让劳工往县城运送木头。没有车，全凭肩扛。大哥扛着碗口粗的一棵，从河套村一直扛到县城。扛不动，日本兵不是用枪托打就是用脚踢，大哥咬着牙扛着。他吃不饱饭，瘦得皮包骨，可是他有蛮劲，也有耐力，硬是把木头扛到指定的地方，日本兵让他回家了。也许正是吃了这些苦，他才怨父亲不管他的吧？大哥哪里知道，父亲那时又有多苦呢！

大哥在老家度过了少年时光，直到 20 岁才离开去了哈尔滨。虽说离开 40 年了，老家变化不大，村里的房子大多破旧。老人穿着破旧衣服，抽着烟袋或卷烟蹲在墙根下聊天。在老家那几天，他常带我在街上散步，这里的一草一木，他似乎都熟悉。大哥指着大树上的鸟巢告诉我，他小的时候常常爬树，为的是把用树枝搭成的鸟窝拆下来烧火。可见，当年老家的穷困到了什么程度。老家的生活十分贫困，每年到了青黄不接的时候，不仅没吃的，也没烧的。逃荒是他们唯一的出路。

父亲和大哥

父母都非常了解子女，可是为人子女者有多少人了解父母呢？为此，我常常后悔，为什么不在父母健在的时候，让他们好好说一说他们以前的故事？父母健在，正是我们奔事业的时候，很忙，想不到问这问那；当想要了解的时候，他们都陆续故去，想了解也没机会了。

父亲在而立之年逃离老家，先到哈尔滨，后又到松花江中游的江滨小城宾县新甸火磨即面粉加工厂打工。之后，他又到依兰镇组成新家庭。父亲为什么不在哈尔滨停留却到了新甸？为什么又去了依兰？母亲本是黑龙江通河县人为什么到了依兰？我一概不知道，现在，也没人能说清楚了。

我是在依兰出生的。依兰古称三姓，是宋徽宗、宋钦宗两代皇帝被金兵劫掠囚禁的坐井观天之地。在我三岁的时候，依兰失火，火烧连营，我家被烧得片瓦无存，父亲和母亲只好带着我和两个姐姐坐着大轱辘车到了依兰上游60里处的通河县清河村，并在那儿扎下根来。清河成为他们终老之处，也成为我难以忘怀的故乡。

父亲的字写得好，每年春节的对联都是他写。他也帮邻居写，我猜想父亲可能在老家读过私塾。父亲还打一手好算盘。在清河，不论是互助组还是合作社，乃至到了公社时代，父亲都是生产队的会计，或者保管员、出纳员。他那噼里啪啦的算盘声常常伴我入眠。

父亲得知大哥认了我这个弟弟，心里必是十分欣慰。他和我大哥一直通过我沟通，他们父子没有通信，也没见面。我想他肯定是盼望能尽早见到大哥，只是仍心存芥蒂吧。父亲想，既然你认了弟弟，自然也就认了父亲，怎么就不能回家来看看？从哈尔滨到清河又不是很远，即使不回来，总可以写封信吧？信也没有一封！大哥怎么想，我不知道。他在不记事的时候父亲离他远去，在他20岁的时候，虽然见过一面，也只相处几天，父亲的形象在他心目中印象不深。我想，他内心深处也许一直有父亲不管他的阴影，这是妨碍他们见面的缘由吧。

他们见面又经过了好久好久……

有一天，父亲正在井边挑水。大哥突然出现在父亲面前，父亲惊喜异常，恍如梦中。

大哥也是坐轮船到的清河，下船之后一路打听着找到父亲家。母亲正在炕上做针线活，一看是大哥来了，惊喜万分，告诉说你爹去挑水了，大哥急切地问井在什么地方，母亲边告诉他，边着急忙慌地下地准备饭。大哥冲出门去找到水井，看见一个老人正在摇着辘轳从井里往上打水，大步走过去。父亲已经把两个水桶打满，正要挑着走。大哥叫了声："爹，

深情厚意

■ 父亲和大哥的心结解开了。作者（左）、父亲（中）、大哥（右）一起聚餐

我来挑吧。"父亲看见大儿子突然回来，眼圈一红，眼泪差一点掉下来，说："你回来了。"大哥接过扁担，二话不说，挑着满满两大桶水回家了。

一声"爹，我来挑吧"；一句"你回来了"。从此，父亲和大哥多年纠缠的心结解开了。

大哥的家事

每个人都有故事，大哥也不例外。

大哥到哈尔滨的时候，全国百废待举，各行各业用工量大。他一到就当上了工人，每月有固定的工资，上班有工作服，能吃上饱饭，穿上新衣服，日子让大哥非常满足。虽然没什么文化，可是他刻苦好学，踏实肯干。不久就加入了党组织，成为单位的骨干。

大哥大嫂都是老实本分的人，他们有一个女儿，小名立新。大嫂告诉我，立新不是她亲生的，是收养的弃婴。那年，大嫂的姐妹抱着一个月大的女孩给她，问她想不想要？大嫂婚后一直没有生育，侍候孩子没经验，看了一眼这个女孩，白白净净的圆脸，皮肤细得像瓷，打开襁褓再看，浑身上下都是褥疮，有的地方发炎了，还流着脓血。可是这孩子一声也不哭，大大的眼睛看着抱着她的人。大嫂说，我也没侍候过孩子，能养得活吗？大嫂的姐妹就说，你要想要，我就帮你侍候。大嫂看这孩子一哭不哭，眼珠黑亮亮的挺招人喜欢，就说我要了。大嫂一说"我要了"，那个小女孩好像懂事似的，"哇"的一声哭了。大嫂的心里就一颤，连忙把她抱起来。

大嫂说"我要了"，那是一句话的事。可是真要侍候这个孩子不知道要付出多少辛苦。她向人请教怎么治褥疮。然后去买药，一点点地，小心翼翼地涂抹药物，再小心地包扎，换药、清洗、再换药。经过半年多，孩子的皮肤好了，好到几乎看不出曾经得过褥疮。

这一家三口就这样波澜不惊地过下去了，孩子像亲生的一样。大嫂也没告诉她过往的一切。但纸里包不住火，事情总有一天孩子会知道的。还在立新上小学的时候，有一次，她突然问："妈，我是不是抱来的?"大嫂一愣，知道她听了什么传言，反问她："你看妈待你像不像亲生的?"大嫂这话回答得十分智慧，没有正面回答，也没否定她的问题。立新没有说话，想想也确实如同妈妈所说。从此，立新再没问过类似的话。直到立新结婚前一天，大嫂说了实话。大嫂说，以前你问我，我没告诉你，现在你成家了，懂事了，我告诉你……立新并不惊讶，因为她在之前就已经听说了她的身世。不过今天是从妈妈的嘴里说出来罢了。

当大嫂向我叙述这些的时候，我曾为大嫂担心。我担心大嫂把立新的身世告诉她，万一她要是变心，大哥大嫂怎么办? 亲生儿女还有对父母不好的，何况是抱养的呢? 大嫂坦然地对我说："反正她已经知道了，与其瞒着不如让她知道。至于她怎么对待我们，那是她的事。"

后来的事实，证明我的担心实在多余。大嫂的坦诚也是有理由的。立新对待她的父母真是好极了。

大哥在 80 多岁之后，跟随女儿从哈尔滨搬到沈阳。他和女儿没有住在一起，但两处房舍距离不远。父母住的房子是立新给买的，户主写的是父亲的名字。按说父亲都 80 岁了，不当户主也无可厚非，可是女儿要让他们老两口住得安心，就把户主写成了父亲。

我曾经去过几次他家，看到立新对父母的照顾真是无微不至。担心冬天冷，买皮毛垫子铺在沙发前。担心老人摔着，在墙上安装扶手。家里设备一样不缺，冰箱里的食物应有尽有。有一次，大嫂不小心摔了一跤，摔得很重，腰部骨折。经过医院处置之后回家休养，立新没找保姆，而是亲自照顾，体贴入微，让大哥大嫂非常感动。

立新真是好孩子。我对大哥大嫂说，小时候享福不是福，老年享福才是福。你们是有福的人，老天没有亏待他们。好人有好报。

大哥大嫂感到非常满足。

父亲和我

父母那一代人没福。他们年轻的时候，朝代更迭，军阀混战，外敌入侵，内忧外患，民不聊生。等到日子安稳下来，又都肩负着生活重担，要养育子女，而且家家都是多子女，五六个孩子是非常普遍的。为了让孩子吃得好一些，穿得好一些，他们宁可自己吃苦受累挨饿受冻。

生产队一年结算一次。到年底，如果有了钱，才按工分分红到各家。父亲所在的生产队，好的年头，一个劳动日值一元上下，稍差一点的几角钱。要是遇到年景不好，生产队欠产，社员一年辛辛苦苦就白干了，说不定还要欠钱。有钱没钱都得过年。生产队没钱就到农村信用社借钱，借支给社员。待明年收成好了再把欠款补上。这样，社员欠生产队的，生产队欠信用社的，就形成了三角债。那时，家家都没钱花。家里养猪、养鸡，需要钱了，卖几个鸡蛋。我们的父母就在这样的条件下艰难度日，并供我们上学读书。

母亲先于父亲去世，在我妹妹结婚成家之后，父亲和小儿子住在一起。那时我小弟弟离婚了，带着一儿一女两个孩子。父亲就帮他照顾看家，也享受着孙子绕膝的天伦之乐。

晚年的父亲还有一个愿望，到几个在外地居住的儿子家去住些日子。他是渴望享受和儿孙在一起的亲情。

记得那是一个秋末冬初的日子，小弟把父亲送上了从清河到哈尔滨的客车，我当时刚好在哈尔滨出差，去车站接父亲。天空飘着小雪花，北风也吹得树梢直响。父亲瘦弱，不扛冻。我借了一辆车把父亲送到大哥家。

这是我和父亲第二次到大哥家。第一次，是父亲领着刚刚五岁的我；现在呢，是我领着已经老迈的父亲。真是岁月不饶人啊！转眼间半个世纪过去了。

父亲在大哥家住了半年，享了半年的福。大哥大嫂对父亲照顾得非常周到，好吃好喝自不在话下。孙女立新也对祖父十分尊重亲近。可是在大哥家什么活儿也没有，这让他非常不适应。对一个勤劳、时时不肯闲着的人来说，无事可做也是不好受的。大哥家住的是楼房，没有电梯，上下要走楼梯，这对于将近 80 岁的老人来说，也是挺困难的事。父亲不出去，就在家待着，好在立新有一些书，可以供他解闷。我也找些他感兴趣的书给他。

有一次，父亲和我发牢骚，说在这里没事干。早上拿起扫帚吧，立新马上抢了过去，说爷爷你歇着我扫。父亲就只好给她，然后到沙发上坐下。我对父亲说，立新也是一片好心，不让你扫就不扫了吧。

还有一次，父亲对我说，给我五块钱吧。父亲的要求让我一愣，这才想起父亲没钱，也没退休金。我想，在大哥家要吃有吃要穿有穿，要钱干什么呢？不过我还是给了父亲。原来是他要在过年的时候给孙女当压岁钱。后来，我常为此自责，为什么当时不多给父亲一些钱，让他兜里多揣点钱，想怎么花就怎么花呢！人啊，不到那个年龄就体会不到那个年龄的人的心情。

父亲在大哥家的时候，让孙女陪着到长春我家住了几天。当年我一家三口住在 12 平方米的筒子楼里，两张单人床摆起来，下面一张床用折页钉钉上一尺宽的木板加宽可以睡两个人。父亲和侄女来了，我让侄女住家里，我和父亲找宿住。我很享受和父亲一起时心灵深处的寄托和温情，只是当时条件差，各家都有难处，老百姓过得不容易。父亲来了两天后，天气预报说寒流来袭要降温。我担心父亲被冻病，就让侄女陪爷爷回去了。大哥家条件毕竟好一些。

父亲在大哥家住了半年，又让三弟接到大庆去。在大庆，父亲过了一个隆重的八十大寿。生日蛋糕收到了十几个，祝寿的宴席摆了十几桌。可能是父亲觉得自己在世时日不多，坚持着要回清河。三弟挽留不住，就把他送回了清河。父亲实现了到三个在外地居住的儿子家住些日子的愿望，只是在我家住的时间实在太短，也让我后来常常后悔。

1990 年 1 月，农历腊月二十九深夜，父亲离开了这个世界，享年 83 岁。他去世前，我从长春急匆匆赶回。途中去见大哥，告知父亲病重的消息，我希望他能够和我同行。可他感冒了，担心旅途劳累病情加重没有回去。父亲听说我回来了，睁开眼睛，有气无力地问，你大哥呢？我说他有事，回不来。父亲就没再说什么。我大姐和大姐夫都在。三弟夫妇扔下两个年幼的孩子也从大庆赶回来。父亲想吃玉米面糊粥，女儿给他熬；想吃香蕉，儿子开着大卡车到松花江对岸的城镇去买。

父亲去世后与母亲合葬了。我们兄弟姐妹永远地失去了双亲，以致现在我看见许多朋友的父母还在，住着宽大的房子，出入有汽车，享受着幸福生活，就非常羡慕。如果我的父母还在，他们也会享受幸福晚年的。

可惜，可惜……我的父母双亲呀！

母亲去世的时候，正值家里比较困难，整个社会精神生活和物资供应也十分匮乏。自从到了清河，母亲终其一生没能走出这个村子，终日围着锅台转。父亲比母亲幸运，晚年还享了几年福。

如今父母双亲都去世了，也给我们做子女的留下了许多遗憾，那是永远无法弥补的遗憾。

我和大哥

我尊重大哥，他的话我从来言听计从。可在他 70 岁那年，我们兄弟之间发生了一次严重的争吵。也不叫争吵，因为只有他在训斥而我无还口之机。事情是这样的：我在退休前，公出的机会多，每年都能去大哥家几次。我退休后，见到大哥的机会就少了，这时我也产生了怯于到大哥家的念头。这念头不仅我有，两个弟弟也有。

这种心理产生于侄女和我说的一番话。有一次，我到大哥家去，侄女很严肃地和我说，二叔，你们哥们到家里来，哥们见面我爸高兴，你们也高兴。可是你想过没有，我爸妈逐年年迈，你们走了，他们要是累病了不还得我来侍候吗？

我听了她这话，心里激灵一下。她这意思很明确，是不希望我们到大哥家来呀！她说这话的时候，只有我们俩。我不知道大哥大嫂是不是知道她说过这话；我也不知道，大哥大嫂是不是也有这层意思。尽管颇不情愿，也不能不承认侄女说得也有道理，我能理解。我们毕竟离得远，如果大哥大嫂病了，真得侄女侍候。我把她的意思转达给弟弟妹妹们，他们虽然不大理解，但也表示以后尽量少去或者不去。不去就不去吧，只要她对大哥大嫂好，对此我是放心的。

大哥七十大寿之前，我和几个兄弟姐妹商量决定去给大哥祝寿。于是我给侄女打电话商量此事的可行性。侄女倒是挺痛快，她说行，具体事情她来安排，我只管等着通知几个兄弟姐妹即可。我把事情和兄弟姐妹说了，他们也很高兴，也都盼望着在大哥家相聚的一天。

可是到了祝寿那天，我仍然没接到电话。我等不及就给大哥打了个电话，问他七十大寿还过不过了。我的问话刚说完，大哥就火了，大声指责我，说给我过生日为什么不来？生日是我徒弟给我过的，家里亲戚一个也没来。大哥气愤地说，我徒弟还问，你不是兄弟姐妹好几个吗，怎么一个都没来？

我根本来不及解释，大哥在电话中一句跟着一句发泄他的不解。他又说，是不是觉得我老了没用了？我想，这是大哥对兄弟姐妹亲情的渴望。

大哥这话严重地刺激了我。我知道这个时候不论如何解释他都听不进去。我说你把电话给我大嫂，我和大嫂说几句话。可是他把电话撂了。

我知道，大哥的这个误会大了，我必须立刻前去，否则他生起气来，郁闷在心会憋出病来。大哥是一个倔人，倔得不可理喻。有一次，我出差到大庆，侄女跟我到她三叔家住了几天。等我回来时，她拿着两张火车票，无意之间把车票弄断了。出站的时候遇到了麻烦。实际上，车票上的终点和车次都对，仅仅是断了而已。如果检票员通情达理，看到车票上的信息无误可以放行。可是那天偏偏遇到一个认死理的人，认定车票断了就作废了，要我们补票。我无论如何解释他都听不进去。我拿工作证给他看也无济于事。我无计可施，只好补票出站。这样就耽误了回家时间。到家时已经是夜里了。我们敲门，大哥站在门内不给开门，因为到家晚了。后来还是大嫂给开的门。

如果在做寿一事上我不亲自去解释，他必然总记着，那样的话我和大哥的关系也就完了。于是我通知在大庆的三弟马上到哈尔滨去，约定在站前集合，然后向大哥赔礼道歉。赶到大哥家，我抱着大哥痛哭。这一刻，我的手感受到整个生命中最美好的东西……当然，也就前嫌尽释了。虽说解开了大哥心结，可在我心里仍觉得欠大哥一个生日要过。等第二年大哥生日再来吗？当然可以，不过有点太"那个"了。于是决定另寻机会

■ 从左至右依次为小弟、三弟、大嫂、大哥和我（作者）

补偿一下。

机会是在大嫂过七十大寿的时候，我爱人提醒我，我也觉得这是一个特别好的机会。给大嫂过生日甚至比给大哥过意义更大。在大嫂生日的前几天，我和三弟商量去给大嫂祝寿，三弟夫妇欣然同意。老弟离婚，又有事缠身来不了。我和爱人，加上三弟夫妇，在大嫂生日前一天到了大哥家。大哥大嫂非常高兴，说在家里吃，可是我们不想让大哥操劳。在我们强烈要求下，在大哥家对面的一个饭店里订了餐位，又订了生日蛋糕。在此之前还联合其他未到的小弟和妹妹，给大嫂买了一条金项链，在过生日这天送给大嫂。这个生日就过得特别有意义，大嫂高兴，大哥也高兴。大家都十分珍惜兄弟们相聚的时光，它滋润着心灵，感到十分幸福。

大哥的晚年

大哥心灵手巧，会做饭，都 90 多岁了，在家里都是他自己做饭。立新说找个人做饭吧，他说不用，我自己做饭也可以活动活动，还不到别人侍候的时候。立新尊重她父母的选择，她认为这对老年人的智力和身体都是一种锻炼。

大哥喜欢养鱼、养鸟，做过毛主席像章，做得非常精致。刚退休的时候，他开始做风筝，骑着车子去买竹子，自己剖成细条，又买来细绳和面料。他没学过做风筝，也没看谁做过，完全靠摸索，居然做成了。冬天到江边去，一边放，一边卖，还卖出不少。哈尔滨电视台去采访他，称他为"风筝王"，上过电视。

大哥聪明好学。为了联系方便，在他八十五六岁时还学会了使用微信。现在他不再养鱼、养鸟，开始画画。他没学过画，都是模仿画。外孙女给买的材料和画板。大哥不讲究透视关系，想怎么画就怎么画，随心所欲，每画好一张，就通过微信发到"兄弟姐妹"群中。我老弟比大哥小 26 岁，也有微信，但复杂一点的不大会。我说，大哥都那么大了还能学会微信，你怎么就学不会呢？我每次在微信群中看见大哥的画，就夸他画得好，说他心灵手巧。他说，咱家有这个基因。咱爷爷会书画，大爷爷会画，画得可漂亮了。咱大爷逢年过节自己写对联，给我扎灯笼在上面画画。

我想，要是当年有条件，大哥有受教育机会，一定会在书画或者其他方面取得更大的成绩。

2021 年 6 月，在纪念中国共产党百年诞辰的日子里，我领到了"光

■ 大哥在制作风筝

荣在党 50 年"纪念章。我把这个消息告诉给大哥。他说，我也是老党员。我建议他找一下党组织。他通过在哈尔滨工作的外孙女，几经努力终于找到了街道党组织，不仅找到了大哥的，也找到了大嫂的。他们夫妇俩的党龄都将近 60 年了。可见当年他们干得有多么出色。大哥大嫂都非常高兴。我们也为他们高兴。

我想，在天堂的父亲要是知道这个消息，他一定会非常欣慰。

2024 年 1 月 29 日通世智库刊

王霆钧

长春电影制片厂退休职工，中国作家协会会员、中国散文学会会员、中国电视艺术家协会会员、中国电影家协会会员。编剧的电影作品《小巷总理》获第十届中国艺术节"群星奖"。电影剧本《东西屋南北炕》曾获夏衍杯创意电影剧本奖；出版长篇小说、中篇小说集、散文集十种。散文《三山行》获首届中国徐霞客游记文学奖大奖；散文《多一些微笑吧》收入《中国散文家代表作集》《中学语文课本课外读物》。

我眼里的葛优

涂放姑

葛优和我是亲表兄妹，我们有机会就一起聚聚，也常串串门，互相看望一下对方的父母。

葛优长期受到良好家风的熏陶，积淀在他血液中的品格和素养，常常在一些日常小事中一点一滴渗透出来。葛优和姨爹葛存壮都获得"德艺双馨"的艺术家称号，是名副其实的。

一次，几位老朋友在饭馆小聚，端盘的服务员认出葛优，欲言又止，很不好意思地说："我最喜欢您，可不可以和您照个相啊？"葛优点头："当然可以。"他擦擦手立马站起身来，拍着小伙子的肩，一起在狭小的包间里走来走去，寻看着照相的最佳位置。小伙子迫不及待地把他的手机递给我说："这位大姐，请您帮忙照一下，照好点啊！"看得出来，他生怕耽误更多的时间，或失去这次合影的机会。

葛优很懂得服务员的心思，便请小伙子靠近点，又嘱咐我多照几张可挑选。小伙子激动得直叫："太好啦！太好啦！谢谢！"葛优说："也谢谢你！"

遇上这事，一般就会来一串。门口好几个男男女女服务员，排队等着，出去一个，进来一个。不知谁去报了个私信，还蹿出两个厨师来……葛优硬是一个一个地认真"接待"，不管高矮胖瘦，他都热情相迎，帮助大家都摆弄着最好的姿势。这种情况下，他很难吃上一顿清净饭，但他是心甘情愿地把愉快带给这些服务员，好像他就是来为他们服务的。

同桌的鲁大姐很感慨地说："葛优善良谦和得太可爱了！要不是亲眼所见，你一定不会相信，咱们的大明星对基层服务员能这么不厌其烦地满足他们的愿望，真是难得……"当鲁大姐夸葛优时，葛优说："可别把我太当回事，我算不了什么明星，就是一个演员，是观众的喜爱把我捧热的！合个影力所能及，应该的。"

一次席间，大家指着一位朋友，说是特像葛优，这位朋友就提出想穿上葛优的外套，戴上他的帽子，单独拍个照，留个纪念。葛优毫不犹豫地脱下外衣和帽子，帮那位朋友穿上戴好拍照。他就是这样，看别人高兴，他就高兴。

2010 年，我在重庆市委党校厅局级领导干部培训班学习两月，我是班里的书记。其间，有 10 多天在清华大学学习，正好班里有五六个同学在这月过生日，我想请葛优来凑个热闹。我了解葛优，在聚会时他不闹腾，很沉稳，但并不寡言，不时毫不伤人地幽默几句，会让人很快乐。他毫无明星架子，我请他来，是想给大家过个开心的生日。

我的邀请，葛优一般都会热情赴约。每次聚会他都很守时，北京堵车，他就提前出发，不迟到，是他的好习惯。他说，校园生活区有家"北京烤鸭店"，我来买单，给过生日的同学助个兴。葛优心细，还定了一个大蛋糕。每个人都和葛优合了影，过了一个愉快开心的集体生日。聚餐后，等大家都散去，他才最后离开，每次都这样。

一次，朋友邀请葛优在一家餐厅吃烧烤。席间，旁桌的一位韩国友人说是葛优的粉丝，过来想与葛优合影，葛优客气地友好回应。合影后，韩国友人很高兴，热情地要送一瓶高档白酒给葛优。葛优连忙拱手作揖："谢谢啦！无功不受禄！无功不受禄！"硬是拒绝了。葛优往往语言不多，但对事心中有数，很有底线。

葛优和他姨妈涂璋（我的母亲）

　　那天餐费 3000 多元，朋友们抢着付账，葛优生怕我们"公款报销"，他说，我请我亲戚吃饭，哪能别人买单？坚持他来支付，大家都拗不过他。他做事很讲原则。

　　每次在他朋友开的"东来顺"涮肉馆吃饭，他朋友要为他免单，葛优都一定要付款。他总是说，人家做生意辛苦得很，起早贪黑的很不容易！一分钱都不能少付。

　　葛优对国家的法律法规是自觉遵守的，他很重视按规定纳税。

　　有一次小聚，鲁大姐带了一位老朋友同来，进门时向大家介绍："这是张大姐，在税务总局工作。"葛优立马礼貌地站起来，边鞠躬边说："我是足额纳税！我是足额纳税！"张大姐说，"看见葛优就想笑"，大家都乐了！可我知道，他是很认真的。

有一次，我和几位朋友去北京小汤山现场看葛优拍戏，他正在化妆，便请他的经纪人出来招呼我们。我直接向葛优走去，经纪人问葛优："这是干吗的？"葛优说："税务局的！"经纪人立马面朝着我非常认真地说："我们是足额的！绝对是足额的！"我说："葛优，你这足额的意识很强啊！"葛优这才说："我表妹，税务局的！"由此，葛优朋友圈里都知道有个"足额"的表妹了……北京东城区地税局的一位朋友告诉我，葛优是亲自到办税大厅交税的明星。

葛优从来没上过春晚，2019年首登春晚。当时正遇有明星偷税问题，但与葛优没有半毛钱关系。估计是为了肯定他，有关部门点名要他上春晚。他曾与我通电话，说真的是不想去，这种机会应该给更适合的人。我说这是对你的肯定，一定要珍惜，要认真准备，要对得起观众！春晚开播，小品中他所穿的风衣，是二三十年前的，他一直没舍得扔，没想到弄到春晚上还成了"热搜"！

姨爹对葛优要求很严。有一次我去北影厂姨妈家看望他们，刚进门，发现葛优和姨爹在为什么事争执，我问："怎么啦？"

葛优委屈地说："我在院里刚停车下来，看见一位阿姨正专心弄小孙子，我怕打扰她，就轻轻从背后绕开走了。我爸在后面看见了，这不，正说我呢！"

姨爹说："你回来见到叔叔阿姨一定要打招呼，不能这样就走开，没有礼貌！要知道，他们都是看着你长大的。"

葛优争辩："不是没礼貌，是想着天冷，弄好小孙孙赶快回家，我不是不懂事。"

姨爹并不退让，拉着脸说："不准找借口！"

前几年打出租车出行，只要姨爹在，他总是抢着坐副驾驶，抢着付车费，他说："大家一起嘛，付点钱是小事。"若与葛优父子同框合影，那

我的姨爹葛存壮和姨妈施文心

必须是来合影的人站中间，他们父子各站一边。姨爹处处都想到要尊重别人。他在北影厂家属院是公认的人缘最好的老葛！

姨爹对父辈的孝敬，真是身教重于言教，也深深地影响着葛优。

葛优的姥爷一直与葛优父母住在一起，直到 102 岁去世。姨妈常说："老嘎（对姨爹的爱称）把我爹照顾得最好！"

有一次姥爷的剃须刀坏了，又不愿意换新的，姨爹便找店去修。维修师傅说："大爷（当时姨爹 70 多岁了），扔了买新的吧，难得修，太费事！"

姨爹说："是我岳父的，90 多岁的人啦，得顺着来，不能随便扔，他用习惯了，非得要这个，你就修修吧！"

师傅说："你岳父？你都这把年纪了，还照顾岳父？"

姨爹说："70多岁的老人照顾90多岁的老人，不也是应该的吗？"

姥爷糊涂了，半夜起来要吃午饭，要大小便，床边的摆铃叮当叮当响，总有不少事，姨爹立即到姥爷床边照顾，毫无怨言。姨妈睡眠一直不好，姨爹从不惊动她。家里请有保姆，姨爹说白天张芬（保姆）够累的，晚上让她好好睡觉，姥爷我照顾……就这样，一直到姥爷102岁去世，都是姨爹葛存壮照顾。

姨妈家的保姆张芬，一直跟他们，30多年了，姥爷曾说："经常换保姆说明主人不会待人。"现在虽然姥爷、姨爹都走了，但张芬仍一直住在姨妈家照顾姨妈。姨爹对我解释为什么直呼其名，因为张芬与葛优差不多大，叫她小张，显得见外，他们全家对保姆都很尊重、很体谅。

姨爹的言行树立了很好的家风。葛优两兄妹，妹妹葛佳长期在国外。葛优的父母渐渐老了，照顾父母的重任全落在葛优身上。嫂子贺聪是长女，照顾岳父岳母的任务也落在葛优和嫂子身上，四个老人年龄差不多，葛优和嫂子没少费心。

两边老人都喜欢葛优，他脾气好，有耐心，免不了几头忙活着。特别是送老人去医院看病，葛优总是前后张罗，尽心尽力。姨爹前后两次脑

■ 我和姨妈施文心

梗住院，都是他在张罗、照顾。特别是第二次脑梗不省人事一年多，他来回跑着照顾，很费心，但从无怨言。葛优在北影厂家属院是有名的孝子。

葛优对婚姻家庭是认真的，有责任心的。他与嫂子贺聪相亲相爱，不管嫂子怎么渐渐变老，葛优一直宠着她："你不欺我少年穷，我不负你糟糠妻。"他们同甘共苦，共同面对生活中的困难，照顾好父母，他们坚定地拉着手，一起走向未来。

一个真正的好演员，一定是富有道德修养的人，葛优做到了。

2022 年 6 月 10 日通世智库刊

涂放姑

1962 年出生，中共党员，毕业于西南政法大学、重庆大学经济与工商管理学院工商管理专业，获得工商管理硕士。曾任中共重庆市纪律检查委员会驻重庆市地方税务局党组成员、纪检组长，中共重庆市委正厅局长级巡视专员。已退休。

母亲留下无价宝

刘域

每逢教师节，最是思念母亲时，母亲一定会在天堂享受这个属于她的节日，热爱她的学生和老师一定会在教师节这一天更加怀念她。

母亲从事了一辈子小学教育工作，她常常很满足地说，我这一生选择了教师这个职业，感到非常荣幸。年过花甲的我，此刻更加感到母亲给我们留下的精神财富是无价之宝。

1950 年，母亲报考了重庆市教育局举办的师资训练班，放弃了劳动局的录用。1953 年，母亲又考上了重庆第一师范学校。在学习期间，母亲每晚自学到深更半夜，并全面锻炼自己，她担任了学生会干部和学生团支部书记，这给她以后的教师生涯奠定了很好的基础。三年师范专科毕业后，母亲被分配到重庆市中区新华路第二小学任教，两年后调市中区解放碑中心的邹容路小学任教。

母亲在 50 年代末由班主任教师提拔为学校教导副主任，直到后来任小学校长。从此一直从事小学教育工作，教书育人，尽忠职守。然而她这一生无论在学校什么岗位上，始终都以当个好老师的标准约束自己，从言行举止到衣着外表，时时刻刻都严格要求自己，在学校里，她力求不说"上不了书的话"，决不做有违教师尊严的事。

母亲是一个很讲原则的人，对我们三兄妹严格要求。她规定我们不准随便去她的学校，不准逗留，不允许我们在她的学校上学读书，理由是怕老师会袒护我们，不利于我们的健康成长。其实那时很多老师的子女都在自己任教的学校上学，但我母亲坚决不同意我们就读她任教的学校。

母亲生前常对我说，记忆力是靠锻炼提高的，平时要养成强记于心的习惯，不能懒于记忆。每当我对一些人和事记忆模糊而询问母亲时，她总是要我再慢慢想一想，多回忆一下，决不轻易告诉我。

因长期劳累工作用眼过度，母亲小时候患上的眼疾雪上加霜，她便用强化记忆的方法来弥补她的视力缺陷。她在年轻时就逐步养成开会讲话不用稿子的习惯，她总是提前准备，强记于心，即兴发言，临场发挥是她的强项。学校老师曾开玩笑对母亲说，何校长，就凭您80多岁还有这么强的记忆，真有资格去当大领导啊！母亲听了哈哈大笑。

母亲性格独立而坚强，她从学校退休后，尤其是父亲去世后，为了不给子女增添负担和麻烦，坚持一个人居住，不让任何子女陪伴，在眼睛高度近视的情况下，坚强地挑起了自己生活的担子，独自向前走。

■ 青年时的母亲

■ 中年的母亲

　　她编写了几个记录电话号码的通讯本：学校同事的电话号码存一本，亲戚的存一本，医院医生、家电维修工人等的存一本，小区物业工作人员、附近小馆子的存一本。几个通讯本记满了各方面人脉的联系电话，那时母亲依靠电话和各方面人士认识交流，并得到他们的排忧解难。

　　母亲说话有亲和力，条理清晰，形象生动，并且很善于发挥表扬这个"有力武器"的作用。哪怕别人对她有微小的帮助，她总发自内心地感谢夸奖，让帮助她的人心里舒服。

　　母亲批评人也很讲艺术。有一次，两个小偷深夜撬锁进入母亲的房屋，母亲听力好，知道家里进了小偷，她自知明斗不行，睡在床上不动声色，待小偷逃离后的第二天早上，母亲才通知我去帮忙查看。经检查被偷走500多元钱和一点物品。年迈的母亲没有一丝恐慌，这大概是她长期处理学校应急情况形成了沉着冷静的性格。

　　那天母亲异常平静地拿起了电话，条理清晰地对小区保安负责人讲明了头天深夜发生的事情，继而轻言细语地问：一个80多岁的独居老人，在深夜被小偷撬锁进屋行窃，你作为保安负责人有何感想？如果这个老人是你母亲，你会有什么感受？也许保安负责人完全没料到母亲如此晓之以

母亲和她的小学生

理的批评，当即表态，从今往后每天晚上增添一名保安专门巡查母亲这层楼，并每天做好登记备查。如今母亲已去世多年，这一巡查制度仍然坚持执行。我们住在父母留下的屋里，深感他们仍然给予我们温暖和安全。

母亲的口头表达能力值得学习和赞赏。她思维敏锐，听觉灵敏，口齿清楚，说话诙谐。凡是认识母亲的人，都十分羡慕她的口才。母亲的口才是来之不易的，这是她几十年来不断学习、实践、总结，用一个教师应有的言谈标准严格规范自己的结果。母亲常说，一个教师无论上课教学，还是开会发言，都要言之有物，用词要简短，并力求准确，表达要形象生动。她说，如果语言干巴巴的，或词不达意，学生就不知所云，只想打瞌睡，哪个愿意听你讲一堆废话？

近视的母亲特别注意在困难时仍保持精神乐观，她不愿意让学生和老师们看见她近视的窘态，认为这有损于她教师的形象，她80多岁行走也步履稳健，总是挺直腰板。女儿和孙女买的外国手杖，母亲即使是在病重不能行走时也不愿意使用。她想要永葆一个教师的尊严。

母亲在外或与家人一起吃饭时，始终只用筷子夹面前菜盘里的菜，她说不能为了吃口菜"翻山越岭"，显出不雅之态。常常是饭后大家才知道有些菜母亲完全没有动筷，母亲总是笑呵呵地说，我少吃一点，你们就可以多吃一点。

退休后母亲仍然没有放松学习，每年订阅报刊，每天坚持收看电视新闻，积极关心国内外时事，尽力接收和跟上时代的新语言，努力了解科技的发展和进步。学校党委过组织生活、开座谈会，总是邀请母亲作中心发言。母亲常说，年纪大了，说话也不能让人费解，一个人活到老必须学到老。

母亲发自内心地热爱学生。她常说，当老师首先一定要热爱学生，其次才谈得上严格教育和耐心帮助学生。是否热爱学生，是能不能做个好老师最基本的标准。母亲在学校工作时一贯反对和制止个别老师体罚学生。

退休离开学校后，每当她看见原来学校的学生，都会精神焕发，目光明亮而温暖。在母亲最后一次病重住院期间，一天我推着轮椅陪她到院

■ 晚年时的母亲

门外散步，忽然听到一声"何校长好！"闻声望去，只见一位 60 多岁的女士牵着一个小姑娘从不远处跑过来，蹲下与轮椅上的母亲握手问候。几十年的变化使母亲已认不出眼前这位学生了，但学生依然充满对老师的崇敬，她不停地要小孙女"问何婆婆好！"此刻母亲满含泪水，拉着小姑娘的手，吃力而亲切地问这问那，病情仿佛瞬间得到好转。母亲目送学生慢慢离开，充满着依依不舍的感情。

母亲从不接受学生和家长任何物质上的感谢和回报，这也是那个时代教师的共同品格。但是母亲特别关心成绩较差而家庭经济条件又不好的学生，她对经济上有困难的教师也总是尽最大努力地提供帮助。她善良宽厚，受到学生和教师的爱戴。

"文化大革命"结束后，母亲积极为两位老教师的冤案平反奔走，与文教局有关领导反复交涉，催促其尽快落实政策。事后两位老教师登门含泪感谢母亲，母亲说：这是我应该做的工作，实事求是是党的方针政策，你们应该感谢党和国家。

90 年代中期，区文教局在解放碑附近修了一幢教师宿舍，组织上分配了一套住房给学校领导，母亲毫不犹豫地把这套住房分配给了学校一位三代同堂、住房很狭窄的老教师。这位老教师激动地告诉母亲，住进新房的第一个晚上，全家老小高兴得睡不着觉，彻夜难眠。母亲听了非常开心，她回家后讲给我们，分享快乐。退休多年后，母亲才搬进了区文教局分配给她的一套新房。

母亲一生都很注意衣着外表。在学校 30 多年工作中，她衣着素色，朴素大方。母亲始终认为，不管进入什么年代，教师的服饰打扮一定要符合教师的身份，要得体、要简朴，不能怪异，要体现教师的精神面貌。母亲说，教师要天天面对学生，决不能因为赶时髦而失了体面。母亲这样要求学校老师，自己也以身作则。

国家设立教师节时母亲已经退休，但每年教师节时母亲都很积极地参加有关单位组织的庆祝座谈活动，直到母亲去世前不能行走。

对母亲最真实的回忆，总能充实我的精神，是我生命中最宝贵的财富。

2020 年 9 月 9 日通世智库刊

刘域

1958 年 4 月出生，中共党员，已退休。曾任重庆市商务委员会处长。

145

游子的期盼

韦莉

父母在宜宾，我住北京，但常年奔忙于天南海北，工作、挣钱，难得和父母见上一面。

我懂得"父母在，不远游，游必有方"的古训，"百善孝为先"的道理也深植于我心。但现代社会的压力给千家万户的儿女带来太多的无奈，父母所在的家，牵着游子们的魂，回家过年，和父母团聚，是我年复一年梦寐以求的期盼。

给家人买新衣是我这些年必需的年前准备。早起，我开车去商场，把全家十几口人的衣服买完，直奔机场，中转成都，再坐50分钟高铁回到家乡——宜宾。

道路两旁屹立着盛开的蜡梅，凌寒独放，香气扑鼻，最美宜宾在去年中秋晚会亮相中国后，显得更加妩媚、秀丽、壮观。到底是南方，春色满园关不住，比起寒冷的北京，它似乎更有春味。

一路上我心情大好，或许是在人流如潮的回乡大军中，到处井然有序，深感现代交通的高速和便捷，畅快！或许是想到三年疫情，有家不能回，与父母只能靠视频和电话温暖彼此的煎熬日子已成过去，今后都能这样畅畅快快地回家了，或许是家快到了……

远望去，家的大门早已敞开，进门瞬间，见妈妈在窗前翘首等待，我冲着妈妈的背影急切高喊："妈，我回来了！"

妈妈转过身，眉眼间充满了喜悦，张开双臂，迈着大步奔我来。我们紧紧地拥抱着，久久不肯放手，这一年一度的盼望和期待，在这温暖的相拥下慢慢地释怀。

没等我完全放下行李，爸爸从卧室里抱出一大袋花生，咧着嘴冲我笑着说："女儿，吃花生。"还没等我回话，他又放下花生去拿出几个橘子："女儿，吃橘子。"接着又去想拿什么。

暖流涌我心头，我有些撒娇地笑问："爸，我到底先吃啥？"

妹妹正端上热腾腾的饭菜，抢着说："先吃饭！先吃饭，都准备好啦！"

无绪里终于找到了一个开始。

桌上大大小小的碟子里，全是我的最爱，我端起碗筷，一堆人冲着我看。从中秋回家到现在，也没几个月，但亲人们眼神中的表达，像是等待我回家已有好多年。

午饭慢慢吃着，我急切地取出为全家人买的新衣，想让每个亲人都有惊喜。

家里的气氛立刻变得红红火火，每个人都迫不及待穿上新衣，每个角落都洋溢着开心的笑声和欢喜的打闹声，家里变成了一个展示服装的小T台，亲人们时不时轮番上台晃上一圈，有的扬扬得意，有的欣喜若狂。再看看父母，开怀大笑，脸上苍老的皱纹里飞扬着无限的骄傲。

午饭后，爸妈开启了贴窗花。那是一个个通红的大"福"字，每逢春节，爸妈都会精心准备，亲手用心地把它们排列着贴在窗上。细微中可见父母对全家平安幸福的憧憬。这些福字，像是我们家中最亲切、最可靠的朋友，稳稳地站列着，洋洋洒洒地守护着我们全家，给我们带来安康、吉祥。

每逢佳节，我都会有很多的回忆。小时候，物资匮乏，生活十分艰

父母开怀大笑

辛，可父母总是尽一切所能，在过年时给我们吃糖果、添新衣。能满足孩子们欢喜过年，是他们最大的心愿。父母恩重，如山如海，他们付出的爱我们是还不尽的。

我这几十年经历了很多，逐渐懂得了生命传承的价值，让父母安度无忧幸福的晚年，是我义不容辞的责任。我在外打拼的日子里，永远都是报喜不报忧，无论遇到什么坎都要勇敢地面对，无论困难有多重都要坚强地扛住，永远都是"爸、妈，放心哈，我好着呢……"我决不让父母在人生的晚年还为孩子而担忧。父母又何尝不是如此呢？总是在电话里告诉我"忙你的，我们好着呢……"80多岁的人啦，能什么都好吗？所以每逢佳节，必须回家！

年夜饭是全家团聚欢乐的高潮，在无比喜庆的气氛里开始了，四川人对肉类的喜好，加之妙手烹饪，每道菜都充满了魅力，浓浓的人间烟火味，无以表达。时代的进步，物质的丰富，也在年夜饭的桌上淋漓尽致地体现。

酒足饭饱后，这是最隆重喜庆的时刻，接红包！想着小时候为了等年三十的红包，我装着睡着了，等爸妈把钱压在我枕下时，我偷偷地拿出来数一数，然后又躺下，畅想着使用红包的计划。父母那一分一分攒下的，是这个世界上最纯洁的爱。

年前几天，父母就换好新钱，装进精挑细选的红包，这是他们的退休金。每个月不舍得花，为了年三十的拜年，为了儿女们……

我得抢先把对父母的感恩深深地表达，我抱着父母，亲着他们的脸，然后双手捧上我给父母的红包："爸、妈，我长年在外，总是不能兑现要多多陪伴你们的心愿，这是我的孝心，女儿就是希望你们过好开开心心的晚年……福如东海，寿比南山！"

此时此刻，什么语言也不能表达我对父母的感恩和亏欠。爸妈和我眼里都浸着幸福的泪花。

又是一个仪式感满满的时刻，我们姐妹四个，整齐地跪在父母跟前，认认真真地给父母磕上三个头，同声齐诵："爸妈新年好！"拜年拜年，红包拿来，哈哈……爸妈和我们的欢笑声穿过云霄，与中国大地上的阖家欢庆汇聚成欢乐的海洋。我由衷地感叹：爱了！笑了！闹了！拜了！人间，值了！

2024 年 3 月 26 日诵世智库刊

韦莉

1970 年出生，1991 年毕业于西南政法大学，曾在中国石油长庆油田公司工作。2006 年辞职下海，现任西安博明久油气技术开发有限公司董事长。兴趣爱好广泛，摄影、写作、旅游……

岁月如歌

赤道线上的 "生命之吻"

汪炼

在浩瀚的太平洋中部，有一个世界上唯一纵跨赤道，又横越国际日期变更线的国家，在地图上仅用小点表示，那就是少为人知的由33个美丽环礁岛组成的基里巴斯共和国。她属热带海洋气候，阳光下气温高达60℃，人口12万，无工业、农业，有鱼却无业，蔬菜供应很困难，是一个带有原始部落色彩的议会制国家。1995年6月中国政府对该国派遣了我们这第三批医疗队。

塔拉瓦首都医院

我们工作在首都塔拉瓦中心医院，这是全国唯一的医院，床位200张，医生仅8名，中国医生占了一半。我们四人都来自重庆，有重庆市第三人民医院外科谢渝中医师、重庆医科大学附属第二医院麻醉科罗学斌医师、重庆市第一精神病院王大芬医师，我是江北区第一人民医院妇产科医师。我们分别作为这个国家唯一的专科医师，担任着繁重的医疗及教学任务。我们远渡重洋，刚到的第二天，不顾旅途疲劳就投入了紧张的工作。一年半来，对病人倾注了我们中国医生的一片爱心，谱写了中基两国人民的友谊篇章。

基里巴斯属最不发达国家，因缺医少药、交通不便，来自33个岛屿的病人多是急、危、重病人。医院特检项目少，药品单一短缺，工作节奏

■ 左至右：谢渝中（外科）、王大芬（精神科）、汪炼（妇产科）、罗学斌（麻醉科）

缓慢，极不利于抢救病人。除了要担负所在科室病人的诊治、所有手术、频繁抢救和教学外，甚至全院的 B 超、胃镜、X 光读片、部分心电图都得自己操作并诊断，连静脉输液也是医生们的"专利"。起初我们都不习惯，感到有压力。难怪当我们送走最后一位联合国志愿人员组织（UNV）医生时，他留下了一句话："Try to survive!"（生存下去！）

面对种种困难的局面，我深知远离祖国没有任何依赖外援的可能性，最大的困难是战胜自己。尽快闯过语言关、掌握特检项目，以强大的毅力和良好的心态、足智多谋的应变能力，与医疗小组同志们团结协作闯过难关。"自信"成为在国外工作的第一心理要素。工作一周后，我们每人体重下降了 3—5 公斤。为了祖国荣誉，我们勇敢地挑起了战斗在天涯海角的所有艰辛。

赤道线上的急诊

第一次让基国人民和外来白人认识我们中国医生的，是一次赤道线上的急诊。那是一个平常的海岛之夜，一轮新月徐升，月光泻遍椰林和草房。急促的电话铃声把我惊醒，距首都200海里的布达里达里岛告急，一位前置胎盘孕妇阴道大流血，血压下降，病情危急。因飞机故障不能转送病人来首都医院，我立即与外科谢渝中医师，麻醉科罗学斌医师，手术室护士、化验人员组成抢救小组，乘国家巡逻艇前往。海上晕船使我们频繁呕吐，只能躺下不动。长达10多个小时的航行，对体能和意志都是一次考验。

当我们踏上近似原始部落的岛上，看到病人躺在草棚地面的草席上，流出的血腥吸引着成群蚊蝇飞舞时，犹如战斗的信号，大家忘掉了自己的疲惫和虚弱，在一个四面无墙的草棚里动手用草席做围墙，用"拉瓦拉瓦"（当地居民的围裙布）做篷顶，一张饭桌当手术台，两盏煤气灯照明，建立了"战地手术室"。没有吸引器，没有必备的心电监护仪，没有

乘坐国家巡逻艇，去外岛急诊抢救

155

氧气，更没有无菌环境，这种条件下进行剖腹手术及麻醉需冒极大风险。

　　援外医疗是执行外交任务，我是医疗队队长，出国前相关领导再三强调这次援外医疗的重要性，稍有不慎，不仅有损中国医生的声誉，更重要的是有损我们祖国的形象。我望着那流血过多而脸色苍白的病人，那在海风中飘摇着茅草的草棚"手术室"，深知这是我行医 25 年来最严峻的一次挑战。这时护士报告我说，孩子胎心逐渐减慢。作为医生面对危急病人，这时已别无选择，只有尽快实施剖宫产手术，取出胎儿实施抢救，母婴生命才有一线希望。

　　当我们踏在椰子树桩作为手术踏脚凳上开始剖宫产时，草棚外已围满了一层层关注的岛民。他们信奉上帝对生命的安排，目睹对垂危产妇以手术挽回生命，这是外岛有史以来的第一次，此景充满了神奇，也充满了希望。手术中没有吸引器，我们用纱布吸羊水和血。几分钟后，重度窒息的早产儿被取出，仅有微弱心跳。在罗学斌医师果断的指挥抢救下，幼小的婴儿终于发出了啼哭，虽然这声音是那么细弱无力，但毕竟表示新生命的降临。

　　半小时后手术结束，宣告母子平安的消息，使静候在草房外的岛民

■ 手术结束，静候在草房外的岛民们和我一样欣喜！

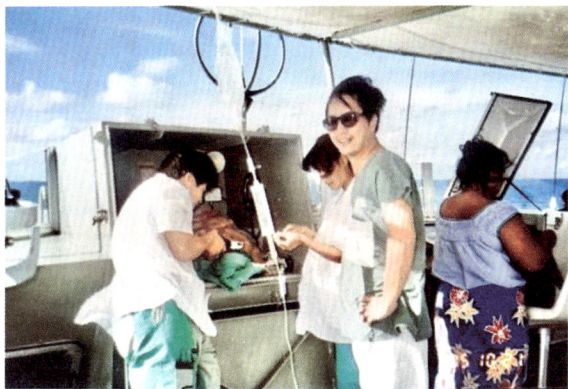

■ 转送新生儿回首都医院，在巡逻艇上的抢救

们一片惊讶，欣喜中国医生犹如上帝的使者，给他们带来了生的希望。我们也为能在如此困难的条件下，成功开展该国首例外岛剖宫产而兴奋和自豪。成功的喜悦使我们与基里巴斯人民心连在一起，忘却了国籍不同、文化差异和语言阻隔。

当我们穿着被汗水湿透的洗手衣走出"手术室"时，岛民们送上了香甜的椰子，这时晕船的不适已无影无踪，我们饱食了海岛上特有的海鲜，迎来了壮观的海上日出。

生命之吻（kiss of life）

清晨，看护新生儿的护士长玛嘎匆匆前来，告诉我那早产儿病情加重，呼吸困难，全身发绀，生命垂危，我们急需把病人送回首都医院。当我们赶到码头时，看见岛民们静静地围着神父，海涛声中飘散着神父为新生儿送行的祈祷。用"圣水"轻轻地拍在病儿额头上，据说这样就意味着上帝吻了这小生命，同意她去天堂了。但我们不愿意这刚降临人间的小生命就到上帝那儿去。

护送我们的巡逻艇以每小时24海里的速度，全速航行在赤道线上。

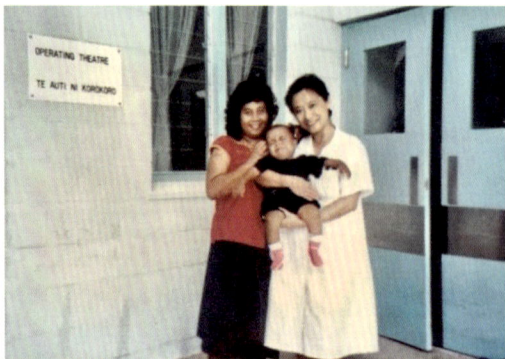

■ 为了感谢中国医生，母亲给孩子取名 Wang Marua
（汪·马鲁拉）

为了避免嘈杂的轮机声影响，我们把病儿安放在顶层舱板上，但这脆弱的生命还是不能承受太平洋的风波。出海不久即呕吐，胃液返流入气管发生再次窒息，呼吸心跳停止。一场紧张的心肺复苏抢救在巡逻艇上展开，我立即用口从病儿口中吸出了阻塞在喉头的分泌液，然后口对口地进行人工呼吸。罗学斌医生负责胸外按摩，谢渝中医师忙着输液给药。及时的复苏术使婴儿心脏恢复了跳动。给气管插管后，我们轮换着用口代替呼吸机进行人工呼吸，回程 10 多个小时我们不顾晕船坚持下来了。

当我们远航归来时，医院院长卡比亚亲自开救护车早早等候在码头上迎接我们，工作在医院的外国医生也打电话问候我们。目睹抢救过程的护士长玛嘎向院长汇报了这次出诊情况，并对我们跷起拇指说："Kiss of life。"当我从她的《不列颠护理词典》中查到"口对口或口对鼻的人工呼吸术称为'生命之吻'"时，我沉醉在美妙的英文词汇中。Kiss of life，多么神圣的医学术语！

一周后，年轻的母亲抱着她的小宝贝准备出院了，她拉着我的手说："为了感谢中国医生的成功抢救，我以你的姓给孩子取名为汪·马鲁拉（Wang Marua）。"罗医生问这位母亲，神父给予的"上帝之吻"和我们的"生命之吻"有什么不同？她说："这都是上帝的意思，你们是上帝的使者。"

特别的生日祝福：Happy birthday!

一个海岛的深夜，床头边急促的电话铃声把我从梦中惊醒，医院产房告急：刚从外岛转来一位妊娠期高血压疾病的急诊足月孕妇，因子痫频繁抽搐，口吐白沫，出现昏迷。我知道如果抽搐进展迅速，很快可导致母亲和胎儿的死亡，只有及时终止妊娠才可能起死回生。

没来得及起身，我就在床上电话口头医嘱：保持呼吸道通畅、避免声光刺激、用硫酸镁控制抽搐、用甘露醇降低颅压，同时术前准备终止妊娠。

当我沿着海边开车到达产房时，病人已停止抽搐，呼喊还有反应，我对值班的助产士们严格执行医嘱、及时有效的抢救竖起了大拇指。随即的急诊剖宫产让母儿转危为安，随着新生儿的啼哭，让一直处于高度应激状态的我终于松了一口气，迎来了又一个金色的朝霞。

清晨，我回到医疗队驻地，来不及休息，洗漱后按常规上班时间又赶回医院交班查房了。

意外的是，刚走进妇产科病房，护士、助产士们就把我簇拥到值班室，不容分说地帮我脱下工作服，换上她们一针一线缝制的粉红色绣花上衣和拉瓦拉瓦，戴上鲜花头环和贝壳项链，在她们"Happy birthday"的祝福中，我明白了今天是我的生日，也是中国的国庆节。

第一次穿着岛民的盛装开始查房了，当我来到昨天晚上急诊剖宫产的产妇床边，还没来得及问候，她就伸出双手紧紧握住我的手，重复地说："Happy birthday……"

30年过去了，那个场景，那个来自极度虚弱淳朴产妇的"Happy

■ 我被换上岛民的生日盛装

birthday"，仍然深深地印在我的心底，做一名妇产科医生真好！

她战胜了恐惧与死亡

在一年半的援外医疗里，外科谢渝中医师在简陋的条件下创建了烧伤病房。在药源单一短缺并且无营养支持的条件下精心设计方案，使四例烧伤面积达 60%—70%、深度烧伤达 40% 的病人闯过了休克关、感染关。反复适时的切痂植皮成功并保住了面部和肢体功能，探索出了一条热带大面积烧伤治疗之路，首创了基里巴斯大面积烧伤植皮术。

赤道地区的许多糖尿病人，感染与高血糖互为因果，死亡率高。我们这一代还能记得白求恩在战场上截肢的案例，没想到 60 年后的今天，我们做的正是与当年白求恩相似的工作，在基里巴斯所做的截肢术竟超过 50 例。

有一位 50 岁的妇女右下肢坏疽，首都医院紧缺的抗生素已远不能控制病情急骤恶化。她不愿失去这条腿，外科谢渝中医生对她作了解释："我们只能在生命和坏肢之间作出选择。"她痛苦地同意了手术。当我与谢医生站在手术台上断离股骨的最后一锯时，我感受着沉重；当那条与她连接了 50 年的坏肢落地时，我却听到了病人哼吟的歌声，这是她最喜欢的圣歌，做静脉滴注的手还轻点着节拍。我注意到她虔诚的目光和微笑，被深深地震撼了，她像信任上帝那样信任中国医生，在痛苦中没有了痛苦的表情，在死亡面前没有了濒死的恐惧。这时的医生与病人已合为一体，共同战胜了恐惧与死亡。

中华人民共和国美好心愿的使者

像所有走出国门的中国人一样，在援外期间我们的心时刻想到家、医院、祖国，家信和领导来信给了我们极大的鼓励；时任外交部部长李肇星访问基里巴斯时，特来中国医疗队驻地看望我们，给了我们无比的温暖！

基里巴斯生活非常艰苦，但我们并不在意。在美丽的大自然中与岛民一起分享了太平洋上灿烂的阳光、清澈的海水、纯净的空气，也分享了纯朴岛民"土人文化"的欢乐。我们的工作非常繁忙，没有节假日休息和夜班休息日，当我们生病发烧、出海抢救晕船、连续工作两天一夜疲惫不堪时，都能以病人至上、工作第一。

■ 时任外交部部长李肇星（左四）、中国驻基里巴斯大使王少华（左二），来医疗队看望我们

中国驻基里巴斯大使馆收到该国外交部有关我们工作的照会中写道："目前在这里援助的四名中国医生所做的正是一个典范。他们是代表了中华人民共和国美好心愿的使者。"

中国医疗组本身就是一个高效顽强的手术队。外科妇科手术人次和手术开展范围都创基里巴斯医院手术史上之最。手术麻醉的"起飞"和"着陆"总是平安的。被关在铁丝网内精神病房的 60 多个强悍的精神病人，逐渐以歌声和微笑代替了狂躁的吼叫……

援外工作临近结束，前来找我们看病和等候手术的病人越来越多。医院院长在朝会上多次说："不能想象，没有中国医生在这里工作将是什么情况；不能想象，中国医生在这里做了这么多的工作。"基里巴斯总统在一次招待会上对我们说："你们中国医生在基里巴斯为我们人民做了大量工作，在我们民众中传诵着你们许多故事，我谢谢你们！"

医者的骄傲

我庆幸在这个美丽的岛国有这段不同寻常的生活和工作经历。赤道

■ 基里巴斯总统塞布罗罗·斯托（左一）及其夫人（左三）、卫生部部长（右一）来塔拉瓦首都医院慰问中国医疗队

的旖旎风光、岛民的纯朴热情、护士们的敬业友善、与外国医生们的愉快合作，尤其在太平洋上的紧张救援和惊险，历历在目，终生难忘。

1996年12月6日，告别了太平洋壮观的日落，参加了隆重的 Farewell party（送别宴会）。7日清晨，迎来了基里巴斯又一个灿烂的朝霞。

在塔拉瓦机场，前来送别的岛民、医生、护士簇拥着我们，按照当地习俗，给我们戴上了他们亲手编制的鲜花头环和贝壳项链。此时，赤道的鲜花显得格外芬芳鲜艳。此刻，一年半朝夕相融的情谊显得格外深情醇厚！

拥抱、亲吻、合影，一次又一次……

终于，我们登上了回国的飞机。透过机窗，看见远处欢送的人群，尤其是那一双双高高举向我们一直不停挥动的手，不舍的热泪潸然而下……

1996年12月的圣诞节，我收到来自塔拉瓦中心医院妇产科的贺卡："亲爱的汪，我们非常遗憾你不能与我们共贺这特殊的圣诞，今天我们用你教授的方法，成功地将一胎位不正的巨大儿转为正常位置后顺利分娩

■ 参加基里巴斯国庆节，与草裙舞小朋友合影

163

了，我们盼望你有一天再来！永远爱你。"

在赤道线上援外医疗的一年半，我们肩负着祖国的医疗外交使命，始终以救死扶伤的医学情怀，不分昼夜地为当地人民解除病痛，用生命旋律谱写了中基两国人民的深厚友谊，被誉为"中华人民共和国友好的使者"，为祖国争光，是我们医者的骄傲！

30 年过去了，深邃的大海、湛蓝的天空、葱郁的椰林、淳朴的岛民，还有那些日日夜夜，依然让我常常梦回……

2024 年 5 月 31 日通世智库刊

汪炼

1950 年 10 月出生，1969 年作为知青下乡，1972 年返城。1981 年毕业于川北医学院医疗系，妇产科主任医生。曾受卫生部派遣，担任中国医疗队队长，先后两次赴大洋洲的基里巴斯、巴布亚新几内亚进行援外医疗。历任重庆市江北区第一人民医院（重庆市红十字会医院）妇产科主任、副院长，重庆市生殖健康学会生殖医学专业委员会委员，重庆市子宫良性疾病微无创治疗研究中心副主任等。

李前宽与中国电影博物馆

王霆钧　王乙涵

　　为纪念中国电影百年诞辰，国家广电总局和国家人事部在全国选出50位对国家有突出贡献的电影艺术家，著名导演李前宽就是其中的一位。

　　2005年12月29日，在中国电影博物馆开馆庆典上，留下了一个精彩的画面和历史的见证，神采奕奕的李前宽代表电影艺术家致辞。之所以让他代表艺术家致辞，是因为这座中国电影博物馆的建立，正是他全身心投入、积极推进的结果，堪称立下汗马功劳。

　　中国电影博物馆的最初建立动意叫"中国电影宫"，是周恩来总理早在1958年提出的想法。经专家论证，地址选在北京西城区的新街口原北京电影演员剧团附近。后来遇到三年困难时期，国家经济困难，电影宫的事被搁置下来。国民经济恢复之后，想再建电影宫，又遇"文化大革命"。

　　改革开放后，随着国家经济形势好转、电影事业的发展，建立电影宫的事又提到了国家主管部门的议事日程。可是偏偏又碰上了中央出台禁止建设楼堂馆所的文件。

　　1998年9月的一个周末，李前宽在时任国家广电总局局长田聪明家聊起关于建中国电影宫一事，得知建设中国电影宫的事又被挂了起来，李前宽担心这一挂又不知挂到什么年月。

　　当时，李铁映是主管文化工作的中央领导，他说，这项目不要停掉，暂时先挂起来，以后择机再建。可是这一挂要挂到什么时候呢？李前宽想，周总理1958年提出到现在已经40年了，难道再挂40年不成？李前宽下定决心，一定要把这事促成，他相信只要笃定信心，就一定能实现！

于是李前宽向田聪明局长表示："这件事如果电影总局打报告，可能到不了总理那里就给打回来，我以电影艺术家的名义给总书记写信，反映一下我们的愿望，如果能得到中央领导的关心支持，从上到下一起努力，这件事也许就成了。"

田聪明微笑不语。李前宽又补充说："咱们电影界有不少人是全国人大代表、政协委员，我们也有权利直接向国家领导人反映情况，这也是建言献策的一种形式。"李前宽的责任心、自信心和为国家电影事业敢做敢当，田聪明同志是知道的，显然，坐在他面前的李前宽早已做足了功课。他尽情地说，田局长美滋滋地听着。李前宽心想，你田局长是领导，不好明确表态，不表态就是默认了我的想法。

当时，李前宽正在中国科学技术馆参加中国电影家协会第六次全国代表大会。在这次大会上，他当选新一届中国电影家协会副主席。他回到驻地后，连夜写好了给总书记的信，信中阐述了建立电影博物馆的必要性及重大意义，同时建议在北京建立一座"国家电影博物馆"，它是集电影创作、信息、市场、博物、图书、媒体、海内外交流及影视首映宣传等为一体的多维活动中心，是现代化的国家文化工程。信中还说，建立"国家电影博物馆"是我国电影事业深化改革的需要，它将为中国电影人提供一个多功能活动场所，为我们的民族电影再现辉煌发挥巨大作用。

在这封信里，充满智慧的李前宽已经把"电影宫"写成"电影博物馆"，定义为建立"中国电影博物馆"这一代表中国电影文化的标志性项目。

信写好之后，他找到同时参加影代会的同学、时任电影局局长的刘建中，让他看看此信有无不妥之处。刘局长看了信，笑道："信写得好，这件好事，你们艺术家出面提出比我们提好。"李前宽先签上了自己的名字，成为倡议建立中国电影博物馆的第一人，他又让同为著名导演的夫人肖桂云也签上字。

恰逢全国各地的电影人代表在北京开会，济济一堂，李前宽抽白天开会间隙，找到艺术家们，讲到提议建立电影博物馆的事，晚上又到当了全国人大代表和全国政协委员的艺术家的房间里，一个一个耐心细说，然后请他们签上名字。

李前宽第一个找到张瑞芳："我给总书记写了信，是关于建议建立电影博物馆的事，这是周总理的遗愿，四十年没实现，咱得张罗！这是咱们电影界的大事。"

张瑞芳老师痛快地说："这是好事，得支持，我签名！"

孙道临听李前宽说了事情原委，也说："很有意义，也很有必要，我签字！"

秦怡说："前宽张罗的事，准是好事，我签！"

等见到全国人大代表、长春电影制片厂年轻的副厂长尹爱群，李前宽就不客气了，说："小六子，签字！"尹爱群在家里排行第六，李前宽倡议签字建立电影博物馆，他当然高兴了。

接下来，李前宽还请于洋、于蓝、祝希娟、张良、苏里、谢晋、吴贻弓、潘虹、苏云、孟广钧、胡健、潘虹、王立平、舒适、王铁成、冯小宁、章柏青、于彦夫、谢铁骊、许还山、滕进贤、李法曾、李准以及他的老师吕志昌等人，还有电影教育家、电影事业家，一共29位名家签上了自己的名字。

第二天，他就通过国家广电总局相关部门渠道给总书记呈送上去了。

没过几天，李前宽接到田聪明局长的电话，让他马上到他办公室一趟。李前宽以为部长又要给他布置什么电影拍摄任务呢，直奔广电大楼。《重庆谈判》是田聪明任副部长时"协调"给他拍的;《七七事变》干脆是他点的将。这回部长急着要见他，是不是又有什么重大题材要他去拍?

李前宽到了广电总局局长办公室，田聪明正等着他，一见面就笑眯眯地说:"前宽你这家伙，办成了，总书记批示了。"

李前宽马上明白是写给总书记的信有回音了。信才发出三天啊。"你看看原件。"田聪明局长把原件递给李前宽。李前宽认真看着，只见信的右上方总书记批示道:"请关根同志研处，结果望告。江泽民八月二十一日。"毫无疑问，总书记关注此事，要"研处"的结果，是想让这事办成。此事显然已经得到了众多党和国家领导人的关怀和支持。从原件上诸多阅示的公章里，明晰见到朱镕基总理、李岚清副总理、国务委员马凯同志及时任国务院秘书长王忠禹同志均有阅示。总局领导也都有明确表示:办好此事。对于这个结果，田聪明局长很高兴，广电总局主管电影的副局长赵实也很高兴。电影局局长刘建中更是乐得直夸李前宽把这事促成了，他说这事比拍几部电影意义都大。这是中国电影的百年大计，功在当代，利在千秋。

中国电影博物馆

■ 著名导演李前宽和同为著名导演的夫人肖桂云

2007年2月10日，中国电影博物馆这座占地52亩，建筑面积近38000平方米，世界上最大的可容纳1000多人的国家级电影专业博物馆正式对公众开放。

光阴荏苒，岁月如歌。如今，中国电影博物馆作为国家级公共文化服务机构和重要的文化宣传阵地，为推进中国电影事业发展和世界电影交流发挥着不可替代的作用。

历史不会忘记，人们不会忘记，中国电影事业和博物馆建设事业的史册上，都会永远铭记着开拓者与奉献者的奋斗足迹和历史贡献！

一代电影人、著名电影导演李前宽正是这样一位应该被中国电影事业和观影人记起的人！

2021年8月12日上午，国家一级导演、中国电影家协会名誉主席李前宽，在浙江宁波慈溪因病逝世，享年80岁。

李前宽，1941年1月4日出生于辽宁大连，祖籍山东蓬莱，他与妻子肖桂云先后毕业于北京电影学院，并被分配到长春电影制片厂工作。

作为国家一级导演，几十年来，李前宽执导了 30 多部电影。自 20 世纪 80 年代起，他与妻子肖桂云合作，联合执导了《开国大典》《重庆谈判》《七七事变》《抗美援朝》《决战之后》《苍天圣土》《朝鲜战争》《佩剑将军》《世纪之梦》《黄河之滨》《田野又是青纱帐》《红盖头》《明月出天山》《旭日惊雷》《星海》《甜女》《传奇皇帝朱元璋》《逃犯》《韩玉娘》等影视剧。先后获得电影金鸡奖、百花奖、"五个一工程"奖、华表奖等大奖。李前宽执导的影视作品，集中在重大革命题材领域，突出主旋律，具有鲜明的史诗风格和丰富的历史内蕴，给人留下难忘而深刻的记忆……

2023 年 2 月 27 日通世智库刊

王霆钧

创作电影剧本《东西屋南北炕》，获夏衍杯创意电影剧本奖；另有联合编剧的《小巷总理》《关东民谣》《东方欲晓》《少奇专列》等十多部。电影《小巷总理》获华表奖、"五个一工程"奖和长春电影节评委会特别奖；电影《关东民谣》获得国家神农杯银奖；电视电影《少奇专列》获得首届电视电影百合奖一等奖。出版文学作品有长篇小说《寻回自己》；中篇小说《美人痣》《秘密寻查》；散文集《王霆钧散文》《永远的电影》《长影的故事》《光影花魂》等；另有联合写作的长篇报告文学《画里画外》《超越》《大师小传》。中国作家协会会员、中国散文学会会员、中国电影家协会会员、中国电视艺术家协会会员。曾任长春电影制片厂文学部主任、艺术处处长兼吉林省电影家协会秘书长。现已退休。

王乙涵

中国艺术研究院电影电视艺术研究所副研究员，编剧。一直从事电视剧研究和影视剧编剧实践。承担文化部社科基金艺术学项目《自制剧与中国电视剧发展》，出版专著《大众文化与电视自制剧》、长篇报告文学《画里画外》（合著）等。参与编剧电视剧《警察故事》《跨过鸭绿江》《东宫》等，并为电视剧《巡回检察组》《潜伏者》等担任文学策划。

爬坡的快乐

初世敏

我这一生都在爬坡，在攀登的征途中，不敢有丝毫松懈，以往的每一段艰辛岁月，都是我人生爬坡道上不可或缺的风景，是我幸福和快乐的源泉。

我是一名北京"老三届"知青，1969年4月1日，伴随中共九大的召开，尚未到成人年龄的我与许多"老三届"知青一起登上了开往内蒙古乌拉特前旗的列车，编制是北京军区内蒙古生产建设兵团2师13团。狂风、黄沙、严寒陪伴我度过了七年的兵团磨炼。

我们住的是劳改农场的土坯房，喝的是人畜共享的窖坑水。我们在乌梁素海劳作耕耘，在包头万水泉建设造纸厂。带领我们的连级干部是现役军人，排级干部是复员军人。从起床号到熄灯号，全程军事化管理。

在兵团，我年纪小，个头小，但总是抢着干最苦最累的活。不论是挖排水渠，修建农田，脱坯盖房，还是建设工厂，彻夜抢运……如果没有抢到最艰苦的活，第二天早上一定要更早起，决不能落在别人后面，总有使不完的劲。在兵团这所大熔炉里，我入了团，入了党，并且成了一名优秀的共产党员。

1975年，经过班、排、连、团无记名投票，层层选拔、文化考试，我获得在造纸厂600多名兵团战士中的唯一名额，进入清华大学绵阳分校电真空专业学习，离开了磨炼我意志的兵团这所大学，完成了我人生的第一阶段爬坡，这真是人生无难不新生！

上世纪 70 年代，是我国特殊的历史时期，我就是清华大学在这段特殊时期培养的工农兵大学生。1970—1976 年共招收六批，我是 1975 年入学的，约 3600 名学生（含进修生），分布在清华校本部、北京郊区分校、四川绵阳分校、三门峡水利系基地。学科分设 11 个系，48 个专业。无线电系由于保密需要，根据中央三线建设的指示，于 1969 年 10 月迁到四川绵阳，相比总校，那里的条件更艰苦。

我们 1975 年入学时，除了学校里有灯光，周围一片漆黑。我们经常打着手电筒到学校周边农村学农，在煤油灯下和老乡一起学习毛主席著作，学习党中央文件、最新指示。我虽然经过七年兵团锻炼，但对于当时四川农村的艰苦条件、中国边远农村的落后状况还是深有感触！

电真空专业分两个班，共 75 人，同学们来自全国各地农村、工厂、兵团，客观地说，这些工农兵学员，还是优中选优的。历经变故重返校园的年轻人，都十分珍惜这个难得的学习机会，我们就像久旱的禾苗逢甘露，抓紧一切时间，发愤学习文化知识，清晨早起背英语，晚上教室、宿舍的灯光迟迟不熄。

同学们年龄差距大，文化基础薄弱，程度参差不齐，学习中遇到了很多困难。我们感念师恩，他们那么认真，那么耐心，硬是把我们一个个培养成才。40 多年过去了，老师们朴实无华、诲人不倦的音容笑貌依然深深地留在我们脑海里，激励我们学无止境。我们永远不会忘记他们：数学老师王祐民，物理老师殷立峰，化学老师于诗南，英语老师崔玉华……他们为我们学习专业课打下了坚实的基础。

接下来是电真空专业主任张克潜亲授微波电子管课；副主任兼班主任成秀奇亲授微波技术课；班主任吴水清授电子管工艺课；乐光启、罗淑云授电磁场理论课；章鸿献、张震怡授电子管原理课；翁甲辉、袁宝珠授阴极电子学课；孙伯尧、应根裕授电子光学课；陆家和、刘庆华授低频电路课；范崇治、宁安荣授高频电路课；陈丕瑾、薛祖庆授真空技术课。

除了学习之外，大家不忘清华提出的"为祖国健康工作五十年"的目标，积极开展课外体育活动，我成为学校排球队的二传手，爱好体育锻炼的习惯，一直保持到现在。我积极参加学校组织的各项活动，并担任了学生党支部委员，成为一名又红又专的清华人。

绵阳分校于 1979 年回迁北京校本部，我们比清华总校的 75 级校友提前半年毕业，走向社会。求学清华，留给我的不只是增长文化知识、增强健康体质，更是清华校训"自强不息，厚德载物"的精神塑造，留给我做事做人的底蕴和功力，求真务实、永不放弃的钻研精神，脚踏实地、执着向上、奋力爬坡的勇气，这些都提纯铸就了我一生。清华大学的深造，是我爬坡中的加油站，激励我继续前行。

1988 年，我在北京医疗器械研究所工作，参加了十年医用电子加速器研制，成为微波工程师，担任了加速管研究室主任，并受聘进入北京市对外经贸委做引进外商投资的工作；1998 年任处长。后调任北京市昌平县人民政府副县长。从研制医用电子加速器设备到引进外资的工作，再到地方政府的领导岗位，每个阶段刚好十年，真是十年磨一剑，让我领略了爬坡道路上不同风雨交加的艰辛、不同彩虹绚丽的风景。

在北京市外经贸委工作的十年，是我国对外开放、引进外商投资大发展的十年。1988 年至 1998 年，北京市外资数量和质量上了一个大台阶，达到一万多家，实际利用外资 200 亿美元，是前十年总和的 10 多倍，世界 500 强在北京地区设立总部和投资性公司达到 120 多家。

我在这十年间，和同事们马不停蹄，举办各类招商洽谈会，宣传外商投资政策，编制外资发展规划，审批各类投资项目，建立外资企业数据库，协调各政府部门推进重大项目入资，为市领导决策和政府各部门提供分析研究报告。外经贸工作实践使我的政策把握能力和综合协调能力都得到了极大的提高。

为进一步开阔眼界、增强工作能力，我报名并考上了北京工商行政管理学院的工商管理专业 MBA。面对上高中的儿子、患脑梗瘫痪的母亲，我一边工作，一边读研，硬是撑过了那三年，让我彻底转换了角色，从一名"微波工程师"跨界成为"高级国际经济师"，担任投资促进处处长。

1998 年，我调任北京市昌平县副县长，一年后撤县改区任副区长，分管商业、外经贸、外事、旅游和食品药品监督等。面对的是 200 万昌平人民，1352 平方公里区域面积，工作责任和压力与任职市政府部门完全不同，又一个全新的挑战！

届内逢 2003 年"非典"肆虐，根据区委的统一安排，我带领区商委和农委，在危急艰巨的情况下，为在小汤山医院执行救治任务的解放军和武警部队 1200 名医护人员、672 名"非典"病人提供安全、高效、优质的后勤保障，制定了特殊时期的后勤保障制度和卫生检疫办法。

当小汤山医院送走最后一位病人，送走各大军区抽调的军医、护士，送走各大饭店抽调的厨师，圆满完成任务之后，我带领的团队荣获北京市委、市政府特别奖励，我获得了一枚抗击非典荣誉奖章。这枚奖章肯定了我在突发紧急情况下的应变能力和执行能力，在爬坡路上紧急处置了一次塌方险情！

2008 年，为第 29 届夏季奥运会、残奥会在北京成功举办，在距离奥运会开幕不到一年时，我接受市委组织部委派，从市政府侨办副主任岗位上临时调任北京奥组委交通部副部长，分管交通场站的建设和运行。

交通从来都是北京市的重要议题，尤其是在举世瞩目的奥运会期间，交通服务更不能有丝毫闪失。为保证为奥运会服务的 22000 多名车队驾驶员、调度员、志愿者等交通工作人员，7000 多辆交通服务专用车辆的科学运行，北京奥组委交通部采取就近为客户群体服务的原则，根据各国运动员、注册媒体、国际奥委会官员等客服群住地分布和比赛场馆分布，组建了七个奥运交通场站。

在重重困难面前，我们联合各相关区县及首都机场、西郊机场、国奥集团等相关单位，分别组建场站团队，整体规划，统筹协调，克服资金有限、场地拆迁等困难，在半年内完成总面积 59.5 万平方米、建筑面积 2.9 万平方米的场站建设，完成安保、通信、物资的标识设置及安装，建成赛事交通服务车辆集中存放和调度，组织管理和驾驶人员后勤服务的保障基地。

奥运会、残奥会期间，七大交通场站正式运行 102 天，安检进入"干净区"的车辆 2.3 万车次，安检进场人员 30 万人次，未发生一起治安、刑事案件，确保了赛时各交通场站安保工作万无一失。

我们提供餐饮服务 130 余万人次（包括早餐、中餐、晚餐、夜宵），平均日供餐约 2 万人次，难度极高，工作量巨大，没有发生一起食品安全事件。我们还为 1500 多名交通服务人员设立临时住房、卫生间、浴室、医务室等功能用房，并建立相关工作制度，创造了良好的生活保障条件。在整

■ 与北京市领导检查指导奥运村交通运行（左三为作者）

■ 检查交通服务人员后勤保障工作（中为作者）

个奥运期间，实现了交通安全零事故、食品安全零事故、医疗安全零事故。

奥组委以及多个相关的国际代表团及官员参观学习了交通场站的建设和管理，表示赞叹！赛后，中共中央、国务院授予赛事交通服务中心"北京奥运会、残奥会先进集体"称号，我获得了一枚北京市委市政府颁发的奥运荣誉奖章。我圆满完成了任务，这是我集 40 年的工作经验交上的一份答卷，我在这一极具挑战性的工作中炼真金，发光发热。

从登上内蒙古兵团乌拉特前旗的列车至今，翻山越岭，风雨兼程 50 余年，我无怨无悔。我从风华正茂的中学女生，成为满头灰发的老奶奶，岁月使我一步步强健筋骨，磨炼意志，修身养性，积淀沉香。如今我在夕阳照耀的山坡上，欣赏晚霞，干点自己喜欢的事情。

退休八年了，我除了做家务、学厨艺、送走老人、照看孙女，也发挥一些余热。经北京市老干部局选派，我受聘于首都互联网协会，做 IT 企业的党建指导员，与年轻党员交朋友，共话"不忘初心、牢记使命"。我当选为市委统战部离退休二支部书记，也成了北京市老党员先锋队的一员。今年，庆祝中华人民共和国成立 70 周年大会在天安门广场隆重举行，我参加了观礼，感到无比光荣和自豪。

■ 参加国庆观礼

　　晚年生活，我仍然沉浸在学无止境的乐趣中，我晨练太极拳、太极剑；参加合唱团学唱歌，学乐理知识；看历史书籍，读老一辈传记，浏览中外名著等。

　　我们这一代是幸运的，赶上了科技发展强国的新时代，我在同为清华大学研究生儿子的指点下，学习使用智能手机，上网查询、微信交流、购物交费、转账、发红包，直至拍照、录像、编辑文稿、使用信箱收发邮件，听报告时可以用手机记录，配上报告人的照片，直接发到支部学习微信群，快速传达报告会精神。

　　在风光无限的夕阳路上，年近七旬的我，又焕发了青春，我使劲儿追赶着时代的脚步，生活充满阳光，我心飞翔！我心安详！

2020 年 6 月 8 日通世智库刊

初世敏

　　1951 年 12 月出生，中共党员。1969 年春，内蒙古生产建设兵团屯垦戍边。1975—1978 年，清华大学无线电系电真空专业学习。曾任北京医疗器械研究所加速管研究室主任，北京市外经贸委投资促进处处长，北京市昌平县副县长、昌平区副区长，北京市委统战部侨办副主任，北京奥运会奥组委交通部副部长。

　　2012 年退休，任北京市委统战部离退休干部第二党支部书记。

我所经历的百车大会战

肖文莲

20 世纪 70 年代,一件轰动世界的大事发生在非洲大地,它就是中国最大的援外项目——在坦桑尼亚和赞比亚之间,修建了一条坦赞铁路。坦赞铁路从开工到完成历时六年,先后有 5 万多名中华儿女奔赴那里工作。

我毕业于北京外国语学院英文系,有幸参加了坦赞铁路从施工准备到完成的全部工作,还参加了后来的第二期和第三期技术合作专家组工作,其中建设初期的百车大会战经历,深深留在了我的脑海中。

1969 年 12 月,我和赴坦人员乘坐"耀华"轮,从广州黄埔港出发,跨越印度洋,经历 13 天的颠簸航行,抵达坦桑尼亚首都达累斯萨拉姆

■ 耀华轮上与电务总队专家们合影

（中国人习惯地称它为达市）。在港口，我们受到在那里等候的坦桑尼亚交通部、中国驻坦大使馆和中国铁路工作组的领导和相关人员的热情欢迎。

建设初期，我在达市的中国铁路工作组汽车大队工作。修建坦赞铁路的机械设备和材料都来源于中国，国内用远洋巨轮运到达市港口，再由我们汽车大队转运到各施工现场。

汽车大队的汽车主要来自济南汽车制造厂（中国重型汽车集团的前身），是载重8吨的黄河牌载重汽车。它的设计、制造和对外援助，代表着一个时代的精神。

60年代，为了生产我国自己的汽车，机械工业部将济南的几个汽车修理厂合并，组建了济南汽车制造厂。面对一穷二白的现状，没有图纸自己画，没有设备自己造，不分白天黑夜一次次实验，失败，再实验，再失败，奔着一个目标，一定要尽快生产出我国自己的载重汽车。

那时的"自力更生，艰苦奋斗"绝不是一句空口号，而是那个年代的中国精神。就是凭着这种精神，我们啃下了自己制造载重汽车这块硬骨头。初期产量不大，国内供不应求，但为了支援坦赞铁路的建设，生产出来的绝大部分黄河牌载重汽车都被运送到坦赞铁路工地，有力地加强了我们汽车大队的运输力量。

汽车大队根据施工进度，在坦赞境内先后共建有四个分队，各分队都有100多辆车。

修建坦赞铁路的第一个战役是大战达姆段（从达市到姆林巴的502公里线路），沿线都有施工队伍，汽车一分队解决了这一段的运输任务。

1970年10月，为加快对姆马段的施工进度，汽车大队决定在离达市320公里的米库米建立汽车二分队，我被派去参加建点工作，汽车二分队人员全部来自总部设在中国西南的铁道部第二工程局。

　　我们用了很短的时间在米库米小镇建起了营地，吃穿住行都简单得不能再简单。住房全用木板、油毡和瓦楞铁搭建，几间小办公用房兼住宿稍好些，用压缩刨花板拼装，地面是原来的土地，烈日照在屋顶上，屋内的人被烤得发慌，经常赤着膀子办公和睡觉。大家用水很节约，因为只能用水车到附近小镇供水点拉水。生活日用品也只能去小镇采购，小镇实在太小，很多生活必用品买不到，要去很远的省城寻找购买，所以能将就的就将就。

　　因为出发前早有吃苦的思想准备，没有谁抱怨条件艰苦，人也年轻，再难都能熬住。那时的我们觉得一切困难都没有什么大不了的，常常自己动手，改善环境，改善生活。

　　中国工人多数来自农村，朴实、吃苦、能干！都有个习惯，见到空

作者在简陋的食堂前留影

地就想种点菜。汽车二分队的工人们也开了一块菜地，靠着勤劳的双手和丰富的种菜经验，硬是化废地为神奇，种出的茄子、西红柿、黄瓜、萝卜、白菜等轮番为大家改善生活。大家喜欢围着菜园子看，这些自力更生、自己动手的成果给我们的生活带来了生机和乐趣。

1971 年 10 月，为实现国内提出的六年工期要提前完成的号召，工人们在施工现场、隧道内外、河道上下，顶着烈日挥汗如雨，日夜奋战。为加快进度，急需从达市调运大批设备物资送往姆马段。汽车大队队部决定在全大队组织一次大会战，动员全队参加运送这些物资设备。于是，我们开始了历时三天的百车大会战。

军令如山，朱队长和龚指导员立即召开了战前动员大会，会上群情激昂，士气高涨，全体参战人员誓为百车大会战作出贡献！那时队里的组织纪律非常严密，大家用一整天时间，各就各位，对车辆进行维修、保养、加满油，将设备、材料、各种物资装满车，并备齐防止天气骤变的衣物，整装待发。

次日，天刚蒙蒙亮，快速吃过早餐后，朱队长再次战前动员，强调注意事项，随后向全队发令："上车！出发！"

刘调度员作为开路先锋，上了第一辆车；朱队长作为统率全队的龙头，上了第二辆车，我随队长同车；紧随的车辆里有技术员和修理工；龚指导员押后在最后一辆车。

长长的车队浩浩荡荡穿过达市市区，市民们夹道欢呼，高喊："China！China！"车队奔驰在通往莫罗戈罗的公路上，连绵近两公里，时而穿山，时而越岭，爬坡时如巨龙腾飞，下坡时如蛟龙入海，在非洲广袤的大地上，难得见到如此雄伟壮观的场景，我们心中充满自豪。

一小时后来到鲁伏。这里有新疆生产建设兵团援建的鲁伏农场，主要指导坦桑尼亚农民种植水稻，附带种一些蔬菜，还有养鸡场。我们偶尔从农场买几十只小鸡雏带回营地，养大后改善生活。在国外工作时，中国人见到中国人特别亲近，互相会提供一切可能的帮助。我们在这里稍稍歇歇脚，继续前进。

从达市出发后三个多小时，车队到达莫罗戈罗的接待站营地，接待站站长是个上海人，他那热情劲我至今难忘。离接待站不远的山沟里，有一个中国军事专家组，那里有射击场，站长与军事专家很熟，他曾带我们去那里搞过实弹射击。我们在接待站吃过午饭后，又踏上了前进的路程。

坦桑尼亚气候极其炎热，驾驶室里没有空调，热浪袭来，衣服总是浸泡在汗水中，汽车引擎又安装在驾驶室里，更使温度增高，犹如烤箱。司机们早已习惯了这样的恶劣环境，在他们身上体现的就是不怕苦、不怕累的精神。

车队顺利地行进在公路上，突然发现前方道路上空出现黑烟，先锋车立即在离黑烟不远处停下，后面的车辆也依次陆续停了下来。刘调度员和朱队长急忙上前仔细观察，发现是因天气干燥突发野火，公路两旁形成两道火墙，幸好火墙隔着护坡，离公路还有点距离。

刘调度员立即坐车前去探望，回来报告队长，前方火道有两三百米长，不同路段的火势有强有弱。大家分析认为，我们的黄河牌载重车车体较高，又是柴油车，不像汽油车那样容易着火。如果车队拉开距离，果断快速通过火道，则可避免危险。

朱队长和我坐的龙头车带头，快速冲进火道，路两旁的火势很大，有的路段两边的野草有芦苇那么高，草高火势更猛，比我们预判的要危险得多。一阵风吹过来，火焰扑向汽车，虽然驾驶室玻璃窗紧闭，但仍能感受到炙热烈火的烧烤。

司机们表现得非常勇敢，他们都是来自国内西南的大山区，饱经艰苦条件的磨炼，跋山涉水，驾驶技术过硬，面对这些困难，已是见惯不惊了，选派他们来执行百车大会战的任务，真是选对人了。

司机们提高速度，稳稳地驾驶着汽车，闯过这条汹涌肆虐的火道，当最后一辆车安全通过后，大家提到嗓子眼的心才放了下来。化险为夷后，心情也愉悦起来，这是一种经历危难后的释然。

车队随后进入米库米野生动物园。它是坦桑尼亚十大国家野生动物园之一，以动物品种众多著称，几乎有坦桑尼亚所有的兽类。1964年，这里正式命名为米库米国家公园。

我们在途中能看到各类野生动物，猴子、大象、野猪、野牛，还有兽中之王狮子，引得我们一阵阵兴奋和紧张，真是大饱眼福。感受那天然动物园的野性和乐趣，是在国内很难享受到的。遗憾的是我当时没有摄影爱好，车队也少有人带相机，没有留下那些精彩的画面。我在米库米工作时偶然照过一两张相，现在翻出来，尤显珍贵。

第二天一早，车队从米库米上路，虽然头一天长途奔波，但大家仍

米库米野生动物园的大象

183

然精神饱满。从坦桑尼亚的东部平原驶向西部多山地区，行程几百公里，一段段不同的风光，一阵阵不同的感受。

穿过鲁阿哈河大桥和米库米国家公园，进入乌卢古鲁山谷。没想到在烈日炎炎的非洲，还有这样的美景路段，公路两边有河水、青草、绿树，空气清新，气温适宜，身上一下子清爽了许多。好风光带给我们好心情，大家开始有说有笑，司机们也情不自禁地哼起了小调。

几个小时后，车队到达伊林加接待站，这也是我们的补给站。人吃饭，车加油，再出发。

在去马坎巴科的这100多公里，还真考验人，都是山区，忽而上坡，忽而下坡，左拐，右拐，不停地换着挡位和油门，听说隧道队队长李景普就是在这一带出车祸而牺牲的，大家更是格外小心。

这些身经百战的司机，老经验都派上了用场，表现得游刃有余。老天爷也千奇百怪，忽而电闪雷鸣，瓢泼大雨；忽而天空阴暗，狂风大作。要知道，那些路对老司机们来说，都是陌生的地方，按四川司机们的话说，"脚趾丫都抓紧了"，打开前大灯，全神贯注盯着前方，于天黑前到达了马坎巴科接待站。人吃饭，车加油，晚上盖着厚厚的大棉衣睡觉。第三天一早，再次动员，抖起精神，迎接最艰难的路段。

天还下着雨，预示着今天的行程不会顺利。这段道路没有柏油路面，没有碎石铺路，车队顶着雨行驶在泥泞路上。车队在泥路上行驶，上坡下坡都极其困难，尤其下坡，极易打滑，稍踩刹车就扭屁股，一不小心，就可能滑向坡边，掉下山谷。

已做好充分思想准备和物质准备的全队人员，用上了一身过硬的本领，克服了各种困难，于当天中午安全到达姆马段，给隧道大队和桥梁大队火热的施工现场及时送去了设备和材料，胜利结束了这次百车大会战。

几十年过去，回想那段生活和工作，我们没有安逸和舒适，却得到了锻炼和洗礼，在我平凡的人生中，增添了给儿孙可讲述的故事。

我们国家对非洲兄弟真诚的帮助和付出，全世界有目共睹，获得了非洲朋友的真诚友谊和极大尊重，也使我们国家大大提高了在国际上的地位和威望！作为为此奉献的一员，我感到无比的自豪！

2020 年 4 月 26 日通世智库刊

肖文莲

1963—1968 年，北京外国语学院英文系学习；1969—1976 年，参加坦赞铁路建设；1977—1980 年，供职于铁道部援外办公室；1981—1983 年，参加坦赞铁路专家组；1984—2005 年，供职于中国土木工程集团公司。

和"国庆号"蒸汽机车相伴的岁月

袁廷贤

70 岁那年，我陪老伴去北京做术后复查。儿子在北京大学参加同学会，到我住处，兴奋地说："爸！你开的火车头在中国铁道博物馆里展出，要不要去看看？""真的？那一定得去看。"我们坐上出租车，直奔博物馆。

买票走进博物馆，我一眼就看到我的"国庆号"2101 蒸汽机车，它竟然和"毛泽东号""朱德号"排列在一起，成了国家的珍贵文物。我直接朝着我的机车快步走去。

一位男讲解员用讲解棒指着机车对我们说："这台蒸汽机车是……"我摆摆手说："不用讲，这我都知道，我就是这台车的司机。""啊，我们可找到人了！"他扭头就不见了。

一会儿，他领着技术科的苟科长及七名男青年快步过来。他们每人手里都拿着记录本和一支笔，苟科长握住我的手激动地说："袁师傅，我们终于盼来了个内行，很多中外参观者提出不少问题，我们都解答不清楚。"

于是我接过讲解棒，绕机车一周，解说了各大部件的名称、功能及整个机车的构造原理，并将苟科长拉上驾驶室，我坐在司机位上，讲解了气门、调整阀、气压表、风表、大小闸、风动炉门……（展品车平时是不允许游人上去参观的），他们听罢我的讲解，建议在大机件上贴个标注。我对苟科长说："这样吧，我回去给你们印张图来。"并交代说："这台车

■ 作者和夫人在"国庆号"机车前留影

是无火回送来的，两个大摇杆卸下在水柜上，赶快找专业人员装上，不然车咋会动就说不通了。"最后我和老伴在车前照了相，还和苟科长合了影。

回到家中，找出了尘封几十年的《蒸汽机车学》，放大复印了机车结构图纸，注明了各部件名称，写了信寄去。晚上，我望着"国庆号"机车的照片，无限艰辛的往事浮现在眼前。

"国庆号"蒸汽机车是由铁道部青岛四方机车厂生产的。1950年8月，该厂第三次职工代表大会通过决议，要自产一台机车向国庆一周年献礼（新中国成立前，全国四个机车厂都是维修车，不生产车）。全厂职工日夜奋战，克服了种种困难，终于在国庆前夕，生产出我国第一台蒸汽机车。

铁道部第一任部长滕代远请示国务院，正式命名"国庆号"，定型号为"解放 I 型"，编号2101。机车全长21.91米，总重150吨，牵引吨位2360吨，构造速度80公里/小时。四方机车厂还受命铸造了上嵌五颗星的"国庆号"大铜牌，镶嵌在锅炉左前方。另外还在锅炉上方安装了大铜钟，由绳索通到驾驶室，当牵引列车进站时，拉动绳索，使铜钟摇摆，发出悦耳的响声。当年威风凛凛、光彩照人的情景是可以想象的。这样的装置在全国国产机车上都是绝无仅有的。

我毕业于河南省工业学校机械制造专业师范部，后留校教物理和工程学，并兼任万能铣床试制组组长。

当时正值三年困难时期，农村姥姥没吃的，城中的母亲将自己的定量粮给姥姥吃了，自己却去河中捞杂草。当儿子的咋能让母亲这样受苦？我当理论教师的粮食定量低，又没有副食，所以当郑州铝业公司来学校招人时，我便背着家人和老师调到郑州铝厂运输部去，并给同去的学生交代："千万不要喊我老师，怕领导知道叫我当干部。"

到铝厂后打听到开火车粮食定量高，司炉工 56 斤、副司机 46 斤、司机 40 斤，我便主动要求，且当上了司机培训班班长。经过短期理论培训便上了车，先从司炉工做起。

火车头的火室有半间屋子大，炉门又低，当火车闯坡大量用气时，一弯腰几吨煤便进去了。火车司炉工的腰伤都是这么来的。我曾几次因腰痛被从车上抬下。就这样我还是坚持下来，能节省粮票，补贴母亲。后来我晋升为副司机，主要负责油路润滑系统，也和司炉工替换烧火。原铁路局调来的老司机，多是新中国成立前的司机，先后退休。三年后，我便率先晋升为司机。

■ 作者在授课

我所在的中国郑州铝业公司，是国家于 1956 年在中原地区新建的特大型企业（简称郑州铝厂），还兼有一个大型水泥厂，直属冶金部。历时七年，先修铁路后建厂，铁路总长近 100 公里。黄河边还建有一个机场。领导讲话："同志们，一吨铝一架喷气式战斗机！"

铝厂投产后，运量大增，上矿山的坡道太大（23%，就是一公里那头比这头高 23 米）。原有的杂型机车牵引矿石专列拉不上去。总厂向冶金部报告，申请调大型机车来，得到批准。

1966 年秋，铝厂派两名火车司机去首都钢铁公司，接来了解放 I 型"国庆号"2101 蒸汽机车，我有幸被分配到这台机车包乘组（三班九人），开始了和这台"国庆号"机车相伴 17 年难以忘怀的生涯。

机车在投入运用前，我们首先将车上的大铜钟卸下，又将煤水车中不能用的推煤机拆除。我用大油画笔在铝板上写上"解放 2101"字样，和同志们一起做成铝字，并在下边贴上木板使字体加厚，用黄铜管做框，做成红底、铝字、铜框的两块号牌，分别镶在驾驶室两边。并在火车头大灯正上方，用铜板模仿铜牌的繁体字，做成"国庆号"字牌，镶在做成的齿轮和两面红旗下方，用细纱布把大铜牌擦得锃亮。整个机车通体喷了黑漆，大动轮刷了红漆白边，看上去像新的一样，更加美观。现在中国铁道博物馆展出的机车上的号牌，仍然是我们做的原物。

"国庆号"机车在铝厂是主型机车。铝厂投产后，运量是产量的 7 倍，铁路运量也成倍增长。大运量的任务大都落在"国庆号"机车身上。我们企业的乘务员是 12 小时工作制：早 7 点至晚 7 点，晚 7 点至第二天早 7 点。

那时工资普遍很低。"文化大革命"期间，铁路局出现个"三十六块五毛二战斗队"，这是二级工一个月的工资。国务院领导知道后，批准全国铁路系统六个工种——司机、副司机、司炉工、制动员、连接员、调车员，升一级工资，我们也跟着升了一级。这是"文化大革命"中十年一次绝无仅有的升工资。工人是八级工资制，国家叫升才能升，且一次升职工总数的 30%。领导很作难，为缓和矛盾，由升一级改为升半级，这样升级面积扩大为 60%，升半级 4—5 元钱。

火热的夏天，人们坐在阴凉处光着膀子扇着扇子还嫌热，而蒸汽机乘务员却抱着一个 15 公斤压力的大锅炉，还得穿着厚厚的劳动布工作服，脚上是特制的翻毛牛皮鞋，一干就是 12 小时，一天下来每人喝一大白铁壶水，十分辛苦。

下班前活多得很，需要特别认真小心地去做好。在水鹤处上煤上水，司炉清炉，将炉床摇薄，从炉门中用火钩将煤结的大火瘤子一块块掏出，副司机给摇连杆的油盅、压油机加满油，司机用检车锤对每个部位敲击检查，如有松动，用专用工具拧紧，还得将这么大的机车从上到下擦拭干净，等待交班。交接班需要半小时，手续十分严格，各种数据登记、技术指标和安全情况，清清楚楚。一天下来，累得坐在钢轨上站不起来，之后灰头土脸地到家拿上毛巾、肥皂、换洗衣服去澡堂洗澡，等回到家吃上晚饭时，已是 8 点半左右。就这样撑一顿，饿一顿，机务员的胃病就是这样得来的。

上夜班更是难熬，尤其是夏天，我们住的都是简易房，房顶是牛毛毡红瓦，太阳一晒就透，屋内像蒸笼。我掂个凉席四处找地方休息，最后在玉米地里一棵大柿树下睡着了，醒来爬了一身蚂蚁，休息不好，靠年轻硬撑着。新中国成立前开车的师傅有句话：人非得弄到那没人心疼的地方磨炼才能长本事。这话我记了一辈子。

冬天调车作业时，机车不能掉头，只能逆向推进运行。为看信号，扭头向后，半个身体伸出驾驶室外，任凭风吹雨打。冰雪丝打在脸上像刀子，身体半热半凉。调车员手提着信号灯，在冰冷湿滑运行着的车辆上跳上跳下，一脚蹬空，后果不堪设想。师傅曾说："司机手里捏着调车员的命，不可有丝毫大意。"

一次，接到任务，将一列 27 辆水渣重车拉到水头车站。我向车站值班员抱怨说："建厂以来，哪有拉这么多重车上山的？况且由米河站到水头站，这段铁路都是用新中国成立前的旧轨铺的，车不敢跑快，且是上坡。"值班员说："是黄委会水泥厂的原料，修黄河大堤急用。大车（值班员对司机的尊称）就辛苦一趟吧，不计时间。"

当将 27 辆水渣车拉到水头站时，竟把水柜 20 多吨水烧干，煤也所剩无几。副司机、司炉工的整个工作服只剩下脚脖处一点干的，脸被火熏得通红，两人索性将工作服全脱掉，搭在蒸汽塔处烘烤，只穿三角裤头，汗流浃背地在站台上就着大白铁壶大口大口喝水。我的衣服也湿透了，敞开怀坐在站台石头上，看着老百姓往水柜中挑水抬煤。

一个当地老汉给我们三人一人一支烟，十分动情地说："看来当工人也不易呀！"

确实不容易，当时的口号是："腿跑断、眼熬烂，大干苦干拼命干，少活十年也情愿……苦不苦，比比长征两万五，累不累，想想革命老前辈。"吾辈何敢言累言苦！

铁路运输是由近 20 个工种联合作业，如有一个工种出了差错，就会发生意想不到的大事故。安全是重中之重，所以整天提心吊胆。

有件事使我至今刻骨铭心。一次我们拉矿车上山，本来在红石山站通过，突然看到道岔处值班员紧晃红旗，我采取非常制动停车，问："啥事？"值班员哑着喉咙说："山上溜车了！"他急忙把道岔搬至岔线。我立刻明白，二话没说，开着车进了岔线。

岔线河务局的人正在装车，我不停地大喊："闪开！闪开！"便开着车向片石车一辆一辆撞挂过去。当我拉的矿车尾部刚过道岔，值班员急速搬至正线位，还未站起身来，山上溜下来的四辆重煤车以每小时八九十公里的高速从他身边呼啸而过，帽子被甩得很远。如果撞上，火车锅炉爆炸，我们这些人将尸骨无存。

我下车，坐在石头上，头上直冒冷汗，连吸三支烟，一句话不说。副司机站在我身旁骂道："他奶奶的！这哪里是干工作，简直是在玩命！"我瞪了他一眼，不再作声。这时装车的人似乎明白了为啥撞挤他们的车辆，也都倒吸一口冷气。

那些年代，苦也就罢了，精神压力更大，尤其是"文化大革命"期间，职工分两派，你批我斗，领导"靠边站"，有的职工干脆不上班，去干"革命"了。缺岗缺员，规章制度被当成"四旧"来批，本来脆弱的铁路行车安全环境遭到空前的破坏，事故不少，上班时提心吊胆。

"文化大革命"结束后，生产秩序逐渐恢复。总厂批准运输部单独成立安全技术科，我被任命为第一任安全科科长。我心有不舍地告别了与我

■作者工作照

相处 17 年的"国庆号"2101 机车。

那时我们科是全厂唯一配有专用汽车和照相机的安全科。我家小平房的窗户成了报警器，一旦半夜有人敲窗户喊我，房前房后的人员就会只穿裤头赶来问："哪里又出事了？"

安全是天大的事。因此我走马上任的第一件事，就是起草了《郑州铝厂铁路运输技术管理规定——工业站站管细则》。对有关工种的岗位内容、安全操作程序、责任担当等都作了细致明确的规定，使相关人员干有所依、判有所据，极大地改善了安全环境。还整理了建厂以来的事故档案，真是一本血的教科书。

几年后，我被调到车务段当段长，部领导却把运用的火车头也调归我管。我说："车务段哪有管机车的？那是机务段的事。"领导说："你开过火车，有了矛盾，好解决！"我无奈只得服从，全厂的运输指标压在头上，怕出事故，睡不好觉。

我下车后，我的"国庆号"机车仍在继续使用。后来，为了统一车型、统一配件，便于维修，杂型机车相继报废和调出，没想到我的"国庆号"2101 机车在 1986 年前后，竟不知哪一天被调走，没来得及和机车留个影，这令我遗憾终生。

我的师傅和同事，大都因工作精神高度紧张、劳累过度过早地去世了，绝大部分得的是一种病——偏瘫。我的腰伤和胃病也时常发作。57岁那年我申办了退休，在家照看双目失明的母亲和患脑瘤、心脏病的老伴，同时照看孙女和外孙，等这些事忙完了已是 70 岁的老人。

我的"国庆号"机车也早已退役。当两位老者时隔 25 年在国家级博物馆再次相遇，其心情的激动是无以言表的。我伴着它度过多少个艰难困苦的日日夜夜，它的炉膛里燃烧着我 17 年的青春年华。

"国庆号"对新中国成立初期的蒸汽机车乘务人员而言是最高荣誉，

"国庆号"蒸汽机车将在世界众多参观者面前永放光芒。

　　随着时间的推移和科学技术的日新月异，不管火车技术如何先进，不管时代如何变迁，我们都不能忘记国家是怎样艰难地一步一步走过来，更不能忘记一代产业工人为共和国的建设和发展所付出的汗水与心血。

2021 年 12 月 14 日通世智库刊

袁廷贤

　　"国庆号" 2101 蒸汽机车司机。

漫漫育才路　殷殷赤子情

张泓

　　漫漫育才路，殷殷赤子情。这里讲的是，一名普通的共产党员，以其青春之年华、执着之信念、坚韧之毅力、冰清之初心，在穷乡僻壤的家乡，办幼儿园、小学、中学，将一件好事一站做到底的感人故事。她用大爱充盈着自己的生命，呵护着贫困山区的孩子，在她的人生旅途和心路历程中，展现出一个五色斑斓的世界。她就是扎根基层教育第一线的共产党员，四川省泸州市叙永县摩尼镇新苗实验学校党支部书记、校长——李修会。

　　当时边远山区的摩尼区（1992年撤区并镇），海拔1280米，山高路险，气候寒冷。30多年前，这里教育缺失，交通闭塞，贫穷落后。8万多人口，没有幼儿园，孩子们大都散养在田间地头。在这里土生土长的李修会，暗暗伤感，什么时候乡下的孩子也能和城里孩子一样上幼儿园？于是，"在家乡创办幼儿园"的想法悄然萌生。李修会是一个立下志向，说干就干的人。

　　1986年，她租来30平方米的土坯房，在家乡创办了全县第一家私立幼儿园——新苗幼儿园。她希望能让家乡的每一个学龄前儿童，都能像一株株新苗，沐浴阳光雨露，健康快乐成长。

　　她事无巨细，修缮房屋，布置教室，制作桌椅，创意玩具，满心欢喜做好招生准备。然而，由于幼儿园在摩尼镇是新生事物，当地老百姓对学前教育十分淡薄。有的人抱怀疑态度，有的人冷嘲热讽，有的人犹豫观望，面对人们心里的疑团，李修会不但不气馁，反而增添了动力，她暗下决心，一定要改变这种现状。她背着两岁的儿子，翻山越岭，披星戴月，挨门挨户，耐心地苦苦宣传。

面对参加幼儿园开学典礼的八名山里娃，李修会倍感欣慰，万分珍惜。她既当老师，又当保育员，充分发挥自己能歌善舞的特长，竭尽全力为孩子们营造快乐成长的空间。

山里人渐渐发现，上幼儿园的娃就是不一样！枯苗望雨，穷山沟里，人们看到了孩子的希望。第二学期，便迎来了40多名孩子，与此同时，李修会光荣地加入了中国共产党。

幼儿园渐渐有了起色，李修会却面临一个艰难的人生决策：公公准备退休，按当时的顶替政策，李修会可以端上"铁饭碗"。能抛开孩子们吗？一个孩子为了给她留下半截玉米而不慎切掉半根手指；孩子对她说，等自己长得像大树那么高时，也要当老师；家长们为她送上了人生第一个教师节礼物。纠结在感动和责任中被解开。"我要守着孩子们成长！"李修会坚定了决心。

■ 留守儿童向李校长倾诉心里话

看着山里的留守儿童，或被寄养，或哥姐带弟妹，或随年迈的爷爷奶奶无助地生活，父母却离乡背井，有的一年半载音信杳无，有的甚至三年五年也难回家探望，出现了不少"问题儿童"。李修会心疼山里娃，她要给孩子们一个温暖的家。于是，李修会开始着手创办小学。

办学难，在大山里办寄宿小学更难，其艰辛困苦远远超出李修会的想象。资金哪里来？多年的积蓄全部投入，再东挪西借，凑了170万元，启动了校园的建设。节省再节省，她带着志同道合的老师，肩挑背扛，一步一艰难地进展。李修会常常自嘲，既是泥工、木工，又是油漆工。她被困难逼出了很多办法，她组织家长、社会朋友，一起投工投劳。她还拉着丈夫帮忙，他晚上只能睡在楼梯间的一块木板上，自己也用几块砖、一块木板搭个床，外面大雨，里面小雨……

在最困难时，负债高达100多万元，沉重的压力，过度的操劳，营养的不足，使她筋疲力尽，严重贫血，以致住院。医生关切地劝她："别再拼了，这样下去身体很危险！"可她脑海里浮现的是一双双殷切期盼的纯真眼睛，是那群可爱可敬的老师，是那还睡在楼梯间的丈夫，还有那入党时举起右手的宣誓……这些是她难以承受的生命之重。立了志，必坚守！

2007年12月，竣工仪式那天，父老乡亲自发组织到学校庆贺。李修会激动得满含热泪，老师、家长、乡亲们也都满眼泪水，山里娃有了接受更好教育的希望。

李修会扛起了重担，决不辜负众乡亲的期盼，2008年，她贷款200万元扩建校园场地、学生宿舍、学生食堂、塑胶运动场、阅览室、室内多功能活动中心、信息技术室及留守儿童活动中心等。

为了满足父老乡亲的强烈愿望，让爱的教育延续和传递，李修会于2013年又创办了新苗实验中学，建起了物化生实验室，添置了电子白板等现代教育教学设备，建立了暖心的亲情视频室。孩子们不仅有了良好的

■ 新苗实验学校场景

生活学习环境，还有了足以和城里学校媲美的活动场地。她终于实现了"给孩子们一个家"的目标。

至此，新苗实验学校发展到 33 个教学班，1700 多名在校学生，157 名教职员工，3 万多平方米的优美校园，学生来自全国 13 个省、26 个市区县，生源由富裕地区向贫困地区倒流，这是怎样的奇迹！有党和政府的关怀，有父老乡亲的支持，有全体师生共同努力，有李修会的百折不回，所有的付出和努力，都不会被辜负。

新苗实验学校的在校生中，90.5% 是留守儿童。每个留守儿童，都有值得关注的故事；每一名贫寒儿童的家庭，都有一些难以言状的事情；每一名残疾孩子，都有伤心痛苦的往事。

为了让每一个鲜活而幼小的生命都能得到悉心呵护，新苗学校从实际出发，确立了"不抛弃、不放弃、不嫌弃"的办学理念，努力营造"家文化"的校园气氛，使所有孩子都能得到不同程度的发展，形成了"生命呵护生命，生命影响生命，生命成就生命"的办学特色。

家住四川古蔺小村庄的胡同学，10 岁时因车祸高位截肢，十分自卑，性格也变得孤僻、敏感和严重抑郁，不得不辍学，没有一所学校愿意接收

■ 优秀学生在李修会家中吃"荣誉饭"

他。他的母亲抱着一线希望，辗转到新苗学校门口，等候到李校长，哭诉道："李老师啊，您一定要救救我的孩子，如果您都不收留他，他这一辈子真的就完了！""孩子就交给我们，你放心吧！"李修会投去坚定的目光，毅然决定把孩子收下。

胡同学刚进校时，常独自拄着拐杖，漫无目的地在校园里游荡。每当上体育课时，他总是独自躲在花园一角，茫然地看着天空，李修会关切地走近他，摸着他的头，柔声道："谁规定一条腿不能上体育课？你不妨大胆试一试！"此后，体育课上总会出现一个拄着拐杖奔跑、游戏、运动的孩子。胡同学爱上了打篮球，他已经能够扔掉拐杖，单脚跳着、跑着，运球、抢球、投球啦！

然而，一个晴天霹雳打破了大家的欣喜，胡同学的母亲意外身亡。这一噩耗，使已经充满朝气的孩子又跌入人生的低谷，他的表现又回到了原点。对此李修会把他叫到家里，亲切地对他说："孩子，勇敢些，以后我就是你的妈妈，新苗就是你的家。"

在学校精心照顾培养下，胡同学凭着顽强的毅力，2015年选入国家队，成为一名优秀的国家级运动员。参加第九届残运会，荣获轮椅击剑银牌。2018 年 10 月，在印度尼西亚雅加达举办的亚洲残运会上，荣获了轮椅竞滑 100 米银牌。现在，他正在中国上海残疾人训练基地集训，备战东京残奥会。

35 年来，胡同学的成长，只是一个缩影。在新苗这个大家庭，孩子们感受到了爱，逐渐学习和懂得珍惜生命、关心亲人、关爱他人。崭新的世界已为山里的孩子打开了一扇茁壮成长的大门。

8500 多名山里娃在新苗实验学校受到了良好的教育，2500 多名孩子考入重点高中，3200 多名孩子升入大学，900 多名贫困孩子得到资助，500 多名残疾、智障儿童完成了基础教育。

更值得一提的是，李修会一切从实际出发，一切为了孩子，走出了一条独特的办学之路。

摩尼镇因特殊的地理位置和历史积淀，一度成为毒品泛滥的重灾区，不少孩子和家庭深受其害，有的因吸毒失去了生命。那些年月，李修会经常看到的、听到的都是母亲的泪、妻子的血、孩子的伤，是吸毒者的痛苦、贩毒者的张狂。李修会决心要将禁毒知识传授给孩子们，要与毒品抗争到底。

在学校召开的全校教职工大会上，她多次讲述因吸毒而发生的惨剧，认为要切断毒根，必须从娃娃抓起。学校必须将毒品预防教育和文化教育放在同等重要的位置，常抓不懈。无论学校如何发展，只要毒品存在一天，这项原则就坚持一天。以"学校教育学生，学生影响家长，家长感染社会"，小手牵大手，使受益的孩子和家庭不计其数。

小钟同学的四邻有几人涉毒，小钟父母看在眼里，急在心里，担心孩子在耳濡目染中走上吸毒的不归路，硬是把已上四年级的小钟转到了新苗就读。在新苗这一方净土，小钟接受到良好的教育，德智体美劳，一样也不少，一样也不差……现在小钟就读于国防科技大学，自己做到了自强不息、百毒不侵。

李修会将毒品预防教育的工作方式，发展到村校共建、企校共建和校校联盟，并与北京大学、四川警察学院等高校共建共育，将毒品预防教育以学校为起点，辐射到各单位、各机关和各村社等，组建起校内外禁毒志愿者队伍 2 万余人，为山区禁毒作出了很大贡献，学校被评为"全国毒品预防教育先进学校""全国青少年毒品预防教育'6·27'工程示范学校"，李修会被评为"全国禁毒工作先进个人"。

李修会用 35 年的努力，让每一个故事都有了美好的继续，让每一名学生都感受到了"家"的温暖，使学校成为了乌蒙山留守儿童健康成长的摇篮。

执着追求得天助，辛勤耕耘结硕果。李修会和她创办的学校，获得诸多成果，受到党和国家的充分肯定和鼓励。新苗实验学校 8 分钟的教育视频，在国务院办公厅向 30 多位部级领导干部和全国 3000 多万名干部播放，得到广泛赞誉；新苗实验学校被评为"全国百强特色学校""中国特色教育实验校"。李修会先后被评为"全国民办教育先进工作者""全国先进工作者"……这真是，修德育才存大爱，会心施教留芳名。

李修会常说："我能走到今天，新苗能发展到现在，是党和政府的关怀和好政策造就的，是父老乡亲的信任成就的。我生于斯，长于斯，唯有将生命和热血融入这一方山山水水，才能报答与感恩这一片乡土乡情。"

这就是一名平凡的共产党员最纯朴的情感与初心。

2021 年 3 月 29 日通世智库刊

张泓

《地球》杂志原执行总编辑兼主编。

检车员的三十五个春秋

周亚广

自 1990 年 8 月参加工作以来，我一直在铁路货车检车员的岗位。

35 个年头的工作历程，如同一部长篇电视连续剧浮现在眼前。我日复一日的极为平凡的货车检修工作，算不上什么惊天动地的大事，但是，就像枕木上拧得稳稳的道钉一样，守护着运输生产的安全。国家建设离不开我们，尤其是在危急时刻，更是离不开我们，这么一想，我平凡的工作可就不平凡啦！

我到铁路工作受到父亲的直接影响。父亲只有小学文化，他 16 岁参军，而后转业到石家庄铁路客运段，我因此被同事们戏称为"铁二代"。童年时每逢春节，父亲都因工作原因很少和家人团聚，那时我心中产生疑问：大过年的，至于这么忙吗？直到我 1990 年参加工作，这个疑问才真正解开。从那时起我慢慢明白，做一名铁路职工不仅需要强健的体魄，更需要强大的内心，我的工作全年没有节假日，全天候露天作业，上下班风雨无阻。检车员的工作环境很艰苦，在冬天的严寒中爬冰卧雪，夏天最热时，天气预报的温度基本上可以忽略，因为太阳晒得钢轨温度可达 55℃，货车车体温度更是高达 58℃。

平心而论，在这 35 年中，我也曾经有过懊恼悔恨，心里也有过"干一行恨一行"的不满和排斥，但是，随着时间的推移和工作的历练，随着在铁路职工大家庭中融入血脉的情感，思想上慢慢地有了升华。我居住的石家庄市，是随着铁路发展兴起的一座新兴城市。1906年，北京到武汉的京汉铁路通车，石家庄位于京汉铁路与正太铁路的交会地，逐渐成为物资集散地的陆路交通枢纽，工商业开始发展兴起。

1933年，石家庄已经由一个不足600人的小村落，成为一座拥有6.3万人口的中等城市。1947年11月，石家庄成为中国人民解放军攻克的第一座大城市。2017年，石家庄全市常住人口总量为1024万，已经成为中国的大城市。

石家庄被称为"火车拉来的城市"，铁路运输的发展，为当地的城市化进程、工业建设、经济繁荣作出了极大贡献。对于这些，我感受很深，铁路货车运输不仅发送运载国家建设物资、资源、能源和日常生活用品的列车，还发送包快运专列、中欧国际集装箱专列，运载军用物资、防疫物资、救灾物资等重点专用列车等，这些列车都在我以及像我一样平凡的同事们默默的坚守中顺利发出，并且安全通达。我们铁路工人是时代前行的见证者，也是国家建设的艰辛奉献者。

日月穿梭，寒来暑往，已经懒得去数有多少个节假日、多少个除夕夜是在工作岗位上度过，每逢看到别人家或者长途旅行，或者在家团圆的

■北京铁路局集团2020年度标准化规范化先进职工周亚广

场面，心里都有对家人的愧疚和无奈，经常自嘲地安慰自己和家人的一句话就是："我还要去挣加班费呢。"

1996 年 8 月，石家庄市连降暴雨，引发洪水。8 月 4 日，我冒着大雨，蹚着齐胸的大水，赶到单位上班，全体职工除一人因灾请假外，其余人员皆准时到达工作岗位，即便是家里受灾的那位职工，也和大家一样，蹚着齐胸的大水到车间按规定办理了请假手续。

我到达工作岗位后，看到编组站周围的玉米地已变为一片汪洋，洪水已没过了铁路线下面的涵洞，波涛汹涌地向东流去。我们连续几天不知疲倦地投入抢运抗洪救灾物资的紧张工作。我们的工作没有太高的技术含量，但父辈们爱岗敬业、忠于职守、吃苦耐劳的精神在我们的手中薪火相传。

2003 年春天，在抗击非典型肺炎疫情期间，我们车间加班加点运输了大量的防疫物资，我和同事们没有一个人请假，检修工作岗位一个萝卜一个坑，谁都不能缺，不少同事家里有这样那样的困难，但谁都不开口请假。

2008 年汶川地震，又接受一次时间紧、任务重的工作。运输救灾物资的工作量很大，我们急灾区人民之所急，开动脑筋，改进工作，采取了合组作业的方式，千方百计争分夺秒提高效率。每一次圆满完成运输任务后，我都为自己能在国家有紧急召唤时、灾区人民急需帮助时贡献自己的一份微薄之力，感到特别的欣慰。

2009 年 11 月 9 日开始，中国迎来入冬以来最大范围的雨雪天气，波及 30 多个省区市。在强冷空气影响下，石家庄普降暴雪，是 54 年以来有气象记载的最大的一次，石家庄市内公共交通因大雪已基本瘫痪。我打上伞，穿上雨鞋，蹚着没膝深的积雪步行近两个小时准点上夜班，同事们也都以全勤的方式坚守在工作岗位上。随后的几个班，我和同事们一起利用工间休息时间，在包保负责的道岔及工作现场清除积雪，保证了货运工作及时安全畅通。这样的情况太多太多，不叫苦、不言累、能担当、敢硬扛，已成了我们应对困难的工作习惯。

2017年7月21日，一场罕见的大暴雨突然来袭。下班时经常走的大寨路地道桥下，积水已经超过了3米，行人车辆无法通行。全市公交系统已全面瘫痪。我和同事们冒着大雨工作一夜后，推着电动车，蹚着1米多深的积水步行回家，有的同事步行17公里回家。23日上白班，班组的所有职工全部准时到达工作岗位。

我喜欢同事的一首极其平凡的打油诗，描写我们整天在石头铺的路基旁边，身边隆隆的火车头呼啸而过的场景：

> 石头虽多不是山，
>
> 道路不长走不完；
>
> 雷声隆隆不下雨，
>
> 大雪纷飞不过年。

35个春秋过去，弹指一挥间。2020年突如其来的新型冠状病毒疫情猖獗之际，疫情就是命令，使命重于泰山，我和同事们选择的是继续坚守岗位，一起以百倍的努力迎接这次大考。为了优先保障武汉地区的迫切需要，铁路运输承担了快速抢运防控人员和物资等繁重工作任务，彰显了铁路运输行业的独特优势，同时，铁路职工们也承受着巨大的心理和生理压力，很多时候已疲惫不堪。然而看着一列列经过我们检修的列车顺利出发，我的心中油然升起一种自豪感：我们的担当守护了社会的和谐安宁，祖国强大的道路上有铁路工人挥洒的汗水！

"铁二代"的货车运输工作，没有"富二代"豪车洋房的奢华，没有网红们上百万的粉丝和超级礼物，没有献给影视明星们的鲜花和掌声，没有……然而，不管时代如何变迁，铁路工人艰苦朴素、忘我工作的优良品

铁路工作中

质，遵守纪律、听从指挥的赤诚之心，舍小家、顾大家的奉献精神，永远不会改变，"人民铁路为人民"的根本服务宗旨，永远不会改变！

当前的中国正在向着中华民族伟大复兴的目标持续迈进，铁路作为国家运输的大动脉，是实现这一宏伟目标的重要环节。为了在提升信息化水平的基础上提高运输效率，北京铁路局集团审时度势，与华为等信息高科技企业签署了战略合作协议，在京铁云平台、办公信息化、5G 和 AI 等先进技术铁路领域应用等方面，逐步落实合作措施，提高运输经济效益和水平，而其中的部分信息技术，已经在现在的检修工作中逐步使用，这也意味着整个铁路运输行业的发展将步入崭新的时代，而我正是这一历史进程的亲历者，心中充满着骄傲。

现在，只要有一点业余时间，我就看书学习，希望能提高自己的文化水平和精神境界，互联网的普及使得学习更加方便，我的水平虽然很有限，但是，还试着写点小文章，抒发我们铁路工人在平凡岗位上的情怀。35 个春秋的风雨历程，35 年的平凡岗位，我充实又踏实，实现了人生的价值。

2020 年 6 月 28 日通世智库刊

周亚广

1971 年 10 月出生，河北石家庄人。1990 年 8 月至今，供职于北京铁路局集团公司，从事列车检修工作。文学爱好者。

半生琴缘春自在

郑文

43岁那年，我走近了古琴。我是架着两根拐杖，开启了我的半生琴缘。那一年真是一个坎啊！

一个阴雨天，我抱着一叠档案滑倒，当时条件反射，我把档案抱得死死的，生怕被雨水打湿，结果造成螺旋性骨折，麻烦的是胫骨骨折在中下段，骨头很难生长，照X光发现缺了一大块骨头，需要自体移植。主治医生只说了一句："伤很重，您得吃苦啦！"我的心都凉啦。于是左脚吊了8公斤重的秤砣，在病床上保持一个姿势，一躺就是68天。

那是怎样灰暗的日子啊！吃喝拉撒全在床上，每当朋友来看我，我总会情不自禁地说："多羡慕你们健康的双腿啊！"

在病床上除了读书，就是听音乐。在病房读书格外静心，精神也能集中。那时在病床上读书，对我是很难的事，我只能请护工把书放在枕头边，然后把头转过去才能看书，就这样我看了《飘》《论语》《二十四史》。历代名贤留下的探索人生的思想火花时时在我心中激荡，常唤起我的冲动，总觉得病好了还能再学点什么，再做点什么。

在病床上听音乐也格外入心。当我在病床上第一次听到古琴《酒狂》时，就一下被深深打动。这是一首魏晋时期"竹林七贤"阮籍所做，表现他托兴与酗酒，以明终生之志的曲子。它让我浮想联翩，我能不能学习古琴呢？

■ 爱红妆，也爱武装

于是我每日养目静听古琴曲，这种千古不朽、经久不衰的中国乐器，给我极大的震撼，心潮澎湃。艺术魅力不言而喻。我做着美梦，心里有个声音在呼唤："我要学古琴，我要学古琴啦！"

住院三个月后，我第一次被护工推出病房，沐浴着明媚的阳光，热泪盈眶，我庆幸自己的坚强，我盼望着能自由行走时，立即奔着我的古琴去，为更加灿烂美好的生命而幸福地耕耘。

当我架着双拐站在琴馆门口时，我不敢说，老师，我想学古琴！因为当我表达学古琴的愿望时，一个朋友认真地对我说："学古琴！那可不是一件容易事，特别是你，很难的！"她的言外之意我全明白。

我的职业是警察，平时练的是擒拿查缉，走的是正步，手粗嗓门大，和抚琴的飘逸素雅风马牛不相及，而且自己年龄不小啦，又是一个五音不全、不通音韵的音盲，我这样的情况能学古琴吗？

当我第二次架着双拐在门口踌躇时，老师把我迎进琴房，鼓励我，让我找找感觉，手把手教我"勾"指法，我觉得自己真是笨手笨脚，但当我听到像大地一样浑厚的琴音时，忐忑的心就一下子定了下来。记不清是哪位名人说过："只要有决心和毅力，什么时候学都不晚"，"要学习，须先立志"，"立志不定，终不济事"。从此以后，我几乎全部的业余时间，心无旁骛，坚持练琴。练琴之心，坚不可摧。

就这样，我跟随四川音乐学院民乐系副教授、川派古琴名家，我的恩师李雪梅老师学习古琴，已七年有余。这是我过半人生最正确的选择，因为在自讨苦吃的学琴中，我悟出了很多人生哲理，受益终身。

古琴不是消遣性的娱乐，练古琴更像一场磨炼心性、提高个人素养和德行的战斗，它悠悠雅致的是工匠精神、几千年文化的沉淀和文人雅乐的讲究。

七年中，我从音乐零基础到对古琴有了独见，并能演奏数首古琴名曲。这期间，不知翻越了多少座大山，我为自己骄傲。

悠悠琴音洗尘心

"琴之为道，在乎音韵之入妙，而音韵之妙，全赖乎指法之细微。"在老师指导下，我一个音符一个音符地"啃骨头"，开始手指完全不听使唤，指甲磨破流血，手上茧子破了又生，这真是对自己意志力的磨炼啊！

恩师要求很严格。学习《酒狂》时，高音区跪指这个指法，需要无名指屈曲，以末节指背按弦，非常疼，我就偷懒，指背轻按，出不了音，李老师就把我的手按住，音出来了，眼泪也疼出来了。一次，在琴馆练琴忘记了时间，受伤的腿疼得走不了路，是老师开车把我送回了家。就这样，我一天天咬牙坚持着。

学古琴道路的漫长艰难是我始料未及的，这也正是学古琴的乐趣魅力所在。学完一首曲子要几个月，学习名曲《梅花三弄》我整整用了一年。难怪我见证了很多人的半途而废，见证了许多人急急询问老师："几节课能学会？"见证了更多人一直想学却又一直在徘徊。

我真是得好处啦！我甚至感到学琴的难度越大，自己会变得越来越聪明，并使我永远热情奋发，昂扬向上。

现在我已收获了一批粉丝，我常把学古琴的体悟与他们交流，得到了大家的尊敬和热爱。胡适老先生告诫："不要抛弃学问。"学艺也是做学问，学问只能点滴积累，循序渐进，滴水长流，才能穿石，忌求近功，凡成功之事，都是积累而来。学习古琴，练就的是恒心、坚韧、谦逊、孜孜不倦的精神。

学习古琴，我没有成名成家的奢望，只是选择了一种用古琴修炼人生的生活方式。愉悦时抚一曲，郁闷时抚一曲，遇知音时抚一曲。我喜欢"为我一挥手，如听万壑松"的洒脱；喜欢"心静即声淡，其间无古今"的无我境界；喜欢"心积和平气，木应正始音"的和顺之音；喜欢"闲坐夜明月，幽人弹素琴"的静谧。

胡适老先生还援引易卜生的妙语："你的最大责任，就是把你这块材料铸成器。"古琴与我结伴，我步入了新的人生，大大改善了我的心情。

自古以来，古琴被视为圣乐，君子涵养中和之气，借以修身理性。古琴的音韵，都印在我的意识中，润物细无声地改变了我的气质，使我内在变得沉静。

几年下来，原来急躁的性格变得柔和了许多，浮躁的内心渐渐平静了下来，做事也心平气和多了。生活中更懂得坚强，更懂得了珍惜幸福。古琴让我懂得了大爱，我资助抗战老兵、贫困母亲和失学儿童，我的心变宽了，感到天地也变大了。

以琴会友，我还收获了很多热爱中华文化、热爱古琴的朋友，我的学习、工作、生活都随之充实起来。

琴声如泣如诉，如喜如哀，或激扬文字，或潺潺流水，似人与我交流，感心动耳，荡气回肠。感之：古琴有生命耶，誓之永不放弃！

2019 年 1 月 2 日通世智库刊

郑文

1968 年 10 月出生，中共党员。毕业于凉山大学采选系选矿专业，后毕业于西南政法大学法学系。现任成都铁路公安局成都公安处四级高级警长。先后跟随四川音乐学院民乐系教授、古琴演奏家李雪梅，古琴演奏家姜翠学习古琴。

冬奥有我
——参加 2022 年北京冬奥会有感

彭子馨

烟花乍起，夜空绚烂。2022 年 2 月 4 日晚 8 点 33 分，我完成了国家交付的光荣任务——作为引导员引导比利时代表团运动员顺利入场，圆满完成了 2022 年北京冬奥会开幕式演职工作。

作为新时代一名在校大三学生，我于 2021 年 9 月下旬参加了 2022 年北京冬奥会开幕式引导员校内选拔，在严格的筛选中，我通过了张艺谋导演的首次正式选拔，成为一名冬奥会预备引导员，开始了为期四个月的引导突击训练历程。

从早上 6 点起床，到下午 6 点回校，我们一天要进行 10 圈晨跑等大量体能训练，再完成半个小时至一个小时的站姿训练，半个小时的举牌训练，几个小时的行进训练、表情与眼神训练。有一次举着引导牌将近一小时，我们可以流泪，但不能放下引导牌。导演们经常调侃地说"牌在人在"，虽然那会儿嘴上不大认可，但我心里却无比认同这句话。我举起引导牌，就不再是只代表我自己，还代表着中央戏剧学院，代表着新时代青年人，更代表着中国。

2 月 4 日那天，不同于以往的任何一次排练。候场的我站在"中国门"后，看着近 400 根长长的发光柔性杆，如青草初生，似莲心绽放，有时更似绿柳般肆意挥洒生机，绿色的光芒照亮整个鸟巢；听着中华人民共和国国歌响起，看着中华人民共和国国旗随国歌缓缓上升直至顶端；看着冰立方震撼上升、碎冰下降，视听上的震撼随之增强。直到我引导着比利时代表团走至鸟巢中央的时候，内心才真正兴奋喜悦到了极点。

在那一刻，我面向全世界人民，成为世界的焦点。

"一个国家的进步，刻印着青年的足迹；一个民族的未来，寄望于青春的力量。"作为新时代青年，我们应当树立正确的世界观、人生观、价值观。以奋斗为己任，将个人利益与国家利益相结合，更以国家利益为重，勇敢地担负起时代赋予我们的重任。1921 年中国共产党成立至今，已过去百年岁月。过去虽离我久远，但我却并不陌生。听外婆讲述她在抗战时期的童年生活；听外公讲述他参加抗美援朝的故事；听父母讲述他们小时候第一次进电影院看电影、家里第一次买电视与冰箱，甚至他们参加高考的故事。虽未曾经历却更似经历，百年的时光如同放电影一般闪现于我脑海。

从 2008 年的北京奥运会到 2022 年的北京冬奥会，北京成为世界唯一的双奥之城，其间的发展变化都刻印在我心中。我们虽生逢盛世、国泰民安，也绝不能贪图享受、懈怠颓废。作为见证了中国发展的青年人，我肩负着重要的历史使命，并有义务用自己的青春和力量为祖国尽一份力。"恰同学少年，风华正茂"，我们当不负重托，在时代华章上继续书写少年的风发意气。

在这次的冬奥任务中，除了感受到家人和朋友的关心之外，我还感受到了来自学校的关怀与鼓励。第一次在外过除夕，却并不觉得孤独与感伤。校领导和各个系的老师来到学校，和担任其他环节演职任务的同学们一起，度过了一个难忘的春节。那一刻，我意识到，不是我一个人在战斗，也不是所有参加冬奥会的同学们在战斗，而是中央戏剧学院的所有校领导和老师们都在陪着我们一起战斗。大到在校举办一次除夕宴

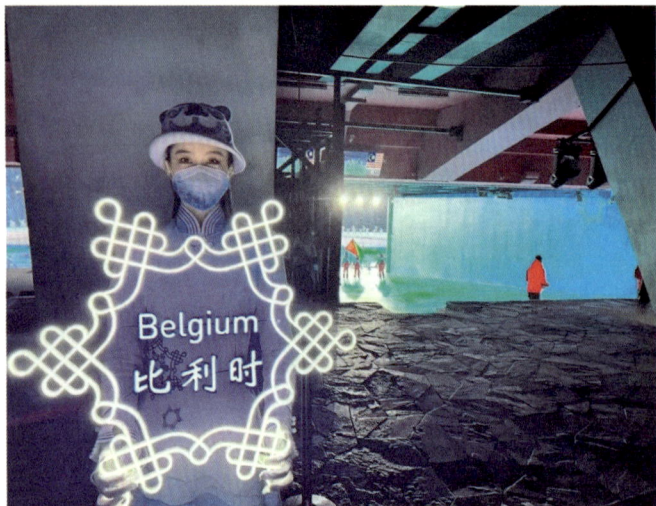

■ 作者在冬奥场馆留影

会，小到为我们每一个同学准备好手套暖宝宝，所有的细节都让我感到无比温暖。我庆幸我成为了中央戏剧学院的一分子，庆幸我能生活在这样一个大家庭中。同时，我更骄傲我能代表中央戏剧学院站在冬奥会的舞台上，为校争光。作为一名影视制片专业的学生，除了完成自己的专业课程之外，第一次参与这样光荣的大型活动，我自感无比荣幸。

当中华人民共和国国歌奏响的那一刻，全场肃立，面对着冉冉升起的国旗，国歌的旋律和我心中唱响的旋律重叠，那一刻，所有人见证了祖国的辉煌时刻，同样也是我人生的高光时刻。

参加 2022 年北京冬奥会开幕式，让我知道了原来我也可以克服年轻人的懒惰毛病，在零下 10 度的天气里，依旧坚持早上 7 点起床；成为一名冬奥会引导员，让我知道原来我也可以克服身体上的病痛、突破极限、坚持排练；站在 2022 年北京冬奥会开幕式的现场，让我知道原来我是如此热爱我脚下的这片土地、热爱我的民族、热爱我的国家；完成表演走下台的那一刻，让我知道原来我是如此爱着我的父母，第一时间感谢他们从小到大给予我的支持、鼓励和陪伴。在我成长的每一次转折点上，都有他们的支持与鼓励，而在这一次冬奥会任务中，他们更是无微不至地照顾我，支持我做出的每一个决定，表扬我的每一次进步与成功。而我也确信，在 2 月 4 日那晚，我让他们骄傲了！

"夜阑卧听风吹雨，铁马冰河入梦来。"前一天晚上，我因兴奋与期待，迟迟未能入睡，甚至在梦中梦见了自己当晚的表演，而在 2 月 4 日圆满完成开幕式任务后，我却满心都是不舍与失落。连续四个月的艰苦排练，有哭有笑，有汗有泪，如同放电影一般在我脑海里一闪而过。参加 2022 年北京冬奥会给我带来了太多的收获：坚持、突破、感恩和一辈子都无法忘怀的美好记忆。对此，我怀着无比的敬意，感恩祖国的强大，感恩我有幸成为见证者、参与者和建设者。

作为新时代的大学生，我将不负时代，不负韶华，不懈努力，继续前行。

2022 年 2 月 21 日通世智库刊

彭子馨

中央戏剧学院电影电视系 2019 级影视制片班学生。

难忘的帮助

刘鸣

我在外经贸系统工作了 32 年，因工作关系，我去过几十个国家，我所任职的企业在十几个国家有规模大小不一的项目。几十年里，我们经历了很多，一些事情留在记忆中总是难以忘却。尤其是那些在紧急情况下得到的帮助，现在回想起来，还有很多感悟。

2010 年，我们重庆五矿机械进出口公司参与投标，通过竞争，获得了承建约旦捷福可公司磷钾肥化肥厂的建设总包权。该项目是当时中国所承建的海外最大的农化工程项目。

这个项目位于约旦中部，处于荒原戈壁，离最近的城市卡拉克也有 50 公里远，条件十分艰苦，来自中国的几百名员工扛起了重担，在这里每天三班倒地工作，不停歇地日夜奋战，项目进行得如火如荼。

和我们共事的约旦团队中，除约旦人外，还有巴勒斯坦人、印度人、巴基斯坦人、埃及人等，在这里形成了命运共同体。我们也入乡随俗，和他们和睦相处，亲如兄弟，我们能感受到他们对中方人员的友好是发自内心的。

说实话，当时派出的中方人员精神面貌都特别好，干劲都很大，不怕苦，不怕累，个个都以极大的热情面对紧张的工作。大家心里都在默念，我代表的是中国人的形象；我们完成项目的好坏，代表着中国的信用。

那时后勤工作任务很重，员工每天三班倒，要保证他们每天按时用

■ 捷福可公司磷钾肥化肥厂施工现场

餐，杂事很多，工作时间拖得长，非常辛苦，但没有人叫苦叫累。

长期的紧张工作，使后勤食堂的一位厨师出现了晕厥，人事不省。由于项目工地深处戈壁，远离城市，加之人生地不熟，出现这样人命关天的紧急情况，可想我们有多着急。

这时，捷福可公司建设现场的约旦籍总经理 Mr. Samir，急我们之所急，他深知这位师傅病情的危重，立即放下手中的其他工作，亲自安排车辆，并随同中方人员，将病人紧急送往距离施工现场 50 公里外的卡拉克市医院，病人得到及时救治。

经医院诊断为脑出血，因得到了及时救治，这位师傅止住了继续出血的态势，防止了病情进一步恶化。医生说，多亏送医及时，否则这样严重的脑出血，即使经过治疗，也会出现不可逆转的后果，而且死亡的概率会很大。

在卡拉克市医院，每天这位师傅的病情牵动着大家的心，约旦方从总经理到医院都高度重视，他们尽力为这位师傅的治疗做一切能办得到的事情。有他们和我们一起担当，我们身心轻松了许多，这真是危难之时见真情。病人经过在医院的两周治疗，终于稳住了病情。

但此时病人已完全不能自理，由于当地医院的条件和治疗水平有限，卡拉克市医院根据病人情况，建议我们将病人送回中国进一步治疗。想到路途遥远，中途还需转机，护送途中会遇到很多困难，我们难免有很多担心。

在这种困难面前，约旦方还真够朋友，他们完全自愿帮助，主动考虑救助护送方案，并不需要我们恳求。捷福可公司和卡拉克市医院会同约旦卫生部以及约旦皇家航空公司，进行了多方协调，由医院派出一位富有经验的约旦籍专业男医生，40多岁，参与护送病人回国事宜。

我们中方的现场领导和重庆公司本部领导更是高度重视，组织各方进行了周密的计划安排，认真做出了紧急处置预案，并成立了包括约旦籍医生在内的护送小组，我们心里才踏实了很多。

护送小组从卡拉克市医院启程，搭乘当日约旦皇家航空公司的飞机，机上专门为其安排了舱位，中途转机香港。经过近30小时的长途旅行，护送小组一路精心照料，终于顺利抵达重庆江北机场，并在机场与重庆市的医护人员及时地进行了病人交接。

经过半年医治，病人完全康复了，未留下后遗症，治疗结果使病人及家属都十分满意。

当约旦医生圆满完成护送工作后，我们也热情地邀请并安排他对重庆城区做了个简短的环游，他一直处在激动和兴奋之中。他非常惊讶和感慨地对我们说，中国的建设和发展速度简直不可思议，认为眼前他看到的中国和在国外媒体上介绍的中国差距太大了。他恍惚觉得，只经过一夜，他就穿越到了另一个崭新的童话世界。

由此可见，要真正了解一个国家和这个国家的人民，是多么需要互相多走走、多看看、多交往、多沟通啊！

其实，经历这样的事，在国外工作中，尤其是在施工现场，还是很多的。在危急时刻能得到驻在国的鼎力相助,这是我们在真诚合作中积淀的感情,也是中方全体工作人员用辛勤、汗水甚至生命的付出而结出的友谊之果,我们都应珍惜这种友谊,保护好这种友谊。

我们的合作对象经常拿我们同西方人相比,觉得中国人对他们很尊重,具有良好的合作精神,常以包容的心态面对他们的不足,总是以共赢的处世之道处理意见分歧,加之中国人吃苦耐劳、勤奋敬业、技艺高超,都使得他们非常钦佩和感叹。看得出,他们是发自内心地尊重中国人,信任中国人,非常愿意与中国人打交道。

更重要的是,因为祖国日益强大,我们在国外工作中会更有底气,更能受到尊重,更能得到驻在国的帮助和信任。对于这一点,只有亲身经历后的人才更有感受。

捷福可公司高层人员就经常和我们谈及中国的发展速度,他们很有兴趣探究中国的进步,他们坚信中国将超越西方包括美国,成为全世界最强大的国家。在和我们的合作中,国家的强大,无疑会增进他们与我们合作的信心。

国家实施的"一带一路"倡议是伟大的,它将进一步扩大改革开放,为中国人民和世界人民的共同发展和进步带来巨大的机遇,也会使各国人民更了解中国、亲近中国,增进彼此互信,增进人民友谊。

回想起在国外工作中所经历的这些小事,我为有强大的祖国而自豪。

2019 年 10 月 25 日通世智库刊

刘鸣

曾任重庆五矿机械进出口有限公司总经理;现任重庆华海亚工贸有限公司董事长。

开卷有益

听金默如先生谈画坛那些事

曹彬

金默如，中央文史馆馆员，爱新觉罗后裔，清太宗皇太极第十六世孙，当今中国小写意花鸟画之翘楚。

前几天，请金默如先生给我的画室题个斋号，金先生说："这斋号学问大着呢！"

金先生谈道："当年张君秋的侄儿请教王雪涛先生，起什么斋号好？雪老脱口而出，就叫'什么斋'吧！"金先生竖拇指道："这个斋号绝了！犹如'未名湖'，湖未有名而已有名，有名之湖怎比这个未名的湖……"

金先生告诉我："其实我老师'王雪涛'这个名字是齐白石赐的，齐先生将他的名字从土庭钧改为王雪涛，以雪喻其人品，你瞧，这名了多响呀！白石先生还给雪涛夫人赐名'徐佩遐'。你说画画儿这事，没有学问怎么行?！"中国画绝不是技能技法之巧事，没有深厚传统文化去支撑，是画不出好画儿的。

"其实，画画儿是很难的，若不是真心钟情水墨丹青，是很难坚持到底的。"

金先生很真切地讲道："过去画画儿的人都是穷画画儿的，昔日八大山人用画换酒喝，换多少酒，卖酒的说了算；黄宾虹一生清贫，生前其画几乎无人问津；齐白石年过半百，蜗居京华破庙之中，靠刻章勉强度日，如果不是出于对艺术的挚爱，怎么可能坚持下来呢?"

"就说解放后吧。1953 年，在北京西观音寺胡同西口开了一家赫赫有名的和平画店，牌匾是徐悲鸿题写的。店不大，却蕴藏了一批画坛大家的作品，如齐白石的《破篮子里的两个大西瓜》，徐悲鸿用高丽纸画的《漓江烟雨》，还有李苦禅的《三只灰鹤》，当然还有黄宾虹、傅儒、于非闇、傅抱石、王雪涛等的大作。名人们常常光顾，如郭沫若、邓拓、何其芳、老舍等都是常客。"

"单说画店的老板就会让现代人目瞪口呆，也就是中国一代国画大师，齐白石真正的学生许麟庐。"

"和平画店绝对没有一张假画，价格都很便宜。齐白石的画也不过五元一平尺。那时，可有意思了，李可染、胡爽庵、李苦禅、马晋等人都常在菜厂胡同口摆地摊，旁边立着小木牌子，上面写着：'为工农兵服务，每幅五元，随点随画，可题上款。'你看看现在，画价比天都高！不过话说回来，现在是画家们最好的年代、最幸福的年代。"

"画画儿要坚持得好，没有创造力是不行的。没有创造力就没有个性，大画家都因具有鲜明的个性而形成自己独特的风格，风格就是个性，就是发明创造。"

金先生谈起王雪涛的老师王梦白，"是一个有本事、个性鲜明的大家。他是吴昌硕的学生，在北平艺专任教时，名气很大"。

在北平艺专时，与王雪涛交情最深厚的老师当属齐白石和王梦白，可说是情同父子，王梦白对王雪涛的艺术成就影响更大。他常带着王雪涛一起观看动物题材的影片，情酣兴浓之时，就紧紧地抓住王雪涛的手，叮嘱他格外留意。

"1915 年，梅兰芳曾经向王梦白学习绘画。每星期一、三、五，王先生亲往梅宅，现场示范作画技巧。1924 年，梅兰芳 30 岁生日，王梦白与

金先生赐名『什么斋』

凌植支、姚华、陈师曾、齐白石等一起在梅宅合作绘画。王梦白画了一只张嘴的八哥，栩栩如生。此画是梅兰芳最珍爱的绘画作品，一直张挂于梅家的书房。"

"王梦白虽才华横溢，却因刚正不阿、个性率真，喜欢酒后数落他人之短，以至于后来落落寡合。他平日嗜杯中物及雪茄烟，又好戏曲。1929年赴东京展画，获资数千元，返国不久，豪赌散去。依我看，他就是中国的凡·高。"

"王梦白很全面，花卉草虫是最擅长的，山水人物画得都很精彩。他还以书法见长，能诗作对，题画常有佳句。由好友陈师曾推荐，任北京美术专科学校国画系主任。40岁以后，王梦白寓居天津，贫穷潦倒，被日本庸医误治，46岁辞世。王梦白是个了不起的大家，可惜英年早逝。因此，王梦白创作的书画数量很少，只有一小部分人收藏他的书画作品。"

王雪涛先生也是个有鲜明个性的画家。20世纪四五十年代，他凭借独特画风、画路广泛而享誉画坛，老师们都特别喜欢。又因其有情有义人品好，人缘广结，像田世光、李苦禅、马晋、曹克家等众多画家，常到他家相聚。

我向金默如先生求证此事，金先生说："当时我老师王雪涛在画界很

■ 王雪涛（左一）向毕加索（右三）介绍齐白石作品

有影响力，那时有些国画画家对徐悲鸿先生的一些观点和做法有些不认同，于是，周总理出面劝解雪老多与徐悲鸿切磋……雪老婉拒：'切磋就不必了，我们画儿上见。'总理当时很是有些尴尬……"

金先生说："1956 年，王雪涛参加中国文化代表团访问欧洲，在法国与毕加索相晤。王雪涛向毕加索介绍向其赠送的齐白石木版水印画集，毕加索当即画了只'和平鸽'，并用中文题写了'王雪涛'相赠。当雪老邀请毕加索访华时，毕加索幽默风趣地说：'我不敢去中国，因为那里有齐白石……'"

王雪涛声誉日隆，在一些画界的会议上，他率真地表达了自己及画界朋友们的由衷之辞，不承想被划成了右派，自此他深居简出，淡出人们的视野。

我问金默如先生："雪老遭整得厉害吗？"金先生肯定地答道："那倒没有，只是没人理他罢了，常给他画小人书的任务，比起过去随心所欲地画画少了不少自由时间。即便这样，雪老也趁此机会，挤时间去动物园等处写生。真是因祸得福，雪老这个时期的画最好，为晚年苍老的画风奠定了基础。"

"你看那雪老的画，你看那鸟儿瞬间的眼神儿，真是画如其人啊！藏在雪老眼镜后的那双犀利目光，让你不敢直视，说半句假话心里就发慌。"

艺术最高境界是崇尚自然，画家靠吹捧扬名是长不了的。王雪涛先生的"画儿上见"以及金默如至今未曾请任何评论家、画商们吃过一次饭，他们师徒的性格真是一脉相承啊！他们的翰墨缘恐怕更是性格品情的相守了。

每每看望金默如先生总是收获满满，先生总是再三强调老师王雪涛先生当年传授其学画之道："多读好画，多练书画，多访师友。"先生反复告诫："把书画当日课去下苦功，习画要心地纯粹，而不存名利之心，诗、书、画、印要齐全修炼。"

金默如先生近年虽然身体欠佳，可聊起画坛那些事，总是侃侃而谈，我也总是听不够。

2018 年 2 月 22 日通世智库刊

曹彬

1962 年出生，自幼习画，拜于金默如、龚文桢门下，潜心学习中国画。

我为什么研究中医

窦瑞华

想提一件久久难忘的事。

《中国中医药报》2017 年 7 月 19 日刊文中记述，甘肃舟曲县发生泥石流，一位 17 岁的姑娘脚被埋八小时，脚烂，骨头露出。会诊的有八位西医和三位中医。八位西医异口同声地说要截肢，而在场的 70 多岁的老中医宋贵杰先生说："截了就成残疾了，不截肢也不会马上要命，保不住了再截。"老先生开了内服、外用药。在场的甘肃卫计委刘维忠主任开了食疗方。不久，姑娘的脚长出了肉芽，半月后，肉芽包住了骨头，半年左右就痊愈了。这位姑娘后来学了中医。类似这样的事例很多，可见中医是有真学问的。

我一直从事着中医的研究，认为学习中医对提高人的辨证思维很有帮助，所以，学习中医一直伴随我至今。一些心得，作为一家之言，供大家了解和参考。

思维与范式

据《现代汉语词典》所释，思维是"在表象、概念的基础上进行分析、综合、判断、推理等认识活动的过程"，"是人类特有的一种精神活动"。我们把这种过程或活动与中华民族几千年来的中医联系起来，当称之为中医思维。

中医思维是数千年来劳动人民在与疾病做斗争的实践过程中，不断认识、总结的经验积累，并逐渐升华为治病救人过程中的理论、准则和方法。这是中医有别于其他医学的本质体现，是中华民族智慧的结晶，也是中华文化的重要组成部分，继承和发展中医是利国利民的大事。

托马斯·库恩（Thomas Kuhn）提出了"范式"（paradigm）的概念。范式是"科学家集团所共同接受的一组假设、理论、准则和方法的总和，这些东西形成了科学家的共同信念"。

实际上，中医思维正是中医学者们的共同信念。这在中医发展过程中是随处可见的，无论哪个门派都是在中医普遍共同信念的前提下提出了某一特定的理论，如运气、脾胃、命门、阳气等，以至于形成了新的范式，丰富了学科的理论体系，推动了中医的更新和发展。

如中医大师李可老的"破格救心汤"，可以说是火神派重用附子的新范例，是科学意义上的范式，因为它已成为不少中医学者的共同信念。对它的深入研究将导致理论创新。

从以正为本看中医思维

从以正为本看，养正是养身的主要根本。虚是生病的根本原因。《黄帝内经》两千多年前就提出来了，"邪之所凑，其气必虚"，"正气存内，邪不可干"。现代医学不久前才认识到，疾病的根本原因是免疫功能低下。

辨证必辨虚实，即正邪之盛衰。扶正祛邪是中医的辨证法则，由此创造了不少有效的方法，如"逆流挽舟""甘温除热""回阳救逆"等，能治好许多现代医学难以奏效的疾病。现代医学有种提法，"医疗的最高层次是修复人体自愈力"。这与中医以"扶正为本"有异曲同工之处。

中医不仅有很多扶正良方，而且在组方配伍、炮制、煎熬等方面，采用多种方法尽力减少药物的毒副作用，取其用而去其性，取其利而避其

■ 作者作讲座

害，在不伤正气的同时，达到治愈疾病的目的，这在当今药源性疾病颇为盛行的现状下，尤其值得重视。

中医以正为本的思想，与中国古老哲学的气化理论息息相关。气化理论除了强调有形的物质是由无形的气化而产生之外，更强调有形物质自身并不能产生形态构成或位置变化，而需在无形的气的作用下，发生质与量的变化，从而产生出一切生命现象，即作为动态系统展现出的生命功能。

中医认识生命，从来都反对把人看作是各个组织器官、细胞等具象结构的简单加和，而是研究人体内部是怎样构建以及它们彼此之间的联系，探究这些联系之间的本质。

中医以正为本，但也有急则治其标的准则，不拘泥于治本而失病机。如大柴胡汤证、承气汤证，把祛邪作为首要，祛邪正自安。

以正为本和以邪为正的病因病理决定论是中医和西医的重要区别之一，以正为本是再生医学的基础和支撑，如前所述中医治愈 17 岁姑娘的事例就能说明此问题。

中医重视人的类别和个体差异，类别的划分自然联系到体质的理论。由于人受不同特征的遗传因素、生存环境、生活条件、情态个性和生活习惯的影响，其脏腑、经络、气血阴阳盛衰有别，邪气（如痰、瘀、湿、热等）留滞有异，从而形成不同素质特征。体质的科学划分和研究，有助于分析疾病的发生，并为诊断治疗提供依据。

中医在治病中主张，人具有特定体质的个体差异，所以应针对患者的具体状态在综合评估后给予治疗，这是同中求异；而患同样病的人，有共性，有相似之处，有规律可循，即异中求同。

同中求异，异中求同，不仅是方法论，也是宇宙观。病人置天地之间，受四时、五运、六气之影响，处社会环境之中，受七情六欲之激励，这即是中医所讲的天、地、人三道合一。从三道合一的角度来认知人体的生命和疾病，无疑其视野更为宽阔。

中医强调治疗要适度。这与中医主张中和平衡的理念是一致的。过之与不及都治不好病。以性治病、以偏治病皆有不良一面。再者，十去其九可以让病人在药力或针灸帮助下，逐渐恢复自身功能，以至于完全康复。不过也无不及，恰如其分，这是中医中庸哲理，也是精准医疗的体现。在当今过度治疗颇为泛滥的现状下，显得弥足珍贵。

范式与拓展

东汉名医张仲景在《金匮要略》中血痹的论治也可称为一种范式，但范式不应是不变的，否则，科学就不能进步。我们既要努力确立范式，又要努力发现"例外"，探索范式之转换，从而推动"科学革命"。在2016年出版的《中医经典词典》对血痹作出的解释，对张仲景《金匮要略》血痹之范式进行了拓展。中医大师胡希恕老在其医学全集《经方传真》的相关案例中也有所表述，可见张仲景之血痹范式已被拓展了。这些都是中医思维科学的进步。不过，尽管内容和视野有所拓宽，但距离新范式的确立尚缺乏系统和严谨，对"血痹"二字也没有统一的认识和准确的表述。在其疾病简介中不过是罗列了一些古人的词句而已，这反映出中医过于尊古的习惯。

创新进步，离不开借鉴，向古人借鉴，脚跟才能站得稳，向其他医学借鉴，才能面向未来。期望中医能创建出既继承传统，又与现代科学相结合的新范式，更显新貌而得以健康发展。

2018 年 7 月 27 日通世智库刊

窦瑞华

教授，重庆市原副市长、市政协原副主席，民进中央原常委，第十届全国政协常委，重庆市中医药行业协会顾问，《实用中医药杂志》名誉主任。

我和云的故事

周志龙

我是个学山水画的。以我的角度看，大自然中飘浮着的云，是丰富多彩、魅力无穷的。它变化多端，令人目不暇接。你看它，蓝天白云，让人心旷神怡；阴霾不开，使人精神压抑；而黑云压城，又令人心生畏惧。它带来的雨雪，或许是及时甘霖，又或许是恼人的灾害……

古人还常把云作为一种比喻和寄托。南北朝的陶弘景，答梁武帝的诗就很著名："山中何所有，岭上多白云。只可自愉悦，不堪持赠君。"一个高士的形象跃然而出。

我经常到大自然中去采风，如今 80 多岁的我，庆幸观看到无数的风云变化，给天地人间带来生生不息，也给我的山水画生涯带来无尽的乐趣。

然而云，竟然多次阻断过我的写生，那却是别有一番滋味。

泰山

泰山，以五岳之尊，名高天下。所谓"山川出云，为天下雨"，人们认为它是神灵所居。

1962 年夏，我还是大二学生，带着无限向往，去登泰山。从济南乘火车到泰安，踏山门，已过午，再精疲力竭地爬到泰山岱顶住下，赶着要去看著名的云海日出。

次日清早，推开房门，却立马傻眼了：眼前一片白茫茫，像是掉进了棉花垛子里。云雾可以浓到这种程度，实在令人吃惊。什么叫作"伸手不见五指"？这可不是在暗黑里，而是在浓云之中。我伸出右手，什么也看不见，直到手指几乎摸到鼻子，才算见到自己的手指头。慢慢摸着回廊找到食堂，好在屋内没有浓云。吃过早点，回屋睡觉，足足睡了一天，浓云一毫也不消散。

第三天凌晨，听到外面人声嘈杂，赶紧起来，果然云消雾散。随着人群去探海石旁，看到了无比壮观的泰山云海日出。脚下白云微微地动荡着，一直铺向天际，云上的天空，已从微微发亮慢慢变成了光亮的橙红。突然，那太阳像是腾地一跃，就突出一个耀眼的红边，接着微微晃动着，升出在云海之上，人们也早已不敢直视。

带着满满的幸运与满足感，披着朝阳缓缓下山，谁知却又走进云里，还好没有昨天那么浓密，可以看得到山路。待到从层云里走下来，才发觉头上的云是在下着小雨，心中忽然一震：原来我不是从山上下来，而是从天上下来的！

周志龙作品

庐山

春末夏初，庐山上浓云深锁，游人寥寥，宾馆里似乎只有我一个客人，半夜里下起雨来。那雨从天花板砸下我的被子，把我吓醒，连忙挪床换被，一边想起杜甫的《茅屋为秋风所破歌》，要比我狼狈多了。躺在斜摆在屋子中间的床上，安然睡去。

第二天，雨停了，我坐在住处附近的路边，看山谷对面的云，只见呼呼地漫过山顶，停了一会儿，然后沿着山坡，倾泻而下，什么都挡不住，就如绝大的瀑布，仿佛有声，那气势实在令人震撼。

我铺开画夹，正琢磨怎样表现，却见谷底有云蒸腾而上，快得惊人，真是天有不测风云。我连忙收拾纸笔，几步跳过小路，向屋檐下跑去，就这样，还是被大大的雨点追上，打湿了衣裳。

下山从九江乘船到贵池，宿杏花村。"牧童遥指杏花村"，指的是这里，当时杜牧在池州为官，于是步韵作了一首七绝：江间风雨日纷纷，远踏名山觅画魂。袖惹匡庐云几片，闲吟直到杏花村。

庐山上住了三天，一笔画也无。

黄山

据说上世纪50年代初，苏联一位著名作家率文化代表团来华。中方获知，他对中国传统山水画家有一个评论，说他们都是些浪漫主义者。意思是说，他们的画中云遮雾罩，脱离现实，纯属空想。于是特地安排他们上了黄山。面对那奇幻般的美景，这位作家大声赞叹道：原来中国的山水画家，都是伟大的现实主义者。

我的不少画，也是从黄山吸取到的创作灵感。1987年我到法国办画展，几位围观者指着题为"海上金莲花"的画，询问是什么意思。我说，海是指黄山的云海，而阳光照耀下的莲花峰，正如一朵欲开的金色莲花，飘浮在云海之上。这幅画于是变得抢手。

外国的观者，看了我的画展，对中国的山川十分向往，这令我很感动，也更坚定了我要用画笔讴歌祖国大好河山的信念。

1985 年，黄山还没有缆车，作为一个画家，如果身体允许，边走边看边画，其实是最有趣的。那天走到半路，峡谷里躺着一块巨石，当年大画家弘仁和尚，用树枝树皮，在大石上搭了一个篷子住下。数百年过去了，篷屋早已不在，却留下了"皮篷"的美名。

我看了介绍的木牌，心生感触，于是紧走几步，坐到石台上，铺开纸笔，想追寻大师的遗韵。刚刚把笔提起，那云挟着细雨，从左边谷中缓缓飘下来。我叹息一声，只得收起画笔。古人有诗云："漫将一砚梨花雨，泼湿黄山几段云。"可是我入山来遇见的第一片云，就泼断了我的写生。

我住在黄山西海宾馆，楼门口下了台阶，则是一片极大的石坪。越过石坪再下几段石阶，山谷里有好多排简易房，里边是双层架床，旅游旺季，还是一铺难求。

一天晚饭后，我坐在门前长椅上休息，见几个年轻人正慢慢走过石坪，转向坡下的简易房。就在这时，一团团云气冒了上来，漫过石坪，淹没了几个青年的双膝、腰部……我低头一看，自己的双脚也看不见了，赶快起身回房间。楼里是看不到云的，但一股股枕头来大的云气，还是不断地从窗户飘进来，转眼消失不见。我关上窗子，云是不见了，但潮湿之气，却很明显。我和常年在山上的服务员聊天，他们也说，这种潮湿令人不爽，看来这云端上的日子，亦复不易。

漓江

桂林山水甲天下，阳朔山水甲桂林，阳朔风景在兴坪。当年阳朔有

黄海松云志龙写

周志龙作品

位秀才远游归来，写了一首诗，有两句道："五岳归来成一笑，名山还让故乡多。"自豪得可以。

桂林山，奇峭清秀，虽没有五岳的气势，但江水明澈，映着无数奇峰，加之竹影婆娑，农舍掩映，灵动而秀美，真是天下奇境。

南国雨水多，各种形状的云，在山间涌动。缠绕着峰头的山腰，犹如情人相拥，在薄薄的云雾里，好像是乘云隐去，这样的景象，实在令人心动不已。民间有谚："美到天上去了。"

有一次我陪着宗其香、白雪石两位老师去兴坪，正是春雨初歇，那白云从江面起，只露出一点竹梢树顶，奇特的是，那云气从竹树后面又升腾起来，直达天顶，而江面却清明平静，一只小竹排，从远处无声地滑过。两位老先生都画出了十分优美的作品，真是得江山之助。

武当

时值深秋，住到武当半山。听了一夜的雨。第二天，乘缆车去著名的金顶。明成祖朱棣尊奉道教的玄武大帝，在武当峰顶，盖了一座镀金的铜殿。如果攀登，直如登天一般。

现在有了缆车，实在方便。缆车的车厢，四面都是玻璃窗，此刻望出去，只见白茫茫一片。能感到身子的升腾，却没有任何一件可以参照的事物，真是不知身在何处。待到站下车，已是身临云上，阳光照着铜殿的金瓦，光芒四射，无怪乎叫作金顶。心有所感，作了一首五言绝句："安坐凌虚去，茫茫四望空，天风吹两鬓，知在五云中。"传说中的白日飞升，大约不过如此。

峨眉

1979 年，我们三个中年人，跟着阳太阳、黄独峰两位老画家，溯长江而上，直到四川，作了一次长途写生。峨眉，自是重点之一。

峨眉的金顶，原有一座很大的庙宇。前些年毁于火。临时盖了一座木制大楼，进去以后，宛如迷宫。那天吃过晚饭，已经黄昏，大家出了木楼散步，这高山顶上，竟有这么大片开阔地，四围是高大的冷杉，给人一种超然出尘的感觉。

■ 周志龙作品

我们正准备走到山间去远望，那似曾相识的浓云，又从四面涌了上来，转眼间淹没了平地。我们飞快地对视了一下，连忙转身撤回楼里，进到二楼的房间望向窗外，已是什么也看不见。试想如果不及时回来，陷在云中，恐怕连楼门都找不见了。

第二天下午，一片晴空，坐在崖边，对着千佛顶、万佛顶两座山峰写生。一位气象台的工作人员坐在旁边看我画画，提醒道：这里海拔有三千多米，紫外线很强，要注意防护。我画兴正浓，没听进去，待到晚上洗脸时，一摸后脖梗子，火辣辣地疼，果然着了紫外线的道！虽说有此一失，但下午的云海佛光，却是意外之喜。

当天下午，来到舍身崖畔，运气好的话，可以看见著名的云海佛光。只是对于自然的条件相当苛刻。首先是云海，要被风云压在崖下，平铺开去；其次是阳光，要在晴朗的下午，太阳从后边照着崖边的人。

崖边的人，斜看着自己的身影，投射在云海上，被一个彩虹的圆环围住。最奇特的是，各人只能看见自己的影子，你戴着草帽，影子也戴着草帽；你举左手，影子也举左手。而旁边的人，哪怕紧挨着肩膀，也只能看见自己，而看不见旁边的人为何动作。真是奇妙！因之被称为佛光，遇见的人，咸称有福了。

华山

我 79 岁那年，登华山。

华山有几条缆车，我们乘的是西峰线。这是我坐过的最长距离的缆车。为了让游客充分领略华山风景，它先升到半山，又下到深处的谷底，再直上西峰绝顶。可惜那天满山深谷，都充塞着浓云，人坐在缆车里，只觉得升腾良久，又降下来，然后再升腾上去，只有一段，能隐约看到光洁直立的石壁，以及华山独有的石纹"荷叶皴"。好容易到了西峰站，终于冲到云上。望向那山脊狭窄的石径，直通向峰顶一座小小的庙宇，被苍翠的老松覆盖着，却在云海上漾着，一忽儿那庙宇就被白云吞没，只有那株苍松，张着伞一样的树冠，孤独地飘浮在云涛之上。从刚才的小庙和松树，到半个小庙和松树，再到云海孤松，我们的手机就没有停过。

我作了一首五绝："华山高万丈，只在白云中。唯见西峰顶，云端一老松。"

第二天，到了太白山下，仰望半山上，都是灰暗的云幕，几只缆车斗子，寂寞地挂在半空。心里默念着李白的句子："西当太白有鸟道，可以横绝峨眉巅。"诗仙的想象力令人惊叹，而眼前的太白山，只有叹此番无缘了！

玉渊潭

上世纪 50 年代初，玉渊潭还很荒凉，土坡上长了好多树，水边生着茂密的芦苇。记得是初中一年级的暑假，一个同学来约我去玉渊潭钓鱼。每人骑了一辆旧自行车，提着小竹竿，直奔玉渊潭，在一片芦苇边下了竿。绿柳浓荫，知了鸣叫，是个消暑的好地方。两个少年热烈地聊着，心思全不在鱼竿上。

忽然，同学指着天边说，你看那块云，升起得那么快！我扭头一看，立刻想起课文中王冕在荷塘边放牛遇雨的一段课文，"那黑云边上镶着白云"，写的就是典型的高积云，那云骨突突地往上升腾，不多时遮住了半边天，转眼就到了天顶，倾盆大雨，兜头而下。那柳树虽然看着浓密，大雨来了，其实屁事不顶。两个孩子成了真正的落汤鸡。雨来得快，去得也快，一阵风过，悄然息鼓。又是晴日当空，我们看着四下无人，连忙脱下衣裤拧干，打道回府。一趟钓鱼活动，阴晴突变，几十年难忘。

后来读到苏东坡的《六月二十七日望湖楼醉书》："黑云翻墨未遮山，

■ 周志龙作品

白雨跳珠乱入船。卷地风来忽吹散，望湖楼下水如天。"惊叹这位千年前的大文豪，真是大手笔。

我时常疑惑，大雨从天上倾泻而下，持续几个小时，那云里该有多少水呀！居然还能飘在天上，实在无法理解，莫非真有女神在托着？后来看到一份资料，说一片千米直径的云，居然有 500 吨重，而距离地面数千米。这种直径的云，真不显得大，如此说来，雨云能承载那么多水，也就不奇怪了！

我和云的故事，就说到这里吧。

2022 年 3 月 23 日通世智库刊

周志龙

1940 年生于广西。1964 年，中央美术学院国画系毕业。1964—1980 年，广西艺术学院美术系任教。1981—2002 年，中国戏曲学院舞台美术系任教。中国画教授。中国美术家协会会员，齐白石艺术研究会顾问，李可染画院研究员。

山水画作品为天安门、人民大会堂、毛主席纪念堂、中南海、钓鱼台国宾馆等处收藏。1993 年，两幅作品入选巴黎大皇宫"法国国家艺术学会 1993 双年大展"，获"最杰出中国画家特别奖"。1999 年，在汉城举办的联合国教授艺术展上获"世界和平教育者杰出艺术奖"。

武夷山申报世界文化与自然遗产纪实

曹南燕

2020 年 3 月初，接到了武夷山原副市长阮雪清同志的电话，我们兴致勃勃地回忆起武夷山申报世界遗产时的往事，畅谈之后互祝安好。挂断电话意犹未尽，我走到书架前，找出当年那本武夷山申报书，摸着那有些泛黄的封皮，翻开的瞬间我仿佛回到了 20 年前，那段既有辛酸劳苦又充满快乐幸福的岁月。

20 世纪 90 年代初，随着武陵源、九寨沟、黄龙等三批世界自然遗产的申报成功，筹备中的武夷山申报"世界文化与自然双重遗产"的工作已经启动。我时任建设部风景名胜处处长，有幸负责这次申遗项目的具体工作。

与武夷山的缘分，要从 1993 年我把黄山的一本申报书交给武夷山申遗办开始。申报世界遗产的准备工作烦琐而细碎，岁月在我们埋头整理资料时，不经意地划过了三个春秋。

1996 年 2 月，由建设部牵头，召集中国联合国教科文组织全国委员会、国家文物局、武夷山市委市政府、武夷山管委会召开申报工作地方接洽座谈会。武夷山市委市政府非常重视，时任武夷山市副市长的阮雪清同志对申遗工作特别上心，她时常和我电话交流，多次提出对申报资料编撰的意见和建议。经过大家的共同努力，1997 年 10 月，我看到第一版申报书，反复阅读后感到申报书内容丰富，但价值挖掘尚需深入。多年工作经验的积累，使我对申报自然遗产部分应对自如，而对文化遗产方面的申报工作缺乏信心。为了确保申报书内容完美地呈现给联合国教科文组织，我向部里提出建议，希望委派专家团队采取实地考察的方式，细致研讨，以便提升武夷山可挖掘的价值深度。

武夷山申遗工作作为建设部的一件大事，我必须集中武夷山的相关资料系统地看一遍，大到规划小到素材，不放过任何一处细枝末节。根据世界遗产自然文化的标准及武夷山的资源情况，我分类列出工作内容及需要提供指导的专家名单，首先想到的是建筑文物专家罗哲文老先生。作为他唯一的女弟子，我希望恩师参与此次申报，由他坐镇，能成为大家的主心骨。又诚邀生态专家陈昌笃、地质专家宋林华、植物专家林源祥、园林规划专家唐学山等文化与自然方面的专家学者，分管我们工作的赵宝江副部长批准了我提供的专家名单，并委派我协调专家们一起前往武夷山。

为了完成好这项工作，我们严格按照联合国教科文组织对世界自然文化遗产申报时的自然资源、文化资源的具体要求进行编写，写出特点，写出价值，做到语言风格简明扼要、数据信息精确无误。当时所有工作成员分为自然组、文化组、摄影宣传组、综合组，四个组各司其职。那时候的办公方式远不如现在便捷，没有电脑等不能打字，只能靠大家手中的一

作者与恩师罗哲文先生

支笔，事无巨细认真记录。

专家们按分工，亲力亲为实地考察，不厌其烦地翻阅各种资料，无数次地修改订正，各抒己见地讨论，即便因为次日汇总的内容、研究将之否定推翻重来，大家也都没有丝毫怨言。每一位参与编写的专家、成员都深知，这本申报书不是代表一个人、一座山或是一个省，而是代表中国，我们要向世界展示中华民族深厚的文化底蕴、丰厚的自然遗产。因此我们要用最严谨的文字、最客观的内容、最深刻的价值来完成申报书的编写。

正是因为大家都怀着这份责任感和使命感，把加班到凌晨后、翌日继续工作视为常态。罗哲文老先生以及诸位老专家都年逾六十，也照样同大家并肩作战。他们精益求精的敬业精神和对祖国山川的热爱、对中华文化的自信，让大家备受感动。就这样，七八天夜以继日地工作，又经过专家们的几轮审阅研讨，确定为终稿。此时的我们都长舒一口气，露出了会心的微笑，觉得付出的所有辛苦都是值得的。

在高兴之余，我作为项目负责人还需要把大家送来的稿子统一核查，翻阅资料进行核对。工作量之大，自是不言而喻。在那段时间紧、任务重、要求高的工作历程中，记忆特别深的是被称为"武夷山小秀才"的杨明，他是申遗办的常务副主任，还有漂亮干练的衷楷夷，她是申遗办副主任。二人通力协作，将文稿修改、串联、打印、校对等工作，以及上传下达的沟通和对各部门的协调，都处理得井井有条。经过大家的不懈努力，特别是阮雪清副市长的领导支持、武夷山管委会主任徐恩华等同志的辛勤付出，申报书的编写越发顺利，总稿终于呈现在大家面前。为了不出现任何一点纰漏，我希望与各部门专家再召开一次研讨会。当申报书的编撰内容在研讨会上得到大家的一致认可时，压在心里的大石头总算落地了。

申报世界文化与自然遗产的工作由国家建设部负责，申报文本需要由主管部门第一领导——时任部长俞正声签字才能生效。我与俞部长秘书李强沟通，并和从武夷山来送申报书的"小秀才"杨明同志抱着 60 本申报文本（包括中、英文版）直接到俞部长办公室，请他签字。这也是我第二次见到俞部长，他依然是那么平易近人。

俞部长说："曹南燕，放在这儿吧，我来签，你给我翻页。"签完字需要晾一段时间，再合上申报书。其间打算去部长办公室外边等候。俞部长见状，和蔼地问："你在办公室待一会儿，就不要去外面了吧。"我说："已占用了您很多时间，怕耽误您的工作。"俞部长微笑着，指着沙发示意我坐下。我马上说："那俞部长我就向您汇报汇报武夷山申遗的情况吧。"俞部长问："这次申遗有把握吗？"我信心十足地告诉部长："问题不大。从 1986 年开始投入中国申报第一批世界遗产工作，参与了泰山、黄山、峨眉山等双遗产的申报，都得到批准。咱们部里牵头做的泰山申报书被联合国教科文组织世界遗产委员会誉为第三世界最好的申报书，黄山申报书被国际申遗专家桑塞尔博士确认为是中国申报世界遗产的范本。"随后，部长又询问了一些申遗相关工作的进展，我都一一进行了汇报。俞部长非常满意地点点头，给予了许多鼓励，要求我认真地做好后续工作。

一切准备就绪，申报书上交联合国教科文组织后，我焦急又耐心地等待了数月。终于，1999 年 12 月 1 日，在联合国世界遗产委员会第 23 届大会上，中国武夷山作为世界文化与自然双重遗产被列入《世界遗产名录》，成为继泰山、黄山、峨眉山之后中国第四个世界文化与自然双重遗产地区。这样的结果是在意料之中，但激动之情依然无以言表。

多年来我和大家的努力，收获了满意的结果，不枉领导对我的信任，为祖国交上了一份完美的答卷。更因为我深知武夷山申报世界文化与自然双重遗产项目，看似只是完成一本申报书的编撰，实则在申报的方方面面都凝聚了无数人的心血，包含了国家部委、有关部门和地方政府等同志的睿智策划，以及实地考察不分昼夜辛勤编写材料的专家组及成员们的倾情投入，还有那些配合我们完成工作的工作人员的默默付出。武夷山申报世界文化与自然双重遗产能够取得成功，是所有人共同努力的结果，是集体智慧的结晶。而我更感谢大家对我工作的支持和厚爱，是国家给了我这个平台，让我有机会发挥自己的专业为祖国做一些微小的工作，这是我一生的荣幸。

合上申报书，抚今追昔，想到自己从 1993 年与武夷山结缘，1999 年武夷山申遗成功，2000 年受邀出席人民大会堂武夷山申遗庆功会，2010 年再赴武夷山参加申遗成功十周年总结大会，时至今日，武夷山被列入《世界遗产名录》已经 20 年了。

与武夷山的情缘，沉淀成为一份凝重、壮丽且隽永的记忆。

2020 年 9 月 29 日通世智库刊

曹南燕

中国风景名胜区协会副会长。1986 年开始参与中国第一批世界遗产泰山的申报工作，以后又参与黄山、黄龙、九寨沟、武陵源、峨眉山—乐山大佛、庐山、武夷山、苏州园林等项目的世界遗产申报、补报、管理、指导等工作。第一次组织了在北京人民大会堂庆祝泰山、黄山申遗成功大会，经中央电视台《新闻联播》报道后，影响全国，开创了让国人了解、重视中国世界遗产工作的范例。

我爱香港

王运丰

爱香港，爱在细节里，爱在生活中，渗透在骨子里。

说香港的好，不是刻意为之，完全是想把香港生活的一点一滴，呈现给我的朋友们。

爱上香港的美食

民以食为天。世人皆知，香港是美食天堂，此言不虚。香港人爱吃，众所皆知。香港汇集了全世界的著名食肆。并且，有法国米芝莲每年评选，由一星至三星，激励着食肆努力向前，加求获星。

食以安为先。在香港，食材绝对安全，世标检测。对此，香港人应该感恩中央政府，供港蔬菜由专门农场供应，确保农药不超标。家禽类，如鸡、鸭、鹅、猪，都有专门的农场饲养，这样的待遇，相信只有香港才有。

食品安全，是美食天堂的基础。香港特区政府有两个部门检测食品。食物环境卫生署负责进口生蔬家禽；消费者委员会负责食品安全，定期公布检测报告。两个月前，公布了 15 个品牌的鸡蛋药物超标，一下子判了这几个品牌鸡蛋的"死刑"。

香港很多小店传承了第二代、第三代；也有很多日本、台湾连锁店；再有就是夫妻档，加上两三个伙伴，兢兢业业地为自己的幸福生活奋

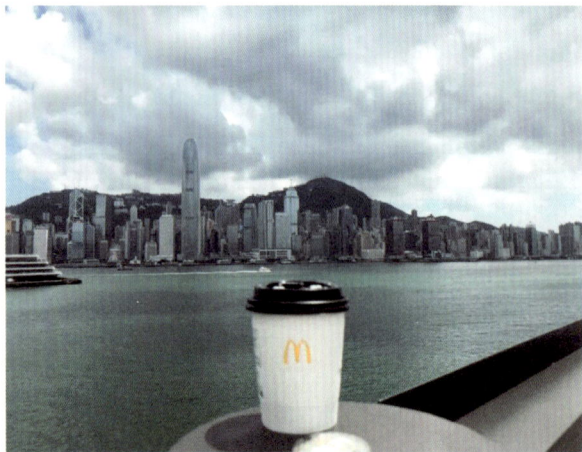

■ 在尖沙咀中港城天顶长廊叹麦记咖啡远望

斗。由于店铺规模小，更可以了解每一位食客的喜好，不停地令菜肴精益求精。

香港的茶餐厅也必须光顾，早餐的腿蛋餐，中午的餐蛋饭，虽然再简单不过，自己动手才发现，煎好一个鸡蛋着实难。茶餐厅的丝袜奶茶、啡走也是难得味道。

前几天，在北角的小弄巷中，找到一间潮州小店，连续四年米芝莲星评。猪肉口感新嫩，无可挑剔。那天，在尖沙咀遇上一间店做日本咖喱猪扒饭，辣度由一至五，挑战极限之下，美味赞不绝口。

香港人行街吃饭已是一种习惯，除非待客，都避免去大酒楼。美食在巷间。所以，如有一天我带你去小店吃饭，你千万别介意，那美味佳肴就在这小店中。

维海畔喝咖啡

同样是一杯苦涩滋味，在哪里喝，味道是一样的，但是，心境就不同了。

可喜风起云涌过后，这个中午，一个人拿着一杯咖啡，在中港城的楼顶上，披着烈日的阳光，感受着夏日的海风，观赏着西来东去的云朵，享受着这一刻维海畔喝咖啡。

如果你来香港，我为你带路，握着一杯麦记，在中港城的楼顶长廊，那感觉一定胜过法国花神咖啡馆（café de flore），这就是香港。

恋一下香港的黄昏

如果，你来香港旅游，也恋一下香港的黄昏吧！好美！

刚刚那一刻的数码港外，黄昏下，轻风中，就是那么一转身，美景就在你身后。

黄色的夕阳，粼光顿挫的海面，褐紫色的云朵，云卷云舒，就像两朵云缠绵在一起。我挑了一首 Joe Dassin 萨克斯风音乐，一下子，就在那一刻，你可以拉一个人翩翩起舞，在这黄昏下，若云一般，忘却烦嚣。

香港特区政府旅游广告名为《香港·动感之都》，一点不为过。

■ 维多利亚港夜景

爱上社会福利

香港的社会福利很好，免费医疗、免费教育、公共房屋。

免费医疗：香港的医疗服务不敢说世界第一，也绝对是一流的。世界有 54 种癌症药物，美国有 52 种，香港也有 52 种，内地的要求比较高，只有 4 种。在香港住院，每天 140 港币，药物、治疗……一日三餐都包括在内。

免费教育：香港有 15 年免费教育。政府还提供大学学费免息贷款及奖学金，令基层家庭可以享受平等的教育权利。

公共房屋：香港的低收入家庭，可以入住政府提供的公共房屋，非常低廉的租金，可以一直住到下一代，世袭罔替。当然，如果发达了，要交还给政府。

综援津贴：香港低收入家庭津贴是足够多的，包括生活津贴、电话津贴、住房津贴……学生买眼镜都有津贴。以一个四人家庭为例，综合援助金，最多接近 2 万港元。看完特区政府对低收入家庭、人士的福利，你会感到：香港，甚有爱。

在香港，残障人士叫伤健人士，这是社会对平等权利的尊重。伤健人士每月可以领取 3770 元港币津贴，这是一种社会福利。最重要的是，在香港伤健人士可以受到社会的关照，不同的社会团队协助基层人群拥有平等机会，使之有尊严地生活。

这样的香港，你不爱吗?

香港人热衷运动

香港人很爱惜自己的生命，不烟不酒好运动。香港人平均寿命，大哥哥 82 岁，小姐姐 88 岁，这与爱好运动有莫大关系。

香港有很多市政运动场，不少是灯火通明，满场的人。既是政府运动场馆，乒乓球、网球、壁球、羽毛球、足球，场地也很紧俏，多数须在一个月前预定。否则，很难定上场地。

如果你喜欢游泳，那是最好的，每个区都有游泳馆，这个不用预定，即兴演出即可。我喜欢在清澈透明的海中畅泳，那种水感是泳池中所感受不到的。

如果你来香港旅游，可以亲身体验一下香港的运动气氛。

爱上"几分钟"

我问来自无锡的小朋友，你到底喜欢香港什么呢？她说：没有什么理由，我就是爱香港。我说：你不能用这个理由。她一边慢条斯理地吃着她那块儿鲩鱼，一边慢吞吞地说："我爱她几分钟。"

她举例说明，你想逛商场，你只需走几分钟就到达商场；你想去爬山，只需走几分钟就到山脚；你想去游泳，也就是走几分钟。哪有城市这

■ 香港大学背后的太平山

■ 萧凯恩演唱会

么方便？我一边吃着我饭盒中的鲩鱼，一边听她说。

她加入了我的团队，已在香港生根。我总是记成她来自绍兴，总是把孔乙己的茴香豆与她混在一起。然而，每次她都轻声细语地说："王博士，你又说错了，我来自无锡。"我每次都开玩笑地说："有分别吗？两个地方很近呀？"她的眼睛含着一弯新月地说："一个是浙江，一个是江苏。"有时候，我怀疑地理课是体育老师代课教的。

香港几分钟的便利程度，令人没有办法舍她而去。欧洲？不可能！美洲？更不可能！非洲？哈哈……

你生活在香港，会觉得她有很多的好，所以"港漂"到香港都难以漂走，找到了停留的港湾。

香港之人文

香港是国际金融中心，并不是一味的铜臭。它背后有其独特的人文。例如，人们会在烦嚣过后走进大会堂听音乐，令灵魂沉浸在音乐的世界里。在繁华过后走去艺术馆看书画展，走去拍卖行看展品，充实精神生活。

"香港"两个字，并不是代表这个小岛，它的美，不是高楼大厦，不是灯红酒绿，而是各种的文化都包罗其中。

香港为不同的人提供不同的表演舞台。不会有埋没人才这件事，只要你足够勤奋努力，不断进取，一定会展现出最好的自己。

我在香港三十载，从事传媒、互联网、新媒体广告，在每个行业都力求发光。如今，我跨越到金融平台，我相信在这个领域中也可以走向巅峰。

我生于斯，成就于斯，我哪都不去，我有 100 个理由爱香港，我深深地祝福香港明天更美好。

2021 年 7 月 26 日通世智库刊

王运丰

博士、作家，著有《沙漠中的优檀婆罗花》《云归处·运丰随笔》《诗画同鸣》。社会公职：华侨大学教授、香港广告业联会主席、香港孟子学院副院长、海外华文传媒协会副主席、国际华文媒体与记者联盟执行主席。

一次难忘的偶遇

刘玲玲

2008 年 10 月，我参加全国妇女代表大会，在京西宾馆理发室，有幸与申纪兰偶遇。在一个多小时的愉快闲谈中，她那爽朗朴实的面容，从骨子里透出的劳动至上精神，我永远难以忘怀。

一天会议休息期间，我去宾馆理发室洗头理发。理发室面积不大，也就五六十平方米，五六张椅子，五六个理发师。室内布置很简单，但绝对干净。师傅们年龄都较大。他们接待不同需求的客人，无论是洗头、修剪、烫发、染发……全套服务都是一个人完成，可见他们个个技术全面。

师傅们都是地道老北京人，一口京腔京味，他们常年给领导干部和重要会议代表理发，看得出有纪律、有素养，对每个客人都不卑不亢，虽然言谈都很随和，但说话分寸拿捏得很好，绝不说不该说的话。

我刚坐下来不久，有两人手拉着手推门进来，她们很有礼貌，熟络地与所有理发师打招呼。理发室活跃了起来。我定睛一看，这是大寨"铁姑娘"郭凤莲大姐啊，她拉着一位穿着特别朴素、乐呵呵的北方农村老大娘进来了。我站起来与郭凤莲大姐打招呼，她笑容可掬，用十分尊敬的眼光看着那位大娘，转过头来给我介绍："这是全国劳动模范申纪兰大姐。"我立马上前握住老人家的双手，一边说着"久仰久仰"，一边打量着这位近八十高龄的劳动模范。我对申纪兰的事迹是十分熟悉的，只是一下子没与眼前这位特朴实的老人家联系在一起。

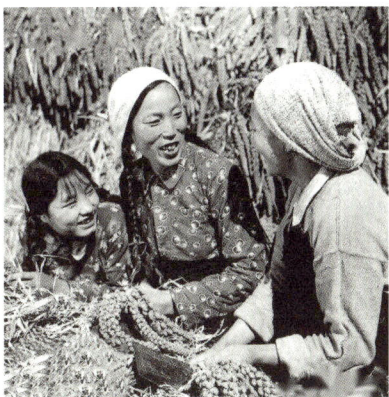
■ 农民申纪兰

我拉着她满是老茧的双手脱口而出："看来您仍然在劳动啊！"她老人家说闲不住，有孩子住城里，最多就是去看看，离开农村地里的劳作，心里就不踏实，并说一天都不愿住在城里。郭凤莲扶她在理发椅上坐下，老人家和蔼地对理发师傅说："我这儿简单，就是洗洗头、剪短就行了。"

老人家的言谈举止，就是一位朴实的北方农村老大娘，她看上去身体挺硬朗的，说话干脆利落，有股子正气劲，不由得让我佩服她的一个大贡献，"男女同工同酬"就是她扯着嗓子喊出来的。可别小看这事，这是有着划时代意义的大事。

新中国成立初的农村互助组里，男女干同样的活，即便女人比男人干得还多，但获得的报酬也是铁定的"矮三分"，受封建社会影响，女人不能与男人享有同等待遇。申纪兰有股子改变命运的斗争劲头：这种封建社会遗留的东西必须改变，男女必须同工同酬！只有获得了男女经济地位上的平等，才谈得上政治上的平等！

她不但在基层提出自己和广大妇女的意见，从当第一届全国人大代表起，她就积极参政议政，提出了这个议案，后来获得了当时全体人大代表的支持，硬是把这不合理的规矩改正过来了，并且把促进"男女同工同

255

酬"写进了《宪法》，才有了我们中国妇女今天的地位。我们真的不能忘记她老人家这一大功劳啊！

　　申纪兰的另一件事充分体现了她不图享受、永葆本色、不忘初心的伟大品格，当她被选为山西省妇联主任时，向组织提出了"六不"的约定——不转户口、不定级别、不领工资、不要住房、不调工作关系、不脱离劳动，每月只领取 50 元补助。她就是一辈子离不开农村，一辈子心里装的就是农民那些事，她深深扎根在农民群众中，是一位了不起的农民代

劳动模范申纪兰

■ 1954 年 9 月 27 日，申纪兰在第一届全
国人民代表大会上投票

言人。她一辈子勤劳朴实，艰苦奋斗，三次被评为全国劳动模范，这都
是她流大汗实实在在干出来的，她是农民参加社会主义建设的杰出代表，
她从骨子里透出个脱离劳动的精神，是中国人民的宝贵精神财富。我们
向基层的劳动模范学习，给予劳动模范最大的尊重，应该成为社会的基
本风气。

曾经看见一些人抨击申纪兰，"当人大代表几十年，竟然没投过反对
票"。其实，她就是一个从旧社会过来，在新社会扬眉吐气的农村妇女，
她就是一个凭着一双劳动的手，不断改进生产、追求幸福生活的千千万万
中国农民的普通一员，她看到中国共产党领导这么大个国家，发展到今天
是多么不容易，她就是认为共产党是人民的主心骨，她相信党，相信政
府。我相信她投下的每一票，都是神圣的，都是她真实的心愿。

在理发室里随和地聊天，大家都十分愉快。理完发我准备告辞时，拉着申纪兰老人家和郭凤莲大姐的手说："有机会我一定去你们家乡看看，你们是我们心中的偶像啊！"理发师们看着她俩给我留下了地址和联系方式，指着我笑着对她们说："这代人还是有很多人崇拜你们啊！"申纪兰老人家又是爽朗地大笑，她说："现在很多年轻人去追影视明星可以理解，只是现在很多事搞得太浮躁。我觉得年轻人还是要少玩虚的，要实干才行啊，大家都把自己本职的事管好干好，不愁国家不富强！"

临别，她老人家还笑着对我说："联系方式都写清楚了，欢迎你一定到我们家乡去看看啊！"在她眼里，她生活的地方就是天下最好的地方。

这是一次短暂的难得的相遇，我十分珍惜留在我心中的美好记忆，申纪兰的精神永存，她永远活在人民心里。

郭凤莲说，申纪兰大姐的影响不是一代人，而是代代人。

2020 年 7 月 18 日通世智库刊

刘玲玲

政协重庆市第四届委员会常务委员、人口资源环境建设委员会主任。

往事随风，我很知足

曹彬

我作为金默如先生的入室弟子，先生与我相见以诚。我常聆听先生讲他所经历的国事、家事，他感慨道："人生的沉浮是必然的，我已见怪不惊了。"先生面对起伏跌宕，历经磨难的一生却能释然，已是大胸怀了。

金默如先生出生于 1938 年，此时正值日本侵略中国之际，那时他的爷爷正值中壮年，十足的前清遗老遗少派头，玩鸽子，养鹩哥儿，架着鹰，牵着德国黑背……常常一不如意，立马掀翻桌子，是个不可一世的昔日皇胄之孙。

一天，金先生爷爷外出遛狗，目睹日本兵横行霸道，肆无忌惮地欺辱中国人的时候，顿时怒火从心底燃起，而自己却无能为力。一向气性极大的他愤怒与仇恨交加，回到家就半身不遂倒床不起，不久就含恨而死。

这段历史深深刻在金先生的心里，他总是说，日本人在中国烧杀抢掠奸淫……这笔账一定要算，日本人必须道歉！没有切肤之痛很难去体悟金先生的伤恨。

金先生喜欢力量型的运动，如拳击、健美。我想这与他童年时光的记忆不无关系。

爷爷倒下后，父亲为了谋生去英国人开设的伊利莎伯洋行当了学徒，天道酬勤，他学会了一口流利的英语，英文打字机使用得也非常娴熟。日本投降后，父亲金琢云和黄襄宇先生共同出资，英国人穆罕默德、波特等参与，创立"懋隆"洋行。

洋行向驻华使节和外国人销售珠宝首饰、古玉、珍玩、砚台字画、红木家具等中国工艺品，每件都有着深厚的中国文化内涵且货真价实！

字号一开业就广迎八方客，蜚声海内外。宋美龄时常光顾，美国门卫一见她到了，立正敬礼高声道："Madam！"因诚信立业，也吸引不少热爱收藏的玩家。王世襄常常骑着自行车逛懋隆，他总是"疯疯癫癫"而来，"热热闹闹"而去，大家那时都戏称他"王疯子"。大使夫人们经常来这里充当志愿者，就连慈禧太后的侍女德龄也加入到志愿者队伍中了。

金默如先生就是懋隆少东家，他不无自豪地讲述着："那时生意好极了，每晚收业后，伙计都不能走，数钱！常常要数一个多小时，一靠父亲经营有道，二靠东西都是响当当的……"

新中国成立后，朱德、彭真、谷牧等国家领导人多次到懋隆视察指导，郭沫若、邓拓等文人墨客也时常在此流连忘返，同为常客的赵朴初先生题写"懋隆"匾额，并沿用至今。

好景不长，公私合营运动中，那些价格不菲的东西被低价折合股份

金默如作品《国色天香》

金默如作品《傲霜》

给了金先生父亲金琢云，同时还给了个"主任"，全家人当然不服气，可其父无奈地说，比起苏联，我们已经很不错了，毕竟还给了点股份……

人生的大起大落常常是意想不到的，谁能料到十年后来势凶猛的"文化大革命"令金先生父亲精神崩溃了，他选择了自缢……这给金先生一家带来了无尽的痛苦。

那时自杀被定性为自绝于人民，是反革命分子，作为反革命家属，被"扫地出门"，从昔日金家人四合院子的老宅驱逐，一下子赶进不足10平方米的低矮旧小屋，周围全是冷眼……这真是从天上掉入地狱，艰难的日子可想而知。

金先生父亲自杀后，政府责令其母清扫东华门一带的街道，红卫兵和半大的孩子整天用吐沫吐其母。金先生不愿母亲遭受凌辱，决定替母亲扫，他尽量天不亮就出门，那些年总感觉冬天特别冷、夏天特别热。

金默如先生不止一次地对我说："人要经历过磨难和打击，否则你活不明白。年轻时候我很轻狂，几次变故，锐气全无，以后，我就知道要夹着尾巴做人了，这些经历，对我习书作画也是有好处的。"

金先生说，父亲希望我好好读书，日后能继承家业，但是我却偏偏酷爱上了丹青，为此父亲气得多次把我的毛笔一把一把地撅断，这并没有挡住我对书画艺术的挚爱，而且心里还很有主意："我喜欢王雪涛的画！"

无奈，父亲只好依着我，把我带去了王雪涛先生家，雪老看了我的字和画儿，说这孩子落笔不俗。此时正值雪老刚刚从西班牙访问回国，向我父亲讲述了如何见了毕加索，还把毕加索画赠给他的那幅"和平鸽"给我们看……在欢快气氛中，我给雪老鞠了个躬，就算他收了我这个小孩。雪老并对围坐在四周的同门师兄师姐讲："将来在座的你们谁也画不过他……"这是对我莫大的鼓励。我算一生学画中，有了好老师。

■ 金默如作品

　　"文化大革命"中，像金先生这样出身不好的"无业游民"是不允许再画画的，但街道革委会也时常给这些"黑五类"分子派些活。金先生的任务是给北京红灯厂生产的灯笼画画片，给北京荣宝斋画贺年片、写画做笺儿等。那时先生所画之物销量甚好，尽管一张只获几分钱，但每月也能有四五百元的收入，这是当时绝不允许的，故后来规定，不管画多少，200元封顶。金先生说：我已很知足了，比起"文化大革命"初期，一个天上，一个地下啦！

　　金先生说，历经风雨的人，才能画好画。这不禁使我联想起他画梅花时的动作和神态，是那样的坚定、犀利，行笔之痛快，笔墨之淋漓，无不表达着他内心的激荡。他常画蜡梅，实际上他在颂咏寒梅傲雪的不屈精神。我曾问先生，他与王雪涛的画有何不同时，他不假思索地脱口而出："我的用笔更横一些。"

　　金先生认为，小写意画，境界一定要大，一个书画家的成长，也主要看心胸！先生常感慨以前的书画大师们是如何凭着自身的功力和作品而得来影响力，而绝不是利用权力、金钱、关系挤进名人行列。他谈道，以前很多著名画家，都是一辈子受穷！你看黄宾虹去世时就剩下一条薄被子，论学识、论收藏，他都是大师级的，我很知足啦！

　　经过大起大落的人，才看得明白，想得开，金先生说：我三次病危，都是大难不死，什么名呀利呀，其实都是过眼云烟，珍惜当下每一天，力所能及为国家作点贡献，这就是很好啦！

　　金先生为人真挚，言行坦诚，犹如他的作品，横硬中从不带苟且。当我问及如何处世交友时，先生一段真切的表达令人陷入沉思："交朋友在人的一生中很重要，要少交朋友，真诚的朋友不多，多少事都是被朋友害的，我就很少与朋友往来，躲进小楼成一统，只管读书与作画……"这是一个经历过风雨的80岁老人对当下世事的无奈。我对他的"朋友论"，

观金默如先生作画

也感同身受，无论何领域，大多是高处不胜寒，只要你还纯粹！

生活中最不能缺少的就是爱。金先生特别感谢夫人刘锦英和他相濡以沫，最困难时也不忘给他温暖与关照。

金默如先生虽已进入衰年，疾病缠身，但仍气定神闲，有朋友小聚时，他总是面带微笑，静静听大家讲话，不时幽默几句，引来哄堂大笑。80岁的人，还总是给大家带来欢声笑语。

金默如先生是真实的，他钟爱着家人，钟爱着丹青世界，他渴望国家强大，渴望民族真正复兴。而对自己的一切已是寥寥……正所谓：往事随风，我很知足。

2018年11月28日通世智库刊

曹彬

1962年出生，自幼习画，拜于金默如、龚文桢门下，潜心学习中国画。

关于猫儿石……

任树林

　　我父亲是个木匠手艺人。1933 年，19 岁的他，只身来到重庆嘉陵江边的猫儿石求生，娶了我母亲，家中添了我和一个弟弟、两个妹妹，猫儿石是我们家族的根。

　　21 世纪初，因兴建现代化的鸿恩寺森林公园，父亲用尽心血在猫儿石自建的老宅，因拆迁化为乌有。那两棵 10 多米高，生长了 30 多年的大桉树，也随之消失……我们几十口人的大家庭，因此各奔东西，虽都住上了高楼新宅，但母亲为此，还是常常感到痛惜。

　　如今，我已是白发苍苍的七旬老人，或许是因历史已抹不去，或许是因情感已融入血脉，几十年已过去，但这里的往事旧景，至今常在梦中再现。

一

　　猫儿石江岸的一座小土地庙前，立有一巨石，形如猫状，俯视着嘉陵江，故得名猫儿石。

　　《江北厅志》有记载："嘉陵江岸，岩石狰狞，蹲立百仞，若捕鼠状。"这是猫儿石地名来历的官方记载。

　　嘉陵江边纤夫的身影，在我幼小的心灵中，印象深刻。身处底层的他们，意志力最坚强，他们是世界上最苦的人。

■ 嘉陵江边的纤夫

纤夫，不穿裤子，一袭长衫，腰间一扎，遇水蹚水，遇沟过沟，他们拉船时，人几乎前倾倒地，一开步，就必须用尽全身的力气，才能前进。他们已习惯了逆境中的坎坷，对于他们，好像从来没有懦弱和悲观。

寒冬腊月，狂风骤雨，他们的赤脚，踩在冰冷的乱石中，一步一脚印，留下的都是艰辛。

夏日酷暑，他们的赤脚在滚烫的鹅卵石缝中寻找落脚之地，一个又一个凹凸不平的绊脚石，磨砺着他们的意志。他们挥汗如雨，别无选择，什么都不畏惧。他们拉纤的号子震天响，这是向苍天的祈求；他们悠长而有力的号子声，就像是求生的交响曲，迎来一个又一个黎明。

我小时候爱看涨水天放筏子。

筏子分两种，木筏和竹筏，无论哪一种，都是在涨水天放筏。

工人们在深山老林砍伐的大树和楠竹，将其放倒，待山洪暴发时，顺溪流将大树和楠竹冲到江边，然后用竹篾编成结实的竹篾缆绳，将一根根圆木和楠竹捆绑成筏。

放筏工在筏中央搭建一个小棚，供他们休息之用，筏子的前后要安装筏舵，控制筏子前进的方向。

放筏的老大一声令下，筏子飞速依洪水顺江而下，速度极快，甚为壮观。正如李白诗中所写："两岸猿声啼不住，轻舟已过万重山。"但我想，放筏工人和李白的心境恐怕完全不同。他们要面对惊涛骇浪和激流险滩，面对暴风雨的袭击，他们必须要有过人的胆略和勇气，乘风破浪才能前进。

他们的艰辛和危险，常人难以想象，他们从深山老林中走来，一路风餐露宿，稍有不慎，筏子就会被洪水冲散。放筏人只能抓住圆木逃命，货物散落江中，生意血本无归。

那时，这里的运输主要靠水运。

在江中跑的划子（小火轮），有的可载数十人甚至上百人，过河划子只有一层，十几分钟一班。

上游和下游对开的划子，有的还有上下两层客舱。

那时，逢年过节和父母进城，就坐过河划子。进城两条路，一条过河转车经牛角沱进城，一条坐下水火轮到临江门上岸，爬坡进城。

一年四季，嘉陵江来往的船只不断。不少人工驾驶的木船，在下水有风时则风帆高挂，船老大掌舵，船工整齐划桨，一路吆喝，飞流而下。逆水行舟时，要靠船工和纤夫铆足了劲，才能前进一步。

1938 年，这里就有了轮渡公司。

1952 年，重庆轮渡公司成立，统辖嘉陵江的航运。

新中国成立初，当时猫儿石码头日运量已达 1600 人次，可见其繁忙的景象。

60 年代，嘉陵江大桥建成通车，彻底改变了猫儿石地区陆路交通的闭塞状况，公路建设的快速发展，逐渐代替了水运。

先是沿江客运火轮停开，过河划子也由一刻钟一班到半小时、一小时一班，直到彻底停摆。

猫儿石，作为嘉陵江的重要水码头，起着承上启下的作用，它的发展变迁，是重庆这座城市当年水运状况的一个缩影。

二

民国初期，猫儿石一带还是荒山野岭，几乎很少住有人家。

而这一带的崛起和兴旺，是在 1937 年全民族抗战爆发后，重庆成为抗战时期的陪都，上海一些爱国资本家纷纷内迁，为抗战作出了贡献，也为这一带日后的经济发展奠定了基础。

上海顺昌机器厂首先迁渝，在猫儿石建厂，定名"上海顺昌股份有限公司重庆铁工厂"。生产空气锤、造纸机、纺织机、水泥设备等，并承接大量炮弹壳等军用物资订单。

该厂由上世纪 20 年代毕业于上海同济大学机械系的民族资本家马冠雄任厂长。新中国成立后，马老任第一机械工业部教育司职工教育处处长、国家一级工程师，1985 年病逝于北京，是我国机械行业的老前辈。

1938 年春，上海民族资本家吴蕴初溯江而上，在猫儿石筹建了天原（化工厂）、天厨（味精厂）二厂，所生产的化工产品，满足了大后方民族工业、军工、人们生产所需。

1938 年，内迁猫儿石地区的还有上海龙章造纸股份有限公司。龙章纸厂是当时重庆乃至西南地区最大的制浆、造纸综合企业。1941 年改称"中央造纸厂"。解放后几经更名，1972 年始称重庆造纸厂。

同时内迁的还有维昌纱厂。

这就是当年猫儿石著名的天原、天厨、顺昌、龙章、维昌，统称五厂企业。

雄踞在猫儿石的五厂形成了完整的产业链，并在嘉陵江边建有自己的货运码头和拖驳船队，带动了这一地段的经济发展和繁荣。本地人也随之建立了很多小企业、小作坊为五厂配套或自立。

比如，福民面粉厂，满足了这一地区人口增多的需要，也为天厨厂生产味精提供了原料。

记得我父母就在家中做过一个烧烤房，为天厨味精厂加工烘烤过小粉。面粉提取味精后是小粉，小粉后是黄浆，是做糨糊的原料，黄浆粉过后就是水麦麸，一种用于喂猪的饲料。

五厂也带动了这里商业发展，酒店、茶馆、饭馆、照相馆、药铺、客栈等随之兴起，多达100余家，形成了猫儿石横街、正街交错的猫儿石河街格局。五厂还建立了联合医院，政府也设立了镇公所、派出所、中心学校，各种集社陆续兴起，足见当时的繁荣景象。

新中国成立后，这里注入了新的活力，展现着蓬勃生机。历史的车轮总是向前，不会顾及人们对这里的情感。

上世纪80年代以后，五厂从人们的视线陆续消失，各自消亡或搬迁。顺昌即后来的重庆通用厂搬迁到石马河玉带山，重庆造纸厂因破产而消亡……

天原化工厂因氯气泄漏影响环保而搬迁，原厂址因酸碱入侵，土地和山崖一片褐色，竟无一草一木。猫儿石河街因滑坡而后迁。

三

如今，猫儿石河街及毗邻数平方公里土地上，一座座高楼拔地而起，一幢幢别墅映入眼帘，一片片还建房绿树成荫……

取河街而代之的北滨路，繁华兴旺，犹如一条彩链，将江北咀、牛家台、相国寺、猫儿石、忠恕沱、石门、石马河……和谐地串联起来，新的更加美丽的河街像嵌上了一颗颗璀璨的珍珠，光彩夺目。

■ 如今的北滨路

　　然而面对新颜，我却怎么也忘不了旧根。

　　因为那里有我的亲人，我的左邻右舍，我的同学……还有很多很多的故事，猫儿石经历了很多。

2017 年 11 月 26 日通世智库刊

任树林

已退休，曾任重庆热水瓶总厂副厂长、党委委员。

"生前预嘱"：我们选择了"尊严死"

周大力

15 年前，罗点点和陈小鲁邀约一群朋友，建起了"选择与尊严"网站。那时，我们谁都未曾想过，"死"居然还可以自己进行选择。点点在一次请朋友吃饭席间，兀然开始了她的"启蒙教育演讲"。

点点说，人固有一死，但有的死得憋屈痛苦，有的死得安详尊严。在美国，已开始一种"生前预嘱"（living will）的东西。通过它，人们可以在自己身体依然康健、意识仍旧清醒之际，提前对自己的临终事项，即是否需要特种护理，或是否需要临床抢救，进行选择安排，由此可以"尊

■ 北京生前预嘱推广协会会长罗点点

■ 罗点点到医院、大学、读书会推广、宣传"生前预嘱"和缓和医疗

严死亡"。

当我们第一次听到点点的介绍时，尽管还不了解"生前预嘱"的全部内容和意义，却开始意识到，人，在走到生命的终点时，应该有权自己做主，选择用什么方式，走完生命的最后旅程。

特别是小鲁讲到他父亲临终时，全身插满管子，特别痛苦，直到人已经进入离世状态时，家属都无权要求停止那些无意义的延缓死亡的措施。小鲁的讲述更让我们感到：我们应当有权在生命走到尽头时选择安详、自然、无痛苦、有尊严的离世。当然也有必要在自己健康清醒的状态下，对自己的离世方式做出选择。

"选择与尊严"网站由此而生，我们开始积极宣传"生前预嘱"和"缓和医疗"。点点发挥了她当过医生的优势，或提笔书写，或邀请朋友，在"相约星期二"孜孜不倦地探讨死亡话题，讲述相关的故事。很多不了解真情的人质疑："你们在宣传'安乐死'吧？"于是，点点又开始了新一轮的"启蒙讲解"，说明"尊严死"并非"安乐死"。

"尊严死"与"安乐死"最大的区别在于:"尊严死"不是医生协助下的自杀,而是在生命走到尽头时,不需要进行无意义的抢救,不使用生命支持系统延缓死亡。既不让死亡提前,也不延缓拖后,而是让病者自然、安详地离世。

我们开始在网站上填写"生前预嘱",明确自己对临终方式的选择:如果进入生命末期,我不需要心脏电击,不需要气管切开,不需要呼吸机,不需要全身遍插管子,同时也不要疼痛,我要清洁、舒适、有亲人和音乐陪伴……最终没有恐惧,平静、安详、有尊严、自然地离世。

当我们通过网站宣传"生前预嘱"时,凡是看到的人都以支持、赞赏的态度说,"太有必要了"。只是了解的人太少,宣传范围有限。于是朋友中的陶斯亮、胡定旭、凌锋等联系多名全国两会代表,在两会期间递交提案,倡导"生前预嘱"和"缓和医疗"。

终于,在网站建立七年之后的 2013 年,北京生前预嘱推广协会成立了。用小鲁的话讲,协会就是推动、指导并帮助人们在生命末期做到"善终"。之后,为学习和考察,小鲁和点点带我们去了中国台湾和日本。

台湾的赵可式教授给我印象最深。她在介绍安宁缓和医疗时,第一句话是:"你们知道什么是不得好死吗?"她紧接着用投影放出一幅幅医院进行临终抢救的画面,各种生命支持系统的使用,以及人们临终时的痛苦状态……更让我们认识到,选择"尊严死",必须建立缓和医疗制度才行。

在日本,我们进入缓和医疗的病房中,虽然里面全是处于生命末期的病人,但却没有任何利用各种生命支持系统进行抢救的场面,有的只是给危重症患者及其家人提供的各种有利于提高生活质量和面对危机能力的系统方法。特别感人的是病房的护理团队,包括心理咨询师、营养师、音乐师、社会工作者、宗教人士等,通过缓和医疗给临终患者提供缓解一切病痛和折磨的方法，让死亡，既不提前，也不拖后，而是自然来临。即使蜡炬即将成灰，也穷尽缓和医疗系统方法，让患者提升生活质量，直至安然离世。

"生前预嘱"是实施"缓和医疗"的前提，首先是尊重本人的选择。但选择了"尊严死"，真正实施却道路漫长，故"预嘱"的执行显得更为重要。在不少朋友那里得知，家中有老人，有病人，有晚期癌症患者，一般遇到的情况是：每当亲人濒于死亡，要么无医院接收，要么进入 ICU 进行各种创伤性抢救，由此延缓死亡。可见，选择"尊严死"，执行起来有多难。

我有一位中学时的朋友，其女儿从小患上一种类似重症肌无力的病，医生结论是活不过 15 岁。可怜天下父母心，夫妇俩千辛万苦，四处求医，在中西医结合治疗的情况下，虽然孩子不能像正常人一样跑跳行走，但能半躺着学习、写作，坚强地活到 30 岁。

就在孩子进入人生终点时，父母不忍心她离去，已经停止了呼吸，又在 ICU 被撬开嘴巴，上了呼吸机，输入营养液的针管已经扎不进血管。父母明知女儿在受罪，无计可施，却只能不知所措地在医院走廊焦急等待。

我得知后赶到医院，询问情况，医生说孩子已经脑死亡，但却不能关掉呼吸机，因为机器还在运转着……我对朋友说，孩子无救了，是否考虑别让她再遭罪了。最终孩子父母决定停机，拔掉身上的插管，然而做了这个决定，执行起来却很难。医生说，我们国家还没有脑死亡就判定死亡的规定，所以只要机器（呼吸机）还在运转，药液还能输入，他们便无权停机和拔管。

我们看着孩子的手臂一个个鼓起的包块，被撬开的嘴插着呼吸机，真是心疼得不得了。最后，还是孩子的父亲签字，才关机拔管，我看到的

■ 北京生前预嘱推广协会副会长周大力

是孩子的嘴仍然张着，已经闭不上了，这让我朋友难过极了。

他们夫妇办完孩子的后事就找到我，询问"生前预嘱"和"缓和医疗"事宜。言谈中，两人仍感到后悔莫及。他们说，早知道有"尊严死"，说什么也不能让孩子最后遭罪。他们的女儿虽然身残，但却非常聪明，而且死亡时也不恐惧，她若知晓"生前预嘱"，一定会选择"尊严死"。

诸如此类的事对人们的触动很大。现在，越来越多的人开始在"选择与尊严"网站上填写"生前预嘱"，越来越多的人成为推广"生前预嘱"的志愿者。选择"尊严死"不算难，但最终实现"生前预嘱"却仍有漫长的路要走。

首先是我们走到生命尽头那一刻，谁来执行我们的"生前预嘱"？是亲人？朋友？医院能否尊重我们的最后选择？美国有《自然死亡法》来保证"生前预嘱"的执行，中国台湾有《安宁缓和医疗条例》来确保"尊严死"的实施。我们在经历了 15 年的呼吁、宣传、提议和推广后，国家终于以政府行政法规的形式，开始了安宁缓和医疗试点，75 个试点城市选择了医院建安宁疗护病房。虽然尚在起步，但毕竟已经开始。

我们将不遗余力地继续推广"生前预嘱"和"缓和医疗"，让更多的人认识到死亡是生命历程的终点，认识了死亡，才更珍惜当下，人活着要健康、积极，有益于社会。当死亡来临时，我们要没有恐惧地、尊严地走完生命的最后一程。

2021 年 4 月 23 日通世智库刊

周大力

1948 年出生，经济学学士、高级经济师，现任北京生前预嘱推广协会副会长。

图书在版编目（ＣＩＰ）数据

愿得此身长报国 / 鲁善昭主编 . -- 北京 : 中国文
史出版社 , 2024. 10. -- (通世文选). -- ISBN 978-7-
5205-4809-0

Ⅰ . I217.1

中国国家版本馆 CIP 数据核字第 20243DJ205 号

责任编辑：梁玉梅

出版发行：中国文史出版社

社　　址：北京市海淀区西八里庄路 69 号院　邮编：100142

电　　话：010-81136606　81136602　81136603（发行部）

传　　真：010-81136655

印　　装：北京地大彩印有限公司

经　　销：全国新华书店

开　　本：710mm×1000mm　1/16

印　　张：18

字　　数：223 千字

版　　次：2024 年 10 月北京第 1 版

印　　次：2024 年 10 月第 1 次印刷

定　　价：88.00 元
